FREIDA McFADDEN

Freida McFadden es autora de docenas de novelas que se han colocado en el número uno de las listas de ventas del *New York Times, USA Today, Publishers Weekly, Sunday Times* y *Der Spiegel*. Sus libros han sido calificados como «imprescindibles para los fans del thriller psicológico» por *Library Journal*. Freida ha ganado el Premio de los Escritores Internacionales de Thriller al Mejor Original en Rústica y el Premio Goodreads al Mejor Thriller. Con cincuenta millones de ejemplares vendidos, sus novelas han sido traducidas a más de cuarenta idiomas y se han adquirido los derechos para su adaptación al cine y a la televisión. Freida es médica especializada en lesiones cerebrales. Vive con su familia y su gato negro en una casa de tres pisos y siglos de antigüedad frente al mar.

Querida Debbie

Freida McFadden

Querida Debbie

Traducción de
Jesús de la Torre

VINTAGE ESPAÑOL

Título original: *Dear Debbie*

Primera edición: julio de 2026

Impreso en Colombia / *Printed in Colombia*

ISBN: 979-8-89098-836-2

Para mi madre,
a la que nada le gusta más que una
buena historia de venganza

Nota de la autora

Aunque mis libros son de suspense, un género que tradicionalmente cuenta con elementos oscuros, me esfuerzo todo lo posible para que lleguen a todo tipo de público. No se van a encontrar con ninguna escena gráfica de violencia ni sexo. (¡Sobre todo porque sé que los miembros de mi familia van a leerlos!).

Sin embargo, la gente tiene reacciones emocionales a diferentes cosas, y algunos de mis libros ahondan en temas más controvertidos. Así que, por esta razón, he elaborado una lista de advertencias de contenido sensible para todas mis novelas, a la que se puede acceder fácilmente desde mi página web (en inglés):

freidamcfadden.com

Se trata de una información que puede servir tanto a los lectores que necesiten proteger su salud mental como a los adultos cuyos hijos vayan a leer mis libros. Por favor, tengan en cuenta que, en algunos casos, aparece en estas advertencias algún espóiler importante de giros que ocurren en el libro.

Con esto en mente, espero que disfruten sin problema de este viaje al interior de mi imaginación.

1

DE LA CARPETA DE BORRADORES DE «QUERIDA DEBBIE»

Querida Debbie:

En tu maravillosa columna siempre nos cuentas que el desayuno es la comida más importante del día. ¡Y te creo! Pero ¿mi familia está dispuesta alguna vez a sentarse a desayunar? Antes las ranas criarían pelo.

Cada mañana es el mismo circo. Mis hijos buscan zapatos que se les han perdido o tareas que han desaparecido durante la noche y mi marido no encuentra las llaves o sus lentes.

Nadie muestra interés en dedicar cinco minutos a sentarse en la mesa de la cocina para disfrutar de un desayuno buenísimo para el que me he pasado cocinando los quince últimos minutos.

¡Lo he intentado todo! Comidas rápidas, opciones para llevar, sobornos (¡mejor no preguntes!), pero, por mucho que haga, mi familia siempre sale de casa con el estómago vacío.

¿Cómo rayos se supone que puedo conseguir que mi familia dedique unos minutos a tomar un desayuno nutritivo antes de salir corriendo por la puerta sin despedirse siquiera? ¡Ayúdame, Debbie!

Hambrienta de Hingham

Querida Hambrienta de Hingham:

Sin duda, el desayuno es la comida más importante del día. Estimula los niveles de energía y lucidez y, si no tomas un desayuno sano, arrastrarás la flojera todo el día. En los niños y los adolescentes, un desayuno nutritivo puede estimular la memoria y la concentración en la escuela.

Si tu familia no muestra interés por el desayuno, prueba a investigar qué tipo de comida les puede tentar para dedicar esos esenciales quince minutos de más cada mañana. Algunas personas prefieren un bol de cereales, puede que otros quieran tortitas y otros un desayuno completo con huevos y beicon y una tostada de pan integral. Averigua qué es lo que más le gusta a tu familia y satisface esos deseos.

Y, si eso no te funciona, te recomendaría colocar un candado en las puertas delantera y trasera de tu casa. A primera hora de la mañana, cierra ambas puertas por dentro y guárdate la llave en el bolsillo. Avisa a todos de que no van a salir de casa hasta que hayan tomado un desayuno sano. Si ves que dudan, seguro que una sencilla amenaza de tragarte la llave a menos que se sienten a comer hará que todo se agilice.

¡No me cabe duda de que pronto estarás disfrutando de un maravilloso desayuno con tu familia todos los días!

Debbie

2

DEBBIE

Tengo prohibido hablar con mi hija Lexi por las mañanas. Me impuso esa norma cuando empezó en la secundaria y, ahora que está en el último año, sigue vigente de manera inflexible. La norma entró en vigor cuando decidió que no le gustaba que yo me atreviera a preguntarle «¿Cómo estás?» nada más empezar el día ya que ella sencillamente no estaba «de humor para hablar ahora mismo, mamá, por Dios».

Así que, a mediados de su primer año, Lexi anunció de forma oficial que ya no se me permitía hablar con ella por la mañana temprano. Y si pruebo con alguna forma de comunicación, verbal o no verbal, ella me soltará: «¿Qué te tengo dicho?». O puede que algo peor aún: me fulminará con esa mirada suya.

Ya saben a qué me refiero. Al menos, los que tienen hijos adolescentes.

Así que, cuando Lexi entra en nuestra cocina este miércoles por la mañana, yo no pronuncio palabra. Me limito a seguir comiendo mi bol de cereales, los que llevan más fibra. (A mis cuarenta y tantos años, cualquier cosa que tenga mucha fibra la compro sin pensar). Resulta fácil no hablar con Lexi porque unos auriculares gigantes le tapan las orejas. Siempre lleva esos auriculares. Es posible que se le hayan fusionado con los huesos temporales del cráneo.

Lexi tiene el pelo recogido en una coleta desaliñada que parece como si se la hubiese hecho anoche o quizá hace varios días y no haya encontrado tiempo para arreglársela. Lleva una sudadera muy grande con capucha que bien podría ser una prenda para irse a la cama, una impresión reforzada por el hecho de que lleva puestos unos pantalones de pijama de cuadros. No es que hoy sea el día del pijama en la secundaria ni nada de eso. Es lo que se ponen ahora los chicos. A mí me parece de mal gusto, pero, por otro lado, también siento envidia. Ojalá pudiera llevar yo pantalones de pijama todos los días.

De mis dos hijas, Lexi es la que se me parece, algo que, estoy segura, le provoca una vergüenza tremenda. Tiene la misma estructura ósea delicada en la cara que yo y un tono oscuro similar en el pelo, ligeramente ondulado. Como a mí, las tareas de clase le resultan fáciles, razón por la que este año se apuntó a cuatro cursos de nivel avanzado universitario y a varias clases teóricas, porque ya estuvo en clase de Cálculo avanzado el año pasado.

Al igual que yo, puede que sea un poco más lista de lo que le conviene.

Lexi ni siquiera me mira de reojo cuando va directa hacia el refrigerador, aunque sí lanza una mirada de desprecio a las latas que he amontonado sobre la encimera de la cocina para la recolecta de comida en conserva. Todo lo que hago es una mezcla entre bochornoso y molesto. Sin embargo, mi delito más imperdonable es haberla llamado Alexa. En mi defensa, debo decir que yo no podía saber que Alexa terminaría convirtiéndose en *una cosa*.

Lexi echa un vistazo por encima del hombro y se sorprende al verme. Está deseando hacer un comentario, pero eso acabaría con su eterno voto de silencio. Su lucha interna es real.

Por fin entiendo de qué se trata. Es el lápiz de labios. Nunca me pongo lápiz de labios.

«¿Para qué te has arreglado, mamá?», quiere saber.

Tomo otra cucharada de mis cereales con fibra y, a continuación, me doy toques en los labios con una servilleta. Soy más bien del tipo de madre que lleva camiseta y mallas, así que le sorprende verme con un vestido y maquillada. Incluso me he secado el pelo con el secador en lugar de hacerme una coleta mientras aún está mojado.

—Hoy vienen los fotógrafos de *Jardinería doméstica* —le recuerdo—. Van a hacer fotos del jardín.

Fue un honor que la revista me eligiera para este reportaje en particular. Como ama de casa y madre de dos hijas, ha habido veces en las que mi vida ha estado un poco…, en fin, vacía. Estoy orgullosa de mis hijas, pero quería sentirme orgullosa de algo que fuera solo mío. Esta sesión de fotos ha supuesto un buen subidón de energía para mi nivel de confianza. Trabajo mucho en mi jardín.

Ha habido veces en las que he pensado que, si no hubiese sido por mis flores, no habría sido capaz de levantarme de la cama por la mañana.

—No lo sabía —contesta Lexi, aunque se lo he dicho docenas de veces. No hago mención a que si yo me hubiese olvidado de algo que ella me hubiera contado ayer mismo estaría arremetiendo contra mí en este mismo momento—. En fin, buena suerte.

Eso ha sido bonito. Y ha habido otro milagro: mi hija de diecisiete años ahora me habla por la mañana. Es como una especie de sueño loco y maravilloso. ¿Me puedo atrever a pensar que los difíciles años de la adolescencia quizá estén llegando a su fin?

—Gracias —respondo con cautela, deseando no hacer nada que perturbe la paz.

Entonces, Lexi arruga la nariz.

—No irás a llevar de verdad todas esas latas hoy a nuestra secundaria, ¿verdad? Vas a parecer una basurera.

Bueno, los años difíciles quizá no estén llegando a su fin todavía.

Antes de que se me pueda ocurrir una respuesta adecuada a la crítica de mi hija por haber recolectado comida para los necesitados, mi otra hija, Isabel, entra en la cocina. Probablemente sea lo mejor, porque no le habría gustado nada de lo que yo dijera.

Izzy es alumna de segundo curso del Instituto de Secundaria Hingham, dos cursos por debajo de su hermana. Mientras Lexi me recuerda inquietantemente a mí, Izzy es mucho más parecida a su padre. Tiene su pelo castaño claro, su sonrisa sincera y su constitución robusta. Y, al igual que él, es despreocupada.

Al contrario que Lexi y que yo, Izzy siempre ha sido muy deportista. He llegado a la conclusión de que las endorfinas hacen que sea más agradable que su hermana. En fin, esa es mi teoría recurrente. Si yo no me obligara a ir al gimnasio varios días a la semana, asesinaría a alguien de mi cuadra.

—Hola, mamá. —Izzy coge una manzana del bol de la encimera de la cocina—. Tengo que irme. El autobús llega en un minuto.

—¿Eso es lo único que vas a desayunar? —protesto.

—Mamá, tengo que irme.

En la vida y en la maternidad, sobre todo cuando se es madre de adolescentes, una debe elegir sus batallas.

—Okey. Te quiero —grito—. Te recojo después del fútbol.

Izzy vacila, y su coleta alta se balancea por detrás de la cabeza mientras se queda quieta, como si estuviese eligiendo sus palabras. Se mete la manzana en el bolsillo de la sudadera.

—No hace falta —dice por fin—. Vendré a casa en autobús.

—Pero espera un momento. —Cuando me apresuro a ponerme de pie, el bol de cereales se vuelca lo suficiente como para derramar leche sobre la mesa de la cocina. Al menos, no me ha manchado el vestido—. El autobús escolar no va a pasar después de que haya terminado el fútbol. Puedo recogerte yo.

Izzy no contesta.

—¡No es ningún problema! —insisto mientras trato de no pensar en la época en la que recogía a Izzy en la guardería y ella se lanzaba corriendo hacia mí con tanta fuerza que casi me hacía caer.

No estoy segura de cuánto tiempo se habría quedado Izzy mirándome con las manos metidas en los bolsillos si Lexi no hubiese intervenido.

—Por el amor de Dios, Iz, díselo —salta.

Miro a una y a otra. Odio cuando comparten secretos, aunque eso es mejor que si se estuviesen peleando.

—¿Decirme qué?

Izzy sigue sin abrir boca.

Lexi suelta un exagerado suspiro antes de hablar.

—La han echado del equipo de fútbol.

—¡Lexi! —protesta Izzy a la vez que se ruboriza.

—¿Qué?

Esto es de lo más absurdo. Izzy lleva jugando al fútbol desde que estaba en el kínder. Podría regatear con el balón de fútbol aun estando dormida. ¿Cómo van a echarla del equipo? Es una de las mejores alumnas que tienen. Dios santo, es una de las mejores jugadoras que tienen.

—No lo entiendo —digo—. ¿Por qué te han echado del equipo?

Izzy no quiere mirarme a los ojos.

—Mamá…

Debe de tratarse de algún error. No hay otra explicación.

—Voy a llamar al entrenador Pike.

—No, mamá. —Sus ojos se abren con expresión de pánico—. Tengo que irme ya. No llames al entrenador Pike.

—Izzy…

—Por favor, no le llames. —Tiene los ojos llenos de desesperación—. Prométeme que no vas a llamarle, mamá.

No quiero que pierda el autobús. No puedo permitirme tener que llevarla ahora porque debo estar aquí para la sesión de fotos. Pero no va a moverse hasta que yo acceda, así que por fin le digo:

—Lo prometo.

Prometo que no voy a llamarle. Pero no le he prometido que no voy a ir a su oficina para preguntarle en qué rayos estaba pensando cuando ha echado a mi hija del equipo.

Izzy me lanza una última mirada y, a continuación, sale a toda velocidad por la puerta. Esa chica siempre va corriendo. Es una jugadora de fútbol increíble. No sé qué habrá pasado para que la echen del equipo, pero estoy decidida a llegar al fondo del asunto.

Dirijo la atención a mi hija mayor, que ha cogido una lata de crema de maíz dulce y está leyendo la etiqueta con una expresión avinagrada en el rostro, como si los ingredientes le hubiesen lanzado una ofensa personal.

—¿Tú sabes qué ha pasado? —le pregunto a Lexi.

—Dios mío, mamá. No, no lo sé —refunfuña Lexi—. Por favor, ¿puedes dejar de preguntarlo un millón de veces?

Es la primera vez que se lo pregunto, pero da igual.

—¿No te han contado nada de nada?

—No. —Lexi me mira con furia, pero después añade—: De todos modos, le conviene más que la hayan echado del equipo. El entrenador Pike es un pervertido.

—¿Un pervertido?

Pone los ojos en blanco, fastidiada por tener que dedicar tiempo a explicarme cada pequeño detalle.

—Mi amiga Mira estaba en el equipo de fútbol y me contó que siempre daba la «casualidad» de que entraba en el vestidor cuando las chicas se estaban cambiando. Se disculpaba y se marchaba rápidamente, pero..., en fin, a mí no me parece ninguna casualidad.

¿Que hacía qué?

Los cereales se me pegan a la garganta mientras asimilo esta nueva revelación. Izzy no ha dicho nunca nada parecido, pero conozco a Mira, la amiga de Lexi, y no es del tipo de chicas que vayan inventándose historias. ¿Es posible que sea verdad? Y, si lo es, ¿de verdad quiero que Izzy esté en el equipo de fútbol?

—Uf, ¿puedes parar ya, mamá? —pregunta Lexi con tono de fastidio.

Me obligo a tragarme la cucharada de cereales.

—¿Parar qué?

—Lo de masticar —contesta.

—¿Masticar? —repito incrédula.

—Tu forma de masticar… Haces mucho ruido. Es que nadie en el mundo mastica haciendo tanto ruido. Créeme…, es superraro. Probablemente lo oigan hasta los vecinos.

Nadie ha criticado nunca el volumen de mi forma de masticar. Por un momento, me siento confundida.

—Lo siento, intentaré masticar más silenciosamente.

—Se oye mucho —insiste—. Siempre estás masticando y es como, en plan, supermolesto.

Durante un momento, me saca de mis pensamientos sobre el entrenador Pike el asunto más inmediato de lo que sea que haya pasado en mi relación con mi hija mayor. Recuerdo una época en la que hacía tortitas para Lexi por la mañana. Me entregaba de lleno. Formaba una cara sonriente en cada tortita usando arándanos o, si era una ocasión especial, trocitos de chocolate. Cuando Lexi veía esas tortitas con caras sonrientes, sobre todo las de trocitos de chocolate, los ojos se le iluminaban y, después, empapaba todo el montón con sirope de arce. Tras unos cuantos bocados, levantaba los ojos para mirarme con una sonrisa pringosa y feliz. «¡Haces las mejores tortitas del mundo mundial, mami!».

Tomo otra cucharada de cereales mientras me pregunto si habrá alguna actividad que podría proponerle para hacer juntas. A lo mejor ir de compras. A Lexi siempre le ha encantado ir de compras, incluso cuando era pequeña, y todavía le sigue gustando mucho la ropa. Aunque encontrar las prendas que le gustan puede ser un desafío.

A lo mejor puedo plantearle llevarla a una tienda de pijamas. ¿Existen sitios así? Si no, deberían inventarlo. Es una idea buenísima.

Se oye un claxon en la calle lo bastante fuerte como para que las dos nos sobresaltemos. Yo ya no puedo hacer que mi hija sonría, pero ese claxon sí. Es su novio, Zane, que hace poco ha cumplido dieciocho años, se ha sacado la licencia de conducir y ahora puede llevarla a la secundaria todos los días.

Pero nunca entra en casa. Solo hace sonar ese maldito claxon lo bastante fuerte como para que todas las ciudades de alrededor sepan que ya ha llegado. Puede que incluso haga más ruido que yo cuando mastico.

—Tengo que irme —canturrea Lexi.

Mi hija coge del suelo su mochila, que pesa lo suficiente como para que, cuando la lleva, camine con la espalda inclinada ligeramente hacia atrás. Abre la boca como si fuese a decirme adiós, pero, a continuación, recuerda su norma de no hablarme por las mañanas y sale a toda velocidad por la puerta sin decir nada más.

Solo me he tomado la mitad de mis cereales, pero, de todos modos, ya no tengo mucho apetito. Atravieso la sala de estar siguiendo la estela que ha dejado Lexi hasta la puerta de la calle, consciente de que no se habrá molestado en cerrar con llave al salir. ¿Por qué iba a hacerlo si yo siempre voy detrás para cerrarla?

Siempre estoy disponible para mi familia. Siempre.

Me asomo por la ventana para ver el destartalado Kia rojo que sale de mi camino de entrada. Siempre que veo ese carro pienso que debería llevarlo directo al desguace y dejarlo allí. No me entusiasma que a mi hija mayor la lleven a la secundaria en esa chatarra, pero reconozco que no tengo voz ni voto en ese asunto.

Mis pensamientos sobre el chico que conduce la chatarra son aún menos benévolos.

Consigo entrever a Zane mientras sale a la calle de delante de mi casa. Tiene el pelo largo y desgreñado y es más delgado que un fideo, aunque las veces que ha estado en mi casa ha devorado una tonelada de comida. Si la mitad de mi refrigerador se ha quedado vacío, quiere decir que Zane ha estado de visita. Sobre todo si el refrigerador se ha quedado entreabierto y la tapa del inodoro está levantada. Por no mencionar el hecho de que estoy bastante segura de que fuma cigarrillos electrónicos. Ni siquiera sé bien qué son, pero sí sé que no quiero que mi hija salga con un chico que los fuma. Aunque tampoco tengo otra opción.

Pero, sobre todo, no me gusta su forma de mirar a Lexi. Hay algo en su expresión que me inquieta. Es algo que he visto antes, un recuerdo que no consigo borrar.

Lexi y Zane llevan saliendo unos cuatro meses, y yo me había imaginado que habrían terminado hace tres y medio.

Pero no puedo prohibirle que salga con él. Tiene diecisiete años y eso no terminaría bien. Si le dijera que no lo viera, ella lo vería... mucho más. No, lo más inteligente es esperar a que corten. Es una chica lista y sabrá qué tiene que hacer. Al final, Zane desaparecerá.

Y si no, en fin, tengo la intención de proteger a mi hija. A las dos. Les guste o no.

Estoy a punto de volver a la cocina, pero me detengo cuando veo un nuevo movimiento al otro lado de la ventana. Es mi vecino Brett Carlson recorriendo el camino de entrada que separa nuestras casas. La verdad es que, más que caminar, va dando pisotones. Se dirige hacia nuestra puerta. En un minuto, la estará aporreando.

El día está a punto de ponerse interesante.

3

Aunque estoy a pocos metros de la puerta, no la abro directamente. Le doy a Brett la oportunidad de que llame al timbre. Repetidamente. A continuación, como era de esperar, empiezan los golpes.

—¡Abre! —grita mientras da puñetazos inútilmente contra nuestra puerta—. ¡Abre ahora mismo!

Cuánto dramatismo.

Brett Carlson se mudó a nuestro barrio hará un año. Conozco bastante bien a la mayoría de nuestros vecinos, pero apenas conozco a Brett. Lo único que sé es que trabaja en finanzas, que conduce su deportivo a demasiada velocidad y que pone música al máximo volumen en la oficina de su casa mientras trabaja, lo bastante alta como para molestar a todo el vecindario. Siempre parece arreglárselas para bajarla justo antes de que llegue la policía por las denuncias de ruido.

Me tomo mi tiempo para abrir la puerta. Pero, antes de hacerlo, cojo el cúter que guardamos en un armario de la entrada y me lo meto en el bolsillito de la falda del vestido. Por si acaso.

Brett está en mi porche delantero, con las manos apretadas en puños y toda la cara de color escarlata oscuro. Me fulmina con la mirada con ojos amenazantes. Yo mantengo los dedos de la mano derecha apretados en torno al cúter que tengo guardado.

—¡Buenos días, Brett! —saludo con tono alegre—. ¿Qué deseas?

—Sé lo que has hecho —me suelta—. ¡Sé lo que has hecho, Debbie! ¡Y no vas a salirte con la tuya!

Lo miro parpadeando.

—No sé de qué me hablas. ¿Qué rayos crees que he hecho?

—¡Sé que has sido tú! —A Brett se le hinchan todas las venas del cuello—. ¿Creías que después de todas esas denuncias por ruido no me lo iba a imaginar?

—En serio —insisto—. No sé a qué te refieres, Brett.

—Mi cuadro eléctrico —me aclara—. Has entrado en mi sótano y has arrancado el interruptor de mi oficina. No tengo ninguna luz en esa habitación. ¡Me va a costar miles de dólares arreglarlo!

Me llevo la mano al pecho.

—¡Cielo santo!

—«Cielo santo» —repite con tono de burla—. Eres una mentirosa de mierda. No te gusta que ponga la música fuerte y me has cortado la luz. —Me mira entrecerrando los ojos—. Sé que has sido tú. Y vas a pagar por ello, sea como sea.

Parece dispuesto a tratar de abrirse paso a empujones al interior de mi casa para continuar la conversación. Yo le bloqueo el paso, preparada para sacar el cúter si es necesario. Pero no hace falta. A Brett se le va la fuerza por la boca.

—Siento mucho lo que ha pasado con tu cuadro eléctrico, Brett —digo con el ceño fruncido—. Pero te juro que no he sido yo. ¡Apenas sé cómo funciona el nuestro! Todos esos cables… son un gran misterio para mí. Pregúntale a Cooper. Él siempre arregla los interruptores.

Brett sigue fulminándome con la mirada, nada convencido.

—Sé que has sido tú.

—¿Tienes alguna prueba?

—¿Alguna prueba?

Sonrío con cortesía.

—Es una pregunta sencilla, Brett.

—No necesito ninguna prueba. Sé que has sido tú.

Me río, lo cual parece que solo consigue enfurecerlo.

—Esto es de lo más absurdo. ¿Cómo iba yo a entrar siquiera en tu sótano?

Hace una pausa de una milésima de segundo para pensar.

—Tenía una llave escondida bajo el farol del patio trasero. Debiste de imaginar que estaba ahí.

Es verdad que hay determinadas personas ingenuas que esconden las llaves de su puerta delantera en un lugar fácil de encontrar: bajo una piedra, en una maceta o incluso bajo la alfombrilla de la puerta. Es como dejar una invitación impresa para los ladrones. Cuando visitamos a algunos amigos, Cooper y yo tenemos un jueguecito en el que debo adivinar dónde han escondido la llave de repuesto antes de que lleguemos a la puerta de entrada. Siempre se ríe con eso. Hace poco, cuando fuimos a cenar a casa de uno de sus compañeros de trabajo, le dije que la llave de repuesto estaba escondida debajo de un gnomo del jardín junto a la puerta. Cuando lo levantamos, como me esperaba, ahí estaba. Tengo un sexto sentido para estas cosas.

—Entonces, ¿me estás diciendo que yo he encontrado esa llave que escondes en tu jardín trasero y que, después, he entrado a escondidas en tu casa en mitad de la noche y que, como sea, he arrancado un interruptor de tu cuadro eléctrico? Yo no soy más que un ama de casa, Brett. ¿De verdad crees que he hecho todo eso?

Por primera vez desde que ha aparecido, hay en su cara un destello de inseguridad.

—¿Sabes? —continúo—. Probablemente hayan sido unos adolescentes. Ayer por la noche vi a unos chicos con mal aspecto por la calle. No me sorprendería que se les hubiera ocurrido hacer alguna fechoría.

No es del todo mentira. Zane siempre anda por aquí y tiene un aspecto horrible.

—Sigo pensando que has sido tú. —Brett me lanza una mirada asesina desde el porche delantero, aunque la convicción de sus palabras ha desaparecido en parte—. Puede que no tenga ninguna prueba, pero voy a instalar una cámara en cuanto arregle esto.

—¡Una idea maravillosa! —exclamo—. Las cámaras de seguridad son una forma estupenda de mantener tu casa a salvo.

Brett parece estar deseando estrangularme con sus propias manos. Estoy a punto de coger de nuevo el cúter, pero, entonces, me detengo y, en lugar de eso, miro a mi vecino con una sonrisa.

—Espero de verdad que agarren al sinvergüenza que te ha hecho esto —le aseguro.

—Sí —murmura—. Seguro que sí.

Y dicho eso, se da la vuelta y baja los escalones del porche echando humo mientras no deja de lanzar miradas furiosas por encima del hombro.

4

Suena mi teléfono en la cocina.

A pesar de que con frecuencia regaño a las niñas por tener el móvil sobre la mesa durante la cena, lo cierto es que yo tampoco me alejo del mío. De hecho, está justo al lado de mi bol de cereales, en la mesa de la cocina. Al principio, doy por sentado que será la revista con alguna instrucción de última hora para la sesión de fotos. Pero, cuando vuelvo a la cocina, veo el nombre de Garrett Meers en la pantalla.

Mi jefe.

Aunque a veces me identifico como madre y ama de casa, la verdad es que trabajo a media jornada para un periódico destinado a familias que se llama *Hingham Household*, donde escribo una columna con el título de «Querida Debbie». Es algo parecido a la ya clásica «Querida Abby» que lleva en funcionamiento desde los años cincuenta, solo que la escribo yo, así que es Debbie en lugar de Abby. ¿Me explico? La gente de todo Hingham me manda preguntas en busca del fruto de mi sabiduría. Hago lo que puedo.

La gente me dice que le encanta mi columna y, aunque no me pagan mucho, me gusta. Por supuesto, cuando empecé la universidad en el MIT hace casi treinta años para estudiar informática, jamás habría creído que mi empleo principal sería como escritora de una columna de consejos de un periódico. Mi profesor de informática de la secundaria me dijo que yo iba a ser la próxima Bill Gates.

No hace falta decir que no soy la próxima Bill Gates. Nada más lejos. De hecho, dejé la universidad en el segundo semestre del segundo año.

Pero todavía jugueteo con la programación. La verdad es que he creado algunas aplicaciones para el teléfono, aunque nadie las usa, salvo mis familiares más cercanos. De la que estoy más orgullosa es de una aplicación que se llama Findly, un rastreador bastante preciso de amigos y familiares. Tanto Izzy como Lexi se instalaron Findly en el móvil, lo que implica no solo que sé dónde están, sino que también puedo descargar un historial de sus anteriores ubicaciones. Mis hijas están más seguras cuando sé dónde se encuentran.

También tengo un rastreador en el teléfono de mi marido. Con su permiso, claro.

Mi teléfono sigue sonando, así que lo cojo de la mesa de la cocina y deslizo el dedo para aceptar la llamada. Los fotógrafos no van a venir hasta casi dentro de una hora, y Garrett nunca quiere hablar mucho rato. Como siempre dice, es «un hombre ocupado».

—Hola, Debbie —saluda—. Me alegro de poder encontrarte.

—Ajá. —Me vuelvo a sentar en mi silla. Garrett se hizo cargo del periódico hace dos años y no es mi persona favorita del mundo. Le evito todo lo posible—. ¿Qué pasa?

—Oye —dice—. ¿Crees que podrías pasar hoy por la oficina?

Frunzo el ceño ante la inusual petición. Normalmente le envío por correo electrónico mis artículos y me ingresan directamente los pagos.

—¿Hoy? ¿A qué hora?

—Lo antes posible.

Noto una sensación de inquietud en la boca del estómago. Ya estaba nerviosa por la sesión de fotos de hoy, y una reunión misteriosa con mi jefe es lo último en lo que necesito pensar ahora.

—Claro. Iré esta tarde. ¿Sobre las dos?

—Me parece bien, Debbie. Te veo luego.

Antes de que yo pueda preguntar nada más, Garrett cuelga. ¿A qué viene todo esto?

Sigo sintiendo un pellizco en el estómago. Estoy tentada de ir allí ahora mismo para llegar al fondo del asunto, pero es imposible. Los fotógrafos están al caer, y justo después tengo una comida del club de lectura con unas mujeres del barrio. Si me salto lo del club, me lo van a echar en cara toda la eternidad.

Bajo la mirada al teléfono. ¿Debería llamar a Garrett de nuevo para que me dé más información? Estoy tentada de hacerlo, pero, en ese momento, Cooper entra en la cocina. Siempre es el último miembro de la familia en bajar por las mañanas, pues no tiene que estar en su oficina de contabilidad hasta unas cómodas nueve de la mañana. Le gusta dormir hasta tarde, y yo disfruto de esos momentos de tranquilidad con él.

Cooper lleva una camisa de vestir blanca con rayas azul claro, y la corbata gris le cuelga aflojada del cuello. Acaba de afeitarse y tiene un diminuto trozo de papel higiénico pegado a un corte por encima de su suave mandíbula inferior. Huele a su loción de menta de después del afeitado y me sonríe mostrando una fila de dientes rectos, uniformes y casi blancos.

Me levanto de mi asiento y cojo mi bol de cereales pastosos. Si alguna vez supieron bien, ese momento ya ha pasado. Mejor será tirarlos.

—¿Te preparo un bol de cereales? —le ofrezco.

—Lo puedo hacer yo.

—No es ningún problema. —Le guiño un ojo—. Me gusta cuidar de ti.

Se ríe un poco avergonzado. A Cooper lo educaron bien, lo que quiere decir que está encantado de hacer las tareas de casa. Se sorprendió la primera vez que me ofrecí a lavarle la ropa después de casarnos. Pero tenía sentido, puesto que él trabajaba y yo no. Si yo podía hacerle la vida más fácil, ¿por qué no? Tampoco es que tuviese otra cosa mejor que hacer.

Cooper se desliza en uno de los asientos de la mesa de la cocina y se queda sentado, viendo cómo le preparo el desayuno. Mientras le sirvo la leche en el bol, su teléfono empieza a sonar y se lo saca del bolsillo. Su móvil no es el último modelo ni tampoco el anterior al último. Cooper se compra uno nuevo cuando el que tiene está tan viejo que el software ya no se puede actualizar. Ni siquiera se compró un teléfono inteligente hasta que todos nuestros conocidos tuvieron uno. Al contrario que yo, siente aversión por la tecnología. Evita todas las redes sociales y ni siquiera le gusta enviar mensajes a menos que se vea obligado. «¿Qué tiene de malo una llamada?», refunfuña a menudo.

Es una de las cosas que me encantan de él. Es lo opuesto a lo que era yo.

Cooper mira la pantalla del móvil y frunce el ceño. Levanta la mirada hacia mí durante una milésima de segundo y no puedo evitar darme cuenta del modo en que lo ladea para que yo no pueda ver la pantalla. Silencia la llamada y se vuelve a meter el teléfono en el bolsillo.

Dejo el bol de cereales de Cooper en la mesa de la cocina. No es exactamente un desayuno gourmet, pero, al contrario que nuestras hijas, al menos va a comer algo antes de salir de casa. Sin embargo, en lugar de hincarle el diente a su desayuno, se toquetea la corbata. Normalmente no lleva, pero hoy es un día importante para él.

—Deja que te ayude con eso —digo.

—Ya lo hago yo.

—No, déjame. Es un suplicio mirarte.

Cooper se levanta, obediente. Hoy está lindo, con su camisa recién planchada y el pelo todavía algo mojado de la ducha. Tiene mediada la cuarentena, igual que yo. Lo cierto es que está más cerca de los cincuenta, si nos ponemos pedantes con el tema. Pero, pese a que tiene el pelo algo más fino que antes, sigue siendo lindo. Ni siquiera parece muy diferente a como era cuando nos conocimos con veintipocos años, aunque quizá sea porque lo veo todos los días y no me doy cuenta de los cambios más graduales. No atrae miradas, pero, de todos modos, nunca las atrajo. Tiene el atractivo del típico vecino bonito, igual que yo tengo el de la típica vecina linda.

O, al menos, así era antes yo.

Le aprieto la corbata alrededor del cuello, y es entonces cuando los ojos de Cooper se posan en mi vestido, que es blanco con dibujos irregulares rojos. Juro que en la tienda parecía estupendo, pero, cuando veo ahora el estampado, esas manchas rojas casi podrían ser..., en fin, manchas de sangre.

Ay, Dios. Quizá debería cambiarme.

—Eh —dice—. Estás estupenda.

Parece decirlo en serio.

—Gracias.

—Hoy es tu sesión de fotos, ¿no?

Se acuerda. Puede que Cooper sea la única persona de mi casa que de verdad escucha las palabras que salen de mi boca.

—Así es. Vienen a las diez.

—Es genial. —Me rodea el cuerpo con sus brazos y me atrae hacia él—. Nuestro jardín va a salir en una revista. ¡Vamos a ser famosos!

Creo que Cooper está sobrestimando el alcance de la revista *Jardinería doméstica.*

—La verdad es que no.

—No te subestimes. —Baja los labios para darme un besito en

los míos. Cooper tiene la altura perfecta para los besos cuando estamos de pie—. Siempre le digo a todo el mundo que eres la mejor jardinera de la ciudad.

—Ajá.

—Tengo a la mujer con más talento de todo el barrio. —Me besa de nuevo, esta vez con más intensidad. Sus siguientes palabras las susurra en mi oído—. Y la más sexy.

Cooper y yo llevamos ya casi veinte años casados y, aun después de todo este tiempo, siempre hace que me sienta tan atractiva como el día que nos conocimos. Actúa como si siguiera siendo la misma recepcionista de veintipocos años que revisaba con él las cuentas de la empresa mientras trataba de fingir que no me miraba las piernas.

Cuando me pidió salir casi le respondí que no de forma automática. Estuve a punto de pararle los pies. En aquel entonces yo no quería salir con nadie, pero había algo en sus ojos que me hizo cambiar de opinión. Y ahora, después de tantos años, no me arrepiento. Al menos, no en lo que a él respecta.

Me pregunto si él siente lo mismo.

Por fin me aparto de su beso con un pellizco de remordimiento. Por mucho que esté deseando esta sesión de fotos, un revolcón rápido con Cooper tampoco estaría mal. Siempre parece dispuesto por las mañanas, pero ninguno de los dos tiene tiempo.

—Llevas mi lápiz de labios —me burlo señalándole la mancha de rojo que me ha quitado de los labios para quedarse en los suyos.

Él se ríe y coge una servilleta de la mesa para limpiarse.

—Ken me pondría mala cara si apareciera en el trabajo con los labios pintados.

Eso no es de extrañar. Su jefe siempre pone mala cara con todo.

—Bueno —digo—. ¿Hoy es el día que vas a hablar con él de... eso?

Cooper se encoge. Lleva ya una década trabajando para Ken Bryant y no le paga ni de lejos lo que se merece. Cooper Mullen tiene muchas virtudes: es un buen marido, un buen padre y un mejor contable. Pero su peor defecto es que no es ambicioso. No quiere trabajar por cuenta propia pese a que sería más lucrativo. Ha estado tanteando a Ken con la idea de hacerse con una parte de la empresa contable, y se supone que van a tener hoy una reunión para tratar el asunto. Por eso la corbata que no sabía cómo anudarse.

—Supuestamente —masculla Cooper sin mirarme a los ojos. Hasta aquí el momento de pasión.

Le quito el trocito de papel higiénico del corte en el mentón y hace un gesto de dolor.

—No querrá perderte. Eres increíble en tu trabajo. Dile sin más a lo que aspiras y apuesto a que estará encantado de hacerte socio.

—No se va a alegrar —contesta Cooper, lo cual probablemente sea verdad.

—Aun así, plantéaselo y mantente firme.

Cooper está diciendo algo más, pero no le escucho, distraída al entrever un camión que está pasando por el lateral de la casa. Parece que ha llegado un electricista para ayudar al pobre Brett. Espero de verdad que el problema de su cuadro eléctrico no sea mucho peor de lo que se imagina.

5

COOPER

Debbie me hace un nudo perfecto.

Me he anudado docenas de corbatas. No, cientos. Pero, siempre que lo hago, parece la obra de un niño pequeño. No sé qué me pasa; mi destreza no es suficiente. Pero Debbie siempre me la deja perfecta. Es uno de sus superpoderes, además del de todas esas flores de llamativos colores del jardín trasero que parecen salir de la nada.

Y esa es solo la punta del iceberg. A mi mujer se le da bien todo lo que prueba. Es un genio: ha inventado varias aplicaciones para nuestros teléfonos que funcionan de verdad. Las programa ella misma. Yo apenas sé utilizar la mayor parte de las tonterías de mi móvil y ahí está ella, creando aplicaciones por arte de magia.

Sinceramente, a veces me pregunto cómo ha terminado en esta vida, casada con un desgraciado como yo.

—No lo olvides. —Debbie ladea la cabeza para mirarme. Casi me había olvidado de lo atractiva que está con maquillaje—. No le pidas lo que quieres. Dile lo que quieres.

Se refiere a lo de ser socio de la empresa. Tiene más confianza que yo, porque ni siquiera ha conocido nunca a Ken Bryant. Mi jefe sigue una política muy firme con respecto a lo de separar la vida privada de la laboral. No celebramos grandes fiestas de Navidad en la empresa a las que se invita a las esposas y a los hijos y uno de nosotros se disfraza de Santa Claus. A Ken le molesta incluso que te pongas una foto de tu familia en tu propia oficina. Ese hombre sonríe, como mucho, dos veces al año.

Así que no, no me siento nada confiado con esta reunión. Ni por asomo.

No puedo confesarle a Debbie que casi con toda seguridad esta reunión no va a tener el resultado que ella se espera. La hipoteca de la casa es lamentablemente alta y el coste de la vida en nuestra ciudad está por las nubes. Debbie tiene un sueldo en el periódico, pero yo soy el principal sostén de la familia. Necesitamos este aumento de sueldo. Con urgencia.

Pero a lo mejor tiene razón. A lo mejor Ken acepta. Al fin y al cabo, no querrá quedarse sin mí.

—Confianza —me recuerda Debbie—. Ahora cómete tus cereales.

Le sonrío.

—Sí, señora. Pero solo porque lo has dicho con confianza.

Me siento en la silla que está enfrente de ella para hincarles el diente. Son esos terribles cereales con fibra que ha empezado a comprar hace poco. Los engullo aunque no me gustan nada. Siempre quiero decirle que compre algo que no sepa al cartón en el que viene empaquetado, pero, al menos, esto es sano. A juzgar por su sabor, tiene que serlo.

Mientras como, apoyo la mano sobre el bolsillo donde tengo metido el teléfono con gesto protector. He intentado que no se me note, pero esa llamada inesperada me ha agarrado fuera de juego. ¿Cómo me ha podido llamar sabiendo que sigo en casa, probablemente en medio del desayuno? Si Debbie lo hubiese visto…

No quiero pensar en eso.

Me meto en la boca unas cuantas cucharadas más de cereales

de cartón y es todo lo que puedo aguantar. Me limpio la boca con el dorso de la mano y me levanto.

—Será mejor que me vaya ya. Hoy no quiero llegar tarde. Deja que coja mi almuerzo.

—Pues... —Debbie se pone de pie con gesto nervioso—. No he tenido tiempo de prepararlo todavía. Pero puedo hacerlo ahora. ¿Quieres un sándwich?

Debbie siempre me prepara el almuerzo. Nunca le he pedido que lo haga, pero, nada más casarnos, anunció que esa iba a ser una de sus responsabilidades. No podía decirle que no, pues cualquier cosa que ella hiciera siempre sería muchísimo mejor que lo que yo pudiera comprar en un puesto ambulante o en algún establecimiento de comida rápida.

Esta es la primera vez desde que nos casamos que no me ha preparado nada. Y me deja una extraña sensación de confusión.

—No te preocupes. —No quiero que vea lo que me duele que mi mujer se haya olvidado de prepararme el almuerzo. Soy un adulto y me parece ridículo decirlo en voz alta—. Compraré algo en el centro comercial que hay al lado de la oficina.

Rodeo la mesa para darle un beso a Debbie. Creo que nunca me he ido de casa sin despedirme con un beso y es un ritual que hoy no vamos a olvidar. Aprieto mis labios contra los suyos mientras le bajo la mano por la espalda, notando la curva de su caja torácica por debajo de la suave tela de su vestido.

Cuando nuestros labios se separan, Debbie me mira a los ojos.

—Buena suerte con Ken.

Sí, la voy a necesitar.

Ayer estacioné en el camino de entrada, así que salgo por la puerta de la calle para ir hasta mi carro. Cierro con llave al salir, un acto reflejo al que me acostumbró Debbie. Vivimos en un barrio seguro, pero siempre dice que una puerta sin cerrar es como buscar problemas.

—¡Mullen!

Saco la llave del cierre a la vez que veo a mi vecino, Brett Carlson, en nuestro jardín delantero, aplastando con sus botas el verde césped al que mi mujer dedica tanto tiempo para que se mantenga frondoso y sano. No sé cómo lo hace Debbie. Es una especie de genio con las plantas.

—¿Qué tal, Brett? —pregunto, reprimiendo mi fastidio por el césped.

Es entonces cuando veo la forma en que Brett aprieta los dientes. Un músculo bajo su ojo derecho se mueve mientras se acerca hacia mí con expresión amenazante. Parece molesto. Yo jamás me he peleado a puñetazos, pero me preocupa que hoy vaya a ser la primera vez. Ahora mismo.

—Ha venido el electricista —me suelta—. Ella no solo ha arrancado el interruptor. Ha destrozado también el cableado.

¿De qué rayos me está hablando?

—¿El cableado?

—Mi cuadro eléctrico —aclara Brett—. Tu mujer se coló anoche en mi sótano y lo ha destrozado.

Al principio, pienso que debe de estar de broma, así que me río. Pero la expresión de furia de su rostro hace que la sonrisa desaparezca rápidamente del mío.

—¿Qué estás diciendo? —Niego con la cabeza—. Debbie no le ha hecho nada a tu cuadro eléctrico.

—Ni hablar. Es ella la que siempre se está quejando a la policía por mi música.

Es posible que eso sea verdad, pero, aun así, esa acusación es intolerable. Se me ocurre que Brett ha estado bebiendo, pero no le noto el olor.

—Te equivocas.

—No me equivoco —contesta—. Y deja que te diga una cosa, Cooper: más vale que vigiles bien a esa mujer tuya.

Pongo los ojos en blanco antes de recordar lo poco que me gusta cuando Lexi hace lo mismo.

—Ah, ¿sí?

—Sí. —Se queda mirándome a los ojos—. Es peligrosa.

No sé qué contestar a eso.

Así que mantengo la boca cerrada. Debbie siempre dice que no se puede razonar contra la opinión de alguien que no razona. Por suerte, el electricista sale de la casa de Brett y lo llama, así que me libro. Aun así, los hombros no se me relajan hasta que mi vecino vuelve a entrar en su casa y cierra la puerta.

Por un momento, me pregunto si debería advertir a Debbie de que Brett está en pie de guerra. Pero me parece innecesario. Su acusación es tan disparatada que estoy seguro de que enseguida se va a dar cuenta de que ha cometido un terrible error.

6

DE LA CARPETA DE BORRADORES DE «QUERIDA DEBBIE»

Querida Debbie:

Permíteme que te diga que me encanta el jazz. No hay nada mejor que poner la radio y oír algo de *Kind of Blue*. ¡Pero mi marido, que Dios le bendiga, no me deja escucharlo! A él solo le gusta la música folk, que no es santo de mi devoción.

Pero aquí está la cuestión: si vamos en su carro, dice que, como maneja él, debe ser también quien elija la música. Muy bien, le digo yo. Pero cuando vamos en mi carro y yo manejo, dice que, como gana más dinero que yo, en teoría es su carro, así que debe ser él quien elija también la música. ¡Dime si no es la mayor estupidez que has oído en tu vida!

¡A mí no me importa escuchar lo que él quiera, pero me parece que yo debería elegir la música al menos alguna que otra vez! ¿Qué debo hacer?

Frustrada con la música folk

Querida Frustrada con la música folk:

¡Créeme si te digo que no eres la primera pareja que ha entrado en guerra por culpa de la banda sonora de un viaje en carro! Pero el matrimonio consiste en negociar y este es un buen punto de partida. Antes de su próximo viaje largo, intenten pensar en unos cuantos artistas que les guste escuchar a los dos y hagan una lista de reproducción con ellos. ¡De ese modo, ambos podrán disfrutar de la música!

Si tu marido no accede a esta negociación, es el momento de sacar el costurero. Ponle en el vino un antihistamínico sin receta por la noche y, mientras duerme, puedes hacerle un agujero en el tímpano usando la aguja del costurero. (¡Son de lo más prácticas!). Cuando hayas terminado con el primer oído, pasa al segundo. Puede ser un poco tedioso, pero se trata de una intervención bastante sencilla.

Después de eso, ¡no le importará nunca más qué van a escuchar en el carro!

Debbie

7

DEBBIE

Las cámaras llegarán en quince minutos.

Echo un último vistazo a mi jardín para asegurarme de que está perfecto. Sé que las rosas son muy populares, como las del jardín de Jo Dolan calle abajo, pero yo tengo una preciosa mezcla de flores de vívido color rosa, rojo y violeta. Cuando la periodista me preguntó qué tipo de flores eran, dije que se trataba de anémonas porque es lo que parecen, pero, en realidad, no lo son.

Si les dijera qué flores son realmente, no saldría en la revista. Ni siquiera Cooper lo sabe.

El jardín está perfecto, así que echo otro vistazo a mi vestido y me aliso las arrugas. El estampado rojo sí que parece de manchas de sangre, pero no sé si merece la pena cambiarme. Ni siquiera estoy segura de que al final me vayan a fotografiar a mí. Si acaso una foto de cara.

Le echo un vistazo a mi reloj de pulsera. Todavía quedan diez minutos. El tiempo parece pasar a cámara lenta. De repente, se me ocurre que querrán café, así que preparo una jarra con la máquina de café de última generación que nos regalaron al inaugurar la casa y que Cooper consideró de inmediato «demasiado complicada». Ahora se toma su café en el trabajo. Pero tampoco es que sea física nuclear (que es mucho menos difícil que mi clase de sistemas avanzados de bases de datos de la universidad). Echo el café molido en la máquina y pulso un botón que la pone en funcionamiento. Y eso es todo. El café está ya de camino.

Demasiado inquieta como para sentarme en la cocina, me dirijo hacia la puerta de la calle. Me asomo por la ventana para mirar por si han llegado antes y están esperando a que den las diez por educación. Pero no hay ningún carro desconocido estacionado delante de mi casa. Sin embargo, sí veo a Bev Petrie, que vive justo enfrente de mí y que está a cuatro patas en el suelo. Antes de poder evitarlo, salgo a toda velocidad por la puerta.

—¡Bev! —grito—. Bev, ¿te encuentras bien?

Bev tiene ochenta y siete años y vive sola en la pequeña casa de una planta que queda muy cerca de la mía. Su cerebro está en plena forma pero ella es tan delicada que me preocupa que una ráfaga de viento se la pueda llevar. Tengo la costumbre de pasarme por su casa para ver si necesita que la ayude con algo —normalmente a sacar la basura y arrastrarla hasta la acera, levantar una bolsa gigante de pienso para su perro, que es igual de viejo que ella (en años de perro) y, por supuesto, tareas relacionadas con el jardín—. Me preocupa que una mala caída pueda terminar con ella en el hospital con la cadera rota y espero que no sea eso lo que ocurra hoy.

—¡Bev! —grito de nuevo cuando me acerco, porque su oído ya no es el de antes—. ¿Qué te ha pasado? ¿Te has caído?

Bev levanta sus ojos azules y algo empañados y una sonrisa le atraviesa la cara. No parece haberse hecho nada grave, y lo cierto es que lo que está haciendo es arreglar sus plantas.

—¡Debbie! ¡Buenos días!

Extiendo una mano para ayudarla a ponerse de pie de nuevo. Me preocupa que no le hubiese sido posible sin mi ayuda. Me recuerdo que tengo que venir a ver cómo se encuentra con más frecuencia.

—Solo trataba de quitar algunos hierbajos. —Echa un vistazo a su jardín con el ceño fruncido—. Esas malditas malas hierbas están por todas partes. Jo Dolan va por ahí diciendo que tengo más hierbajos que flores.

—Bev, yo puedo ocuparme de tus hierbajos este fin de semana —le digo.

Sus ojos se iluminan.

—¿De verdad?

—Claro. Es fácil.

Hay gente que escribe a menudo a «Querida Debbie» pidiendo ayuda para acabar con las malas hierbas sin perjudicar al resto de sus plantas. Normalmente, recomiendo una mezcla de vinagre, sal y jabón. Sin embargo, mi método favorito para terminar con los hierbajos es coger una cacerola de agua hirviendo y escaldar a esos diablillos.

Bev me mira de arriba abajo.

—¡Estás preciosa esta mañana! ¿Es hoy tu sesión de fotos?

Asiento.

—Sí. Será mejor que vuelva a casa.

Son casi las diez y, aunque es evidente que el fotógrafo no ha llegado, no quedaría bien que no estuviese en casa cuando llegara.

—Buena suerte, querida —me dice Bev—. ¡Jo se va a poner muy celosa! ¡Estoy deseando ver su cara!

Me encojo de hombros y hago como que no me importa, pero mentiría si dijera que no sentiría un poquito de placer si fastidiara a mi vecina de la misma cuadra que siempre me está ninguneando. Jo cree que tiene el mejor jardín de la cuadra y siempre se lo está diciendo a todo el mundo.

Me despido de Bev y vuelvo a cruzar la calle hasta mi casa. Han pasado ya varios minutos de las diez y todavía no hay rastro de la gente de la revista. Deben de haberse retrasado. En el mundo real nadie llega puntual a nada. Lo único para lo que hay que ser puntual es para el autobús escolar, porque ese no espera a nadie.

Cuando entro en la cocina, la máquina de café suelta un fuerte silbido y un lento y continuo chorro de líquido marrón empieza a caer en el interior de la jarra. Perfecto. Ahora tengo café. Estoy completamente preparada para cuando aparezcan.

Miro de nuevo el reloj. Tengo un número de teléfono de la revista, pero no me gusta ser de esas. «Vuestro fotógrafo lleva un retraso de quince minutos. ¿Dónde está?». Seguro que terminarán llegando. Los de *Jardinería doméstica* no me dejarían plantada sin más.

¿No?

Me siento en la mesa de la cocina, golpeteando con la punta del pie mientras oigo cómo el café va cayendo lentamente en la jarra. Cada pocos minutos miro el reloj, y cada pocos minutos es unos minutos más tarde, pero el fotógrafo sigue sin llegar. Incluso he mirado mi correo electrónico para confirmar que es el día y la hora que habíamos acordado.

A las diez y veinticinco, me harto. Busco el número de teléfono, que está en un correo de Nita Geisler, la periodista que se puso en contacto conmigo para las fotos. Vino a mi casa y se mostró entusiasmada con el precioso jardín y concertamos esta sesión de fotos para hoy, 26 de septiembre, a las diez de la mañana.

Marco con fuerza los números en el teléfono con dedos algo temblorosos. He pasado la última semana esperando esta sesión de fotos y, como sea, algo he debido de hacer mal. Al final, debe de ser culpa mía. ¿Puede ser que no confirmara el día y la hora como se suponía que debía hacer? Una revista seria no se atrevería a no aparecer sin más.

—*Jardinería doméstica* —contesta con voz alegre una voz femenina al otro lado del teléfono.

Estupendo. Esperaba que el número fuera la línea privada de Nita, pero, al parecer, tengo que enfrentarme a una recepcionista.

—Eh, hola —digo—. Soy Debra Mullen. Quería hablar con Nita Geisler.

—¡Claro! ¿De qué se trata?

—Bueno... —Jugueteo con un mechón de pelo, pero termino tirando de él con tanta fuerza que me hago daño en el cuero cabelludo—. Se suponía que iba a venir con el fotógrafo esta mañana a las diez, pero no ha venido.

—Eh... —Oigo teclear al otro lado—. No veo ninguna cita en la agenda de Nita para hoy.

—Bueno, me escribió un correo electrónico para decirme que nos veíamos esta mañana. —Hago una pausa—. Tengo el correo...

—¡Qué raro! —repite la recepcionista, como si le hubiesen encargado la resolución de un misterio especialmente difícil—. ¡Deje que lo mire! ¡No cuelgue, por favor!

La música de espera es una canción de Taylor Swift. Por lo general, me gusta su música, pero ahora mismo no estoy de humor. Además, cuanto más tiempo paso aquí sentada, mano sobre mano, más empiezo a asimilar el mensaje implícito de que el problema soy yo.

Justo cuando estoy a punto de colgar, la voz de la chica regresa.

—¿Señora Miller?

—Mullen —la corrijo.

—Señora Muller —repite, haciendo un admirable esfuerzo por decirlo bien en su segundo intento—. Tengo a Nita Geisler en la otra línea. ¿Puede esperar, por favor?

Reprimo un deseo de poner los ojos en blanco digno de Lexi sin entender por qué no puede pasarme directamente con Nita sin más, dado que ya me tenía en espera. Siento que estoy tratando de hablar con el presidente o algo así. Nita no es más que una periodista de una insignificante revista sobre jardinería.

—Claro.

Me toca oír otros quince segundos de música de espera antes de que la voz áspera de Nita aparezca al otro lado del teléfono.

—¿Sí? —dice.

—¡Hola! —exclamo con un lamentable sentimiento de gratitud por poder hablar con un ser humano en lugar de oír música—. Soy Debbie... Debra Mullen. Nosotras..., es decir, yo creía que los de las cámaras iban a venir esta mañana. A hacer fotos de mi jardín, ya sabe. Es lo que decía en el correo electrónico. ¿Es que... me he equivocado de día?

—Ah, Debbie —dice Nita tras suspirar—. Lo siento mucho. Creía que mi asistente la había llamado para cancelar la cita, pero parece que no.

Fantástico. He estado esperando aquí toda la mañana con mi vestido de manchas de sangre para nada. En fin, al menos puedo escoger algo menos gore para ponerme antes de la sesión de fotos real. Ahora que sé que eso no va a pasar, me siento un poquito aliviada.

—¿Concertamos otra fecha?

—Lo cierto es que hemos decidido ir en otra dirección —contesta Nita.

El alivio que he sentido un segundo antes desaparece, sustituido por una sensación de náuseas en la boca del estómago.

—¿Otra dirección?

—Bueno —continúa—, cuando salíamos de su casa nos encontramos con su vecina, Josephine Dolan. Vimos su rosaleda y las rosas son un clásico. Se me ocurrió que estaría bien dar un aire retro al reportaje fotográfico.

Me quedo boquiabierta. Estoy completamente pasmada. ¿Jo me ha robado mi sesión de fotos?

—De verdad que creía que mi asistente se lo había dicho —insiste Nita—. Lo siento mucho. Espero no haberle causado demasiados problemas.

—No —contesto aturdida—. Ninguno en absoluto. Pero... O sea, ¿no puede fotografiar los dos jardines? ¿Solo puede ser uno?

Se ríe.

—Claro que no podemos sacar dos jardines en el mismo reportaje. Sería ridículo.

Sí, claro.

—Siento muchísimo todo esto, Debbie —dice—. A modo de disculpa, estaríamos encantados de regalarle una suscripción de tres meses a *Jardinería doméstica*. Necesitaríamos su tarjeta de crédito, claro, pero puede cancelarlo en cualquier momento después del periodo gratis. Aunque a la mayoría de la gente le encanta estar suscrita y continúa durante años.

No sé qué contestar a eso. No quiero que llegue a mi casa una revista con un gran reportaje donde aparece el jardín de Jo.

—Entonces ¿la vuelvo a pasar con mi recepcionista para que le tome los datos? —pregunta Nita.

—Claro —consigo responder.

Pero, a continuación, en cuanto empieza a sonar de nuevo Taylor Swift, cuelgo el teléfono.

Me quedo sentada en la mesa de la cocina con la mirada fija en la jarra que ahora está llena de café. Tendré que tirarlo por el fregadero. Jo y yo llevamos años manteniendo una sana rivalidad por nuestros jardines, pero jamás pensé que caería tan bajo. Quiero creer que existe alguna explicación que no sea que me ha robado el reportaje de la revista justo delante de mi cara.

El aroma a café recién hecho invade la estancia, pero lo único que ahora mismo podría hacer que me sintiera mejor no es el café. Necesito algo fuerte.

No soy muy bebedora, ni tampoco Cooper, pero, aun así, tengo una botella de un caro pinot gris que me regaló mi vecina Rochelle el año pasado por Navidad, consciente de que cualquier regalo que yo le hiciera no sería tan bueno. Todavía no la he abierto, pero esta me parece una buena ocasión.

Guardamos la botella en el armario de encima del refrigerador. Necesito ponerme de puntillas para abrirlo y coger la botella con la mano derecha. No soy muy fan de los vinos y reconozco que dar unos tragos de vino a media mañana es meterse en terreno resbaladizo, pero trato de no pensarlo. Servirá para anestesiar el dolor de la conversación telefónica que acabo de tener.

Lo primero que noto en la botella de vino es que alguien ya ha sacado el corcho. Pero no es tan raro. Puede que Cooper haya tomado una copa en algún momento. Aunque, cuando la levanto, la botella parece completamente llena. ¿La ha abierto alguien y luego no ha bebido nada?

Retiro el corcho y ni me molesto en coger una copa. Doy un trago al vino directamente de la botella y no me entretengo en moverlo por la boca para saborear los matices afrutados ni nada de eso. Solo quiero sentir el placentero mareo adormecedor.

Solo que, cuando doy un trago al vino, me llevo una gran sorpresa. No hay ningún matiz afrutado ni placentero mareo adormecedor. No hay nada.

Sabe a agua.

Me quedo mirando la botella, confundida. ¿He leído mal la etiqueta y, en realidad, se trata de agua con gas? Pero esto no sabe a agua con gas. Sabe a agua de la llave.

Me acerco al fregadero y vuelco la botella hasta que sale el contenido. Me habría esperado un líquido color pajizo vertiéndose sobre mi fregadero y, sin embargo, el contenido que sale es casi claro. Alguien se ha bebido mi vino y, después, ha llenado la botella de agua para que yo no me diera cuenta.

¿Quién habrá hecho algo así?

Con total seguridad sé quién ha debido de ser. Zane. El novio de Lexi.

Ya sabía que ese chico no iba a traer nada bueno y encima esa pequeña sabandija se está bebiendo nuestro alcohol. Por supuesto, si le digo algo a Lexi, lo va a negar. Tiene endiosado a su novio.

Lo único que puedo hacer es asegurarme de que no haya más alcohol en casa que pueda robar.

Me había hecho a la idea de sentir el placentero mareo de estar un poco borracha. Pero ahora que esa posibilidad ha quedado descartada, no puedo dejar de echar pestes por lo que me acaba de pasar. Se suponía que mi jardín iba a aparecer en un reportaje de una revista. Estaba todo preparado y, como sea, mi vecina me lo ha robado.

Pues no se va a salir con la suya. Voy a ir para allá ahora mismo.

8

Jo Dolan y yo vivimos en la misma cuadra, pero ella está en un extremo y yo en el otro. La calle está en pendiente, de modo que, si imagináramos que nuestra cuadra es una colina, yo estaría en la cumbre y ella en la parte baja. Jo dice que ya no puede andar muy bien, razón por la que no suele subir a menudo la cuesta hasta mi extremo de la cuadra.

Al parecer, hizo una excepción cuando Nita Geisler estuvo aquí.

No me molesto en cambiarme de vestido, pero sí que me quito los incómodos tacones que llevaba puestos y los cambio por unas bailarinas que compré en las rebajas; dos pares al precio de uno. Traté de regalarle a Lexi el otro par, pero me miró como si le estuviese dando veneno, así que terminé quedándome con los dos.

Y, a continuación, recorro la cuadra calle abajo hasta la casa de Jo.

Su casa no tiene nada especial. Como muchas de las de por aquí, incluida la mía, es antigua. Probablemente se construyó a finales del siglo XIX pero se renovó por dentro, aunque no muy recientemente. El exterior está pintado de un soso color gris con las molduras de un tono de gris ligeramente distinto. Es el tipo de casa por la que puedes pasar cien veces sin fijarte en ella.

Salvo por su espectacular rosaleda.

Es preciosa. Eso lo tengo que reconocer. Tiene rosales de color amarillo, rojo, rosa claro y blanco. Se alinean por el borde del jardín, rebosantes de flores de colores llamativos que se pueden ver a media cuadra de distancia. Trabaja mucho en esas rosas, pero, dicho eso, es una rosaleda: por supuesto que es bonita.

Jo presume de que su casa sigue teniendo la puerta original con la que se construyó. Hingham tiene un largo historial colonial y muchas de las casas se edificaron en el siglo XIX, aunque más recientemente han sido rehabilitadas para incluir otros lujos, como las instalaciones eléctricas. Mi casa es más o menos de la misma época que la de Jo, pero se han cambiado muchas de las maderas originales, incluidas las puertas. No puedo decir que haya lamentado no tener una puerta de doscientos años de antigüedad, pero esta tiene una gran aldaba ornamentada de bronce. Me decido por llamar al timbre.

Jo se toma cierto tiempo en venir a abrir la puerta, el suficiente como para que yo me sienta obligada a llamar una segunda vez. Tras ese segundo toque, se oye una voz que protesta desde el otro lado de la puerta.

—¡Okey, okey, un momento! ¡Ya voy!

Jo lleva puesto un vestido igual que yo, aunque el suyo es de esos vestidos holgados que no puedes ponerte si sales a algún sitio, salvo al jardín o quizá a hacer la compra, porque es como si te estuvieses paseando por la ciudad con un camisón. Sería de mala educación preguntar la edad que tiene, pero en vista de su pelo gris y casi cortado al rape y de las arrugas de su cara, yo diría que sesenta y muchos. Nunca se ha casado ni ha tenido hijos y tampoco tiene animales. Le grita a todo el mundo que se atreva a pasear a su perro por delante de su casa. Me da la sensación de que no siente mucho agrado por ninguna especie del reino animal. Pero le gustan las rosas.

En cualquier caso, sí que estoy completamente convencida de que yo no le gusto.

—Ah. —Jo parece visiblemente decepcionada al verme al otro lado de la puerta de su casa—. ¿Qué quieres?

—Acabo de hablar por teléfono con *Jardinería doméstica.*

Esa información en particular le dibuja una sonrisa en el rostro.

—Ah.

—Me han dicho que hablaste con ellos para convencerles de que fotografiaran tu jardín en lugar del mío. —Cierro las manos en un puño con tanta fuerza que las uñas se me clavan en las palmas—. No me puedo creer que hayas hecho eso.

Jo es varios centímetros más bajita que yo, y cuando levanta los ojos para fijarlos en los míos no veo ni una pizca de remordimiento.

—Yo no les convencí de nada. Los vi aquí, mirando tu penoso jardín, y les pregunté si querían ver un jardín de verdad. Lo que pasara después fue del todo decisión suya.

—Yo les había llamado para hablarles de mi jardín —le aclaro—. Ya tenía una cita con ellos. Este era mi reportaje. Me lo has robado, Jo.

—¡Yo no he hecho tal cosa! —insiste Jo—. La verdad es que deberías estarme agradecida. Te he salvado del bochorno de que tu porquería de jardín aparezca en una revista. —Me mira de arriba abajo con una sonrisa de superioridad en los labios—. Al parecer, también te he salvado del bochorno de salir en una revista con aspecto de acabar de salir de un matadero.

Tendría que haber sabido que pasaría esto. ¿Qué creía? ¿Que Jo iba a ponerse de rodillas para suplicarme que la perdonara? Debería haber imaginado que justificaría lo que ha hecho.

Siento un repentino zumbido en la parte posterior de la cabeza. Como si hubiera una mosca atrapada dentro de mi cráneo que estuviese tratando de escapar. Me pregunto qué será. ¿Significa que estoy sufriendo un derrame cerebral? ¿Voy a caerme muerta ahora mismo, en el porche de Jo, delante de la puerta original de cuando su casa se construyó?

—Mira —me dice Jo—, cuando salga el artículo, estaré encantada de regalarte un ejemplar. Te lo meteré en el buzón. Así sentirás la emoción de contarle a la gente que tu propio barrio ha salido en una revista.

El zumbido se hace más fuerte. Cierro los ojos un momento mientras trato de calmarme. Cuando los abro, Jo continúa ahí de pie con su bata de casa y una expresión engreída en su rostro malvado.

—Existe una cosa que se llama karma, ¿sabes? —le digo.

Ella mueve una mano en el aire.

—A mí no me importan esas tonterías de hippies.

—¿Sabes lo que significa karma?

—No, ni me importa.

Aprieto la mandíbula.

—Significa que donde las dan las toman.

Jo se ríe en mi cara sin disimular y ese sonido es como una uña sobre una pizarra. Nunca me ha caído bien Jo Dolan, pero, en este momento, la odio.

—Lo que tú digas, Debbie —contesta con una risita—. Pero a mí me parecen más bien las palabras de una fracasada.

Fracasada. Últimamente me he sentido muchas veces como una fracasada. No puedo controlar a mis hijas, andamos cortos de dinero porque mi marido no quiere pedir un aumento y yo ni siquiera puedo conseguir que una revista de segunda fotografíe mi jardín. Nunca me he sentido más fracasada en mi vida. Está claro que Jo se ha dado cuenta de que estoy débil y ha entrado a matar.

—Karma —repito.

Jo se limita a negar con la cabeza.

—Te enviaré el artículo, Debbie.

Y a continuación me cierra de golpe la puerta en la cara.

9

Como parece que lo de emborracharse no es una opción fácil, paso a la segunda: ir al gimnasio.

Me apunté a un gimnasio del barrio que se llama Titan Fitness hará unos seis meses. Cooper ya era miembro, así que nos hicieron un descuento familiar. Antes no me gustaba hacer ejercicio, pero me he estado obligando. Me he cansado de sentirme débil y en baja forma. Y he terminado enganchándome al subidón de adrenalina que siento cuando llevo mi cuerpo hasta el límite en la cinta de correr.

Es mejor que ningún antidepresivo. Y sé de lo que hablo, porque he pasado por todos en algún que otro momento.

Antes de ir al gimnasio, hago una parada técnica en el vivero donde compro los productos de jardinería. Hoy no necesito nada para mi jardín, pero sí tengo que comprar una cosa que guarda relación con él. Espero que la tengan.

El vivero está sorprendentemente concurrido para ser miércoles por la mañana.

Atravieso la zona acristalada, donde hay una gran variedad de plantas, para entrar en el corazón de la tienda. Sospecho que lo que necesito se encuentra en la tienda principal, pero no estoy del todo segura porque nunca he comprado nada aquí para el control de plagas.

Por suerte, localizo a Lou, el anciano que es propietario del vivero junto con su mujer, Louise. (Sí, lo sé. Qué monos). Él es un experto en todo lo que tenga que ver con las plantas y seguro que podrá ayudarme a encontrar lo que necesito, aunque no lo tengan aquí. Está llenando uno de los estantes con un nuevo cargamento de macetas de barro tan concentrado que he de aclararme la garganta varias veces para llamar su atención.

—¡Debbie! —Le aparecen en la cara unas arrugas de placer cuando por fin se da cuenta de que estoy a su lado—. ¿En qué puedo ayudarte esta mañana, querida?

—Busco trampas para escarabajos japoneses.

Lou inclina la cabeza a un lado.

—¿Trampas para escarabajos japoneses? ¿Estás cultivando rosas?

—No. —Vacilo, tratando de no decir demasiado—. Las quiero para una amiga.

Asiente pensativo.

—Claro, aquí tenemos. Esas cosas son un castigo, ¿eh? Probablemente la plaga más común que se ve por aquí.

—Eso tengo entendido.

Lou me lleva por un pasillo con el cartel de «Eliminación de plagas». Entre un espray para el control de ácaros y otro para matar jejenes, hay varias cajas de color verde neón con la etiqueta de «Trampas para escarabajos japoneses». Justo al lado hay también varios recambios de trampas. Cojo un puñado de las cajas de recambios.

—Eso son solo las recargas —me aclara Lou—. No atrapan los escarabajos.

—Sí, lo sé. —Le sonrío—. Es lo único que necesito para mi amiga.

Me pregunto si tres recargas serán suficientes. Supongo que siempre puedo volver por más si es necesario.

Con los tres paquetes en los brazos, me dirijo hacia la cola de la caja, donde hay cinco personas esperando a Louise, cuya velocidad con la caja es cada vez menor. Miro mi reloj de pulsera y suelto un fuerte suspiro que me recuerda a Lexi. Mi reunión del club de lectura es a las doce y media y ahora son las once, lo que significa que apenas voy a tener tiempo para hacer ejercicio, siempre que me duche y me cambie en el gimnasio.

Esa asquerosa de Jo. Todo esto es culpa suya.

La cola avanza con una lentitud angustiosa. Louise está atendiendo a un cliente que intenta pagar con un cheque. Ella observa el cheque con sus lentes, levantándolo hacia la luz del techo. Puede que den las doce y media antes incluso de llegar a la cabeza de esta cola.

Por fin —¡por fin!— tengo solo una persona delante de mí junto a la caja. Cuando me va a tocar, una mujer delgada de sesenta y tantos años y que me recuerda mucho a Jo Dolan me da un codazo para ponerse delante de mí. Lleva en la mano una bolsita de semillas que sostiene en alto como para justificarse.

Durante un momento, me quedo inmóvil, pasmada por que esta mujer se haya puesto la primera de la cola cuando yo he tenido que esperar veinte minutos. Su actitud enciende el mismo zumbido en la parte posterior de mi cabeza que he sentido cuando estaba hablando con Jo Dolan. Me quedo mirando la nuca de la mujer durante unos segundos y, a continuación, me aclaro la garganta.

—Disculpe —digo.

La mujer no me hace caso.

—Disculpe —repito—. Pero la cola es ahí, por detrás de mí.

Esta vez, la mujer se gira ligeramente. Me ve ahí de pie y parece sorprendida de que yo le haya dicho algo.

—Sí, pero yo he estado aquí antes —contesta la mujer, como si esta fuese una explicación de lo más razonable—. Y solo llevo una cosa. No tardaré ni un minuto.

El zumbido dentro de mi cabeza se vuelve más fuerte. ¿Qué es? ¿Me estoy muriendo?

Niego con la cabeza.

—Da igual cuántas cosas lleve. No puede colarse. Todos hemos estado esperando.

La mujer me mira parpadeando como si le ofendiese personalmente el hecho de que yo cuestione que se haya saltado como a cinco personas para ponerse la primera de la cola.

—No me he colado —insiste—. He estado aquí antes.

¿Está de broma? No entiendo cómo hay personas que creen que pueden hacer lo que les dé la gana. Como si las normas no fueran con ellas.

—No me importa si lleva aquí toda la semana —contesto—. El final de la cola está detrás de mí. ¿Va a ponerse en ella usted sola o voy a tener que obligarla?

La mujer parece a punto de protestar, pero, en ese momento, me mira a los ojos y cambia de opinión. Da un paso atrás con un destello de temor en la mirada mientras se aprieta la bolsa de semillas contra el pecho.

—Psicópata —murmura.

Pero nadie más lo ha notado y, de hecho, se oyen algunos aplausos mientras ella se dirige fatigosamente al final de la cola. Y es entonces cuando me doy cuenta de que el zumbido ha desaparecido por completo.

10

He leído que si un gimnasio está a más de quince minutos en carro de tu casa, al final terminas no haciendo ejercicio nunca. Titan Fitness es un gimnasio pequeño que está a diez minutos de mi casa y he conseguido ir con una respetable frecuencia de tres veces por semana desde que me apunté. Hoy no tenía planeado ir por lo de la sesión de fotos, pero la mañana se me ha quedado libre de forma inesperada.

La recepción de Titan la dirige una mujer que se llama Cindy, cuyo brillante pelo rubio se le riza alrededor de las orejas. Es por lo menos diez años mayor que yo, y su nivel de fuerza y resistencia me infundió esperanzas cuando me apunté. Durante aquellas primeras semanas, yo no podía correr más de cinco minutos sin quedarme sin respiración, pero mi resistencia ha mejorado mucho. Me estoy poniendo más fuerte, tal y como soñaba.

—¡Hola, Debbie! —Cindy mira el reloj colgado encima de ella mientras yo paso la tarjeta del gimnasio, que me da acceso a sus dos salas de equipos—. Esta mañana llegas un poco tarde.

Lo último que deseo es descargar sobre la pobre Cindy mi terrible día. Además, ya he desperdiciado suficiente tiempo comprando esas trampas para escarabajos. Así que me encojo de hombros y me obligo a sonreír.

—Solo vengo a hacer un ratito de ejercicio antes de comer.

—¡Bien por ti! —exclama Cindy, lo cual hace que me sienta mejor con todo lo que ha pasado.

Ya me había cambiado para ponerme la ropa de deporte antes de salir de casa, y mi bolso está a salvo guardado en el carro, así que voy directa a la zona de máquinas con mi botella de agua para hacer estiramientos antes de subirme a la elíptica. Sin duda, creo que lo que necesito hoy es un poco de cardio.

—¡Hola, Debbie! ¡Tú nunca vienes los miércoles!

Hago un descanso en los estiramientos de los isquiotibiales cuando oigo la voz de Harley Sibbern, una de las entrenadoras de Titan que también da clase de spinning y kickboxing. La conocí el mes pasado cuando se acercó para corregirme el movimiento mientras levantaba pesas. Pensé que estaba tratando de hacerse con otra clienta de entrenamiento personal, pero no me ofreció sus servicios. Empezamos a hablar de ejercicios y, después, pasamos a otros temas y descubrí que me gustaba mucho hablar con ella.

Desde entonces, Harley y yo hemos tomado café algunas veces en la cafetería de al lado del gimnasio. Aunque es diez años más joven que yo, curiosamente hemos congeniado. Tengo amigas con hijos que van a la secundaria de mis hijas y amigas que viven en mi barrio, pero me da la impresión de que Harley es la primera amiga que he hecho por mí misma. Y es la primera que he hecho en mucho tiempo que no tiene hijos, lo cual cuenta como un punto importante. Dispone de mucho más tiempo libre y, aparte, podemos hablar de otras cosas que no sean…, en fin, los hijos. Resulta refrescante.

Además, Harley es *cool*. Me siento casi de la edad de mis hijas cuando digo eso, pero en mis cuarenta y tantos años de amistades nunca he tenido una amiga como Harley. Lleva muchos piercings en cada oreja y tiene un mechón rosa en mitad de su pelo rubio. Siempre he pensado que alguien con ese aspecto no querría compartir su tiempo conmigo. Cuando era más joven, era una verdadera friki, obsesionada con las computadoras y estudiando sin parar. Y ahora... En fin, a mi edad, si alguna vez tuve una oportunidad de ser *cool*, esa época quedó ya muy atrás.

—Quería hacer un ratito de ejercicio antes del club de lectura —le digo—. Vas a venir, ¿no?

Todavía estoy aprendiendo las normas de etiqueta del club de lectura. No estaba segura de si debía invitar a Harley, porque sería como mezclar universos. Pero también necesitaba con desesperación algún apoyo durante las reuniones del club. Uno de mis pasatiempos favoritos es hablar de libros complejos con otros adultos, pero he llegado a la conclusión de que no siento mucho apego por ninguna de las mujeres que asisten. Cuando Harley mencionó que ya había leído el libro *Velvet Moon*, decidí arriesgarme a invitarla.

—Claro que voy —contesta Harley—. ¿Estás segura de que no puedo llevar nada? Dijiste que cada una llevaba algo.

—No, no hace falta. —Muevo una mano en el aire—. Siempre llevamos demasiada comida. Rochelle pone un banquete enorme. No te preocupes.

Me mira levantando las cejas.

—¿Estás segura?

No sé por qué se siente tan inquieta. ¿Por qué una mujer tan sosegada y segura de sí misma como Harley tendría que estar tan preocupada por lo que pueda pensar de ella un grupo de asistentes a un club de lectura de mediana edad? Pero supongo que todas tenemos nuestras inseguridades.

—Segurísima —contesto—. Pero recuérdame una cosa. Dijiste que tenías alergia a...

—Los aguacates —responde—. No es letal ni nada de eso, pero me sale un sarpullido solo con un bocado. Sé que es la grasa saludable preferida de todo el mundo, así que para mí es una lata.

—Nada de aguacates —digo—. Anotado.

Harley se tira de la licra de sus pantalones de gimnasia. Aunque yo me pasara en este gimnasio todo el tiempo entre este momento y la eternidad, no tendría un cuerpo como el suyo, sobre todo después de dos embarazos y con quince años más de vida. El ejercicio no va a hacer que desaparezcan las estrías ni las partes de mi cuerpo que antes eran firmes y ahora están caídas.

Me recuerdo que me he ganado cada una de las imperfecciones que tengo y que no me arrepiento de nada. Desde luego, no renunciaría a Lexi ni a Izzy por un culo más apretado ni unas tetas más paradas. Y, según parece, mi marido no tiene ninguna queja.

Harley me sonríe, sin darse cuenta del deseo con que observo sus muslos.

—La verdad es que estoy deseando ir. Nunca he estado en ningún club de lectura.

—Ah, pues es muy divertido.

Solo que es mentira. Estoy segura de que hay clubes de lectura por ahí que son placenteros de verdad, pero al que yo voy en mi barrio no tiene nada de divertido. Pero si se lo digo es posible que decida no venir.

—Entonces, ¿te veo a las doce y media? —pregunto—. ¿Quedamos en mi casa?

Me guiña un ojo.

—Allí nos vemos.

Después de que Harley se aleje, subo a la elíptica para hacer ejercicio. Quizá no sea una botella de pinot gris, pero me ayudará a olvidarme de mis problemas durante un rato.

11

COOPER

Hay personas que son amigas de sus jefes. Hay personas que cenan con sus jefes o que van a jugar juntos al golf. Puede que compartan un par de copas en el bar de la zona después de una larga jornada.

Mi jefe prefiere que le hable lo menos que sea humanamente posible.

No, Ken Bryant no es un jefe cariñoso ni alegre. No quiere saber cómo me ha ido el fin de semana cuando llega el lunes. Le importa un comino si he ido a la playa en verano con mi familia. No quiere estar de cháchara. Solo quiere que entregue mi maldito trabajo a tiempo, lo cual se me suele dar de maravilla.

Ken no se mostró entusiasmado cuando le pedí reunirme con él a principios de semana. Cuando me preguntó sobre qué quería hablar y le contesté: «Sobre mi futuro en la empresa», pareció aún menos entusiasmado.

Ahora mismo, me estoy mentalizando para la reunión en la caja de zapatos que es mi oficina. En unos cinco minutos le voy a explicar a Ken por qué debería —no, por qué debe— hacerme socio de la empresa. No creo que vaya a salir bien. Pero tengo que intentarlo. Cuando llegue a casa, Debbie me va a preguntar qué tal ha ido y no puedo decirle sin más que me he echado para atrás, ¿no?

Ella se merece a alguien mejor que yo. Por más razones aún de las que cree.

—Coop, ¿estás bien?

Levanto los ojos al oír la voz en mi puerta. Jesse entró en la empresa hará un año y ahora por fin tengo un compañero con el que quiero compartir tiempo fuera del trabajo. Hemos cenado juntos, he conocido a su mujer y él ha conocido a Debbie. Incluso me convenció para que me apuntara al gimnasio y ya no me quedo sin aliento cuando subo las escaleras de la planta de abajo de mi casa a la primera.

—Sí —me apresuro a responder—. Es solo que... voy a tener ahora esa conversación con Ken y...

Le confesé a Jesse lo de la reunión y él estaba de acuerdo con Debbie en que me merecía una parte de la empresa. No parecía que creyera como yo que se trataba de una quimera. Al fin y al cabo, llevo diez años aquí.

Si mi jefe fuese cualquier otra persona en lugar de Ken, habría estado de acuerdo con él. Pero cada vez que me imagino esta conversación, me es imposible pensar que vaya a salirme con la mía.

—No te preocupes —me dice Jesse guiñándome un ojo—. Mañana a estas horas serás mi jefe.

—A lo mejor... —Me froto las sienes con los dedos. Nunca he sufrido una migraña, pero siento que ahora me va a dar una—. Si fuese cualquier otro menos Ken...

Jesse se apoya en el marco de la puerta de mi oficina. No puede entrar porque literalmente no hay espacio. La oficina es lo suficientemente grande para que quepa mi mesa y la silla en la que estoy sentado, pero no puede acoger a nadie más con comodidad. Aunque suceda el milagro de que Ken acepte lo de mi participación en la sociedad, no voy a tener una oficina más grande.

—Oye —dice Jesse—. Eres un contable buenísimo, Cooper. Ken estaría jodido si te fueras, y lo sabe. Estás en una posición muy buena. Confía un poco en ti, ¿okey?

—De acuerdo.

—Además... —Jesse me mira con los ojos entrecerrados desde el otro extremo de la habitación—. ¿Qué le pasa a tu corbata? Normalmente la llevas perfecta, pero hoy parece como si te la hubiese anudado alguna de tus hijas.

Me toqueteo la corbata, que me he tenido que volver a anudar al llegar aquí. En ese momento no me di cuenta, pero Debbie me la había dejado torcida esta mañana. Nunca le había pasado. Supongo que tenía muchas cosas en la cabeza con lo de la sesión de fotos y todo eso. Pero parece que yo no lo he mejorado mucho.

—Normalmente me la anuda Debbie —le explico mientras trato de reparar el daño—. ¿Tan mal la tengo?

—No, no pasa nada. —Mira su reloj de pulsera—. Tú entra ahí y asegúrate de no salir hasta que te dé lo que te mereces.

¿Lo que me merezco? Ya tengo más de lo que me merezco. Cuando estaba en la universidad, toda mi vida se estaba yendo al garete, pero, como fuera, conseguí darle la vuelta y, después, conocí a Debbie. Jesse ha estado con ella en unas cuantas ocasiones, pero apenas la conoce y no es consciente de que es demasiado buena para mí. No sabe que he hecho muchas cosas en mi matrimonio que demuestran que se merece a alguien mejor. Solo quiero este ascenso para poder estar a la altura de sus expectativas. Lo necesito... por ella.

Mierda. Ahora estoy aún más asustado.

Ken es el único de nosotros que tiene secretaria. Es la señora McCauley y no se nos permite llamarla de otro modo que no sea señora McCauley. Esta mujer lleva con Ken el mismo tiempo que yo llevo trabajando aquí, y posiblemente desde el principio de los tiempos. A pesar de que estoy seguro de que sabe que tengo una cita ahora y, sin duda alguna, conoce mi nombre porque llevo diez años trabajando con ella, me mira con ojos inexpresivos cuando me acerco a la mesa que ocupa justo al lado de la puerta de la oficina de Ken.

—¿Qué desea? —pregunta.

—Tengo una cita con Ken —contesto con los dientes apretados. No me lo está poniendo más fácil, lo que creo que es su intención.

La señora McCauley me mira a través de sus lentes de carey, que están atadas a una cadena de cuentas que le rodea el cuello.

—¿Le está esperando?

—Sí. Por eso se trata de una cita.

Juro que normalmente no me hago el listo, pero hay algo en ella que me provoca.

—Deje que le pregunte. —La señora McCauley coge el teléfono de su mesa pese a que su jefe podría oírla con una voz. Maldición, probablemente esté escuchando toda esta conversación. Pero ella se dispone a marcar su extensión—. ¿Señor Bryant? Soy la señora McCauley. —Hace una pausa esperando la respuesta de él—. Sí, el señor Mullen ha venido a verle.

Me quedo ahí de pie esperando a que Ken me permita entrar en su oficina.

Después de lo que parece una pausa interminable, la secretaria asiente. Me mira con una sonrisa.

—Puede pasar, señor Mullen.

Pese a que me ha dado permiso para entrar, la señora McCauley se levanta de un salto para colocarse delante de mí, llama a la puerta una última vez y espera a que Ken nos dé permiso antes de abrir la puerta para que yo entre. Está sentado detrás de su mesa, con un montón de papeles delante, casi en la misma posición que estaba la última vez que vine a su oficina hace varios meses.

Solo me pongo corbata en determinadas ocasiones, cuando sé que voy a interactuar con Ken, pero él siempre la lleva, además de una chaqueta. Creo que, cuando empiece a perder pelo, me afeitaré la cabeza como hacen muchos hombres de mi edad, pero Ken lleva quedándose calvo desde que lo conocí y no se ha afeitado. Toda la parte superior de la cabeza la tiene brillante y sin pelo, pero todavía le quedan restos de canas alrededor de la coronilla. Hace que parezca mucho mayor de sus cincuenta y tantos años.

—Mullen —dice—. ¿De qué se trata?

Su oficina no es enorme, pero, al menos, sí lo bastante grande para tener un par de sillas delante de su mesa. Sin embargo, no me invita a sentarme. De todos modos, esto será más fácil si lo hago de pie.

—Ken —empiezo a decir a la vez que me seco el sudor de las palmas de las manos con las piernas del pantalón. Están suficientemente húmedas como para dejarme una mancha—. Llevo ya diez años trabajando aquí. Casi once. Y... he estado pensando mucho en mi futuro en esta empresa.

Ken entrecierra los ojos mientras cruza los brazos sobre la chaqueta. Apoya la espalda en la silla con una expresión indescifrable en el rostro.

—Ah, ¿sí?

«Recuerda que eres una parte valiosa de esta empresa. No querrá perderte».

—Me gusta trabajar aquí —continúo con voz temblorosa—. Pero cuando empecé mencionó la posibilidad de ser socio en un futuro.

La expresión de Ken no revela nada.

—Eso fue hace mucho tiempo.

—Puede ser —respondo—. Pero también es verdad que la empresa es más grande que entonces. He sido un empleado leal y podría ser un activo para usted como socio. —Después de una pausa, añado—: Señor.

Ken se rasca el mentón.

—No —contesta—. Yo no lo veo así.

¿Qué? Es como si, de repente, una ráfaga de aire me hubiese tirado al suelo.

—¿Pe... perdone? —tartamudeo.

—Se te da bastante bien ser una abeja obrera —dice pensativo—. Pero ¿líder? No, está claro que no. Desde luego, como socio no te veo.

Hasta este momento no me había dado cuenta de lo mucho que deseaba formar parte de esta sociedad. Me lo he ganado. He trabajado como un burro para esta empresa y no es justo que se me trate como a un zángano. Además, no me imagino volviendo a casa con Debbie y hablarle de esta conversación. Si estuviera aquí me diría que me merezco este ascenso y que debería exigirlo.

—Mire —digo con un valor que no sabía que poseía—, si no quiere tenerme en consideración para entrar en la sociedad, quizá debería buscar alguna oportunidad en otra parte.

Ken suelta un bufido.

—¿Crees que vas a encontrar un trabajo mejor que este?

—Preferiría no hacerlo —respondo con evasivas—. Pero, si me dice que aquí no tengo posibilidad de ascender, entonces... En fin, puede considerar esto como mi renuncia con dos semanas de preaviso.

Ken me mira sorprendido. Las piernas se me han convertido en un flan, pero mantengo el mentón alto. Ken me necesita y lo sabe. Es imposible que vaya a aceptar mi desafío.

—Si eso es lo que crees, acepto tu renuncia —dice.

Es como si el mundo hubiera desaparecido bajo mis pies. Me había imaginado que esta conversación iría de muchas maneras distintas, pero jamás que terminaría con mi renuncia. No me puedo creer que esté dispuesto a dejarme ir sin más. Soy uno de sus contables más ocupados, tengo más clientes que ningún otro. Y nunca cometo errores. Este lugar se vendría abajo sin mí.

—Ken —digo nervioso. Quizá pueda arreglarlo—. Yo... valoro mucho esta empresa y preferiría quedarme...

—No vas a entrar en la sociedad, Mullen. —Sus ojos miran la pantalla de la computadora, como si ya estuviese harto de esta conversación—. Si deseas marcharte antes de las dos semanas, adelante.

Abro la boca, pero no emito ningún sonido. De todos modos, ¿qué podría decir? Ken ya ha tomado su decisión. Y a mí me gustaría creer que tengo demasiada dignidad como para pedirle recuperar mi trabajo cinco minutos después de renunciar.

—Me quedaré las dos semanas —murmuro.

Ken asiente, ya sin mirarme. Esta conversación ha terminado.

La cabeza me da vueltas mientras salgo a tropezones de su oficina. ¿Qué acaba de pasar ahí dentro? ¿De verdad he dejado mi trabajo? ¿Cómo voy a pagar la universidad de mis hijas? ¿Qué vamos a hacer con nuestra hipoteca? ¿Con nuestro seguro sanitario?

Ay, Dios, ¿qué voy a contarle a Debbie? Se va a poner furiosa.

12

DEBBIE

Voy a llegar unos minutos tarde al club de lectura. He decidido ir corriendo a casa para ducharme y cambiarme de ropa y he tardado un poco más de lo que esperaba. Además, he quedado con Harley aquí porque se sentía incómoda apareciendo sola en un club de lectura donde no conoce a nadie. Así que, cuando salgo a la calle manteniendo en equilibrio una bandeja de sándwiches con una mano y un ejemplar de tapa blanda de *Velvet Moon* en la otra, veo a Harley apoyada en su Ford azul.

—¿Te ayudo a llevar algo? —Mira mi bandeja envuelta en papel de aluminio—. Pareces una equilibrista.

Sonrío agradecida y le paso mi libro.

—Toma, lleva esto.

Harley coge el libro para que yo pueda sujetar la bandeja con las dos manos, disminuyendo enormemente la posibilidad de que salga volando y aterrice boca abajo en la acera. Ya vamos con retraso, así que no quiero perder más tiempo. Empiezo a caminar en dirección a la casa de Rochelle, pero Harley se queda irritantemente rezagada.

—Cielo santo, Debbie, tu casa es preciosa —dice.

—Gracias.

Es un cumplido que no oigo muy a menudo. Mi casa es bastante bonita, aunque es una de esas casas antiguas rehabilitadas por dentro para que podamos tener electricidad y agua corriente. El exterior está muy necesitado de una mano de pintura, pero lo hemos estado retrasando hasta que Cooper consiga su ascenso. Los escalones delanteros de cemento siempre se desmoronan durante las tormentas de nieve invernales y mi marido tiene que repararlos todos los veranos. Me gustaría contratar por fin a alguien que los arreglara de tal forma que no necesitáramos volver a hacerlo cada año.

Comparada con algunas de las otras casas de Hingham, es especialmente modesta. Muchas de las que hay por aquí son excesivas. Es una ciudad rica, y el motivo por el que decidimos vivir aquí, pese a estar un poco por encima de nuestras posibilidades, fue por las magníficas escuelas públicas. Que estuviese en un distrito escolar bueno era una de las prioridades cuando buscábamos para comprar.

Mira a su alrededor con admiración.

—En un barrio así, la casa debe de haber costado una fortuna.

—Así es —confieso—. Más de lo que nos podemos permitir, la verdad.

—Tendrías que ver el vertedero donde vivo yo. —Suspira—. En Titan pagan fatal. Debe de ser agradable tener un hombre que cuide de ti.

No hago ningún comentario al respecto. Nunca quise estar en una situación en la que tuviera que depender de un hombre que me mantuviera. Por eso me esforcé tanto en los estudios y fui a una universidad buena. Pero está completamente en lo cierto: Cooper es el sostén de nuestra familia. Por desgracia, sus ingresos no son para presumir. En nuestra familia, el dinero siempre ha estado ajustado, aunque tengo la fuerte sospecha de que eso va a cambiar en un futuro muy próximo.

—Bueno, más vale que nos vayamos —digo—. A Rochelle no le gusta que la gente se retrase.

Eso es quedarse corto. Puedo asegurar al cien por cien que Rochelle soltará algún comentario sobre nuestra hora de llegada cuando aparezcamos en su puerta.

Cruzamos la calle y recorremos la cuadra hasta su casa. Si Harley pensaba que la mía era impresionante, la de Rochelle debe de parecerle un castillo. Creo que nunca he ido a su casa sin que ella haya sentido la necesidad de puntualizar que tiene el doble de dormitorios y baños que yo. Nadie pensaría que le puede resultar fácil introducir ese tema en una conversación, pero, de la forma que sea, lo consigue. Siempre.

—Vaya —dice Harley cuando recorremos el camino de entrada hasta la puerta de la casa—. Esta chica sí que es rica.

—Desde luego que lo es.

El marido de Rochelle es una especie de abogado mercantil desalmado. Evidentemente, ella no necesita trabajar. Ni siquiera como escritora de una modesta columna de consejos. Se pasa el día haciendo obras de caridad y labores de la Asociación de Padres de Alumnos. Supongo que, en teoría, es algo admirable, pero, en la práctica, es terrible recibir órdenes suyas durante un bazar benéfico escolar.

No, Rochelle y sus amigas no son mis personas favoritas del mundo. Pero me encanta leer y estaba deseando comentar todas mis lecturas con otros adultos de la vida real. Así que, cuando me ofreció unirme a su club de lectura, acepté de inmediato.

Y cada mes me planteo dejarlo.

Rochelle nos abre la puerta de su casa vestida con un impecable traje pantalón que es más bonito que nada de lo que yo tenga en mi armario. Desde luego, más bonito que mi vestido de manchas de sangre, que he tenido la sensatez de quitarme. Su pelo moreno es tan brillante que casi puedo verme reflejada en él.

—Debbie. —Me sonríe y, después, procedemos a lo del abrazo con el roce de mejillas—. Qué alegría verte. Esta debe de ser... ¿Harlow?

—Harley —la corrige mi amiga con una sonrisa irónica.

Rochelle me mira levantando una ceja, probablemente como reacción ante el pelo rosa de Harley.

—Y me encanta tu vestido, Debbie. —Recorre la vista por el vestido amarillo que me he puesto para reemplazar el de la sangre—. Te hace parecer mayor. —Cuando se da cuenta de la cara que pongo, se apresura a añadir—: Pero en el buen sentido. —Mientras mi cerebro trata de averiguar cómo el hecho de decirle a una mujer de mediana edad que parece mayor podría ser interpretado alguna vez como un cumplido (aclaración: no se puede), sus ojos se fijan en la bandeja que llevo en las manos—. ¡Ah, y has traído sándwiches! Qué mona.

Rochelle nos conduce al interior de su casa por el infinito recibidor que lleva a la sala de estar. Harley se queda boquiabierta, tanto que parece que la mandíbula está a punto de desencajársele. Rochelle nos hace pasar a su recién renovada sala de estar donde cada mueble está hecho con la piel italiana más cara (incluida la televisión, creo). Las otras dos miembros de nuestro club de lectura, Tabitha y Sloane, están ya en el sofá.

—Os he dicho que Debbie terminaría llegando —anuncia Rochelle a las otras dos mujeres.

Tabitha se ríe nerviosa.

—Hemos hecho apuestas sobre a qué hora aparecerías por fin, Debbie.

Harley me mira confundida, porque solo nos hemos retrasado dos minutos. De algún modo, mi costumbre de llegar tarde se ha convertido en una broma recurrente, aunque normalmente soy bastante puntual.

—Por favor, perdonen el desorden —nos dice Rochelle a Harley y a mí pese a que su casa está impoluta, salvo por la fila de botellas de champán alineadas ordenadamente en una mesita auxiliar de la sala de estar—. Vamos a dar una fiesta tremendamente importante esta noche. ¿Os he contado que Gerard va a aprovechar la ocasión para anunciar su candidatura para el escaño de senador estatal?

—Sí, creo que sí —murmuro.

—En fin, esta noche va a ser fundamental —explica—. Hasta el alcalde hará acto de presencia para apoyarle.

—¿El alcalde? —repite Harley asombrada.

Rochelle asiente con solemnidad.

—Va a ser todo un acontecimiento. Esmerelda ha venido esta mañana para limpiar toda la casa y ha tardado un siglo. —Me lanza una mirada cómplice—. Tienes suerte de que en la tuya haya tan pocos dormitorios, Debbie. Una casa como la mía necesita una eternidad para limpiarla. Pero tiene que estar perfecta.

—No te preocupes, Rochelle —dice Sloane—. Tabby y yo estaremos a tu lado para apoyarte esta noche.

Por supuesto, yo no estaré al lado de Rochelle porque no he sido invitada a la fiesta. Hubo una breve explicación por su parte sobre que la lista de invitados era «limitada». De todos modos, tampoco es que yo quisiera asistir a su estúpida celebración con el alcalde.

Pero habría sido un detalle que me invitara.

Dejo la bandeja en la mesa de centro antigua de Rochelle y quito el papel de aluminio de encima de los sándwiches. En cuanto lo quito, tanto Tabitha como Sloane sueltan una risita a la vez.

—¿Has preparado tú los sándwiches? —me pregunta Rochelle reprimiendo también una risita.

—Sí. —Intento ocultar un tono defensivo en mi voz, pero resulta difícil cuando hablo con ella—. Es pavo y aguacate con crema de tomate seco.

—¡Qué mona! —exclama Sloane.

Harley me mira con el ceño fruncido.

—Debbie, ¿no te había mencionado que soy alérgica al aguacate?

Me pongo una mano sobre la boca.

—Ay, Dios, sí. No me puedo creer que lo haya olvidado. Lo siento mucho, Harley.

—Debbie es la persona más olvidadiza que conozco —comenta Rochelle, aunque no recuerdo haberme olvidado de nada en el pasado—. Pero no te preocupes, Harley. Nuestra cocinera ha improvisado una tabla de embutidos.

Es una tabla de lo más elaborada. No hay un solo trozo en ella al que no se le haya dado forma de flor. Y puedo contar por lo menos ocho tipos de queso.

—Pero espero que pruebes mis sándwiches —le digo a Rochelle.

—¡Por supuesto que sí! —Coge un triángulo de uno de los sándwiches que he preparado meticulosamente tras volver del gimnasio—. Como te he dicho, son encantadores. Está claro que son caseros.

Da un mordisquito al borde, lo cual anima a las otras mujeres a coger también otro. Estoy encantada de que estén probando mis sándwiches. Desde luego, no me gustaría que todo ese esfuerzo fuera en balde.

13
HARLEY

Zorronas ricachonas.

Así es como llamo todo el rato a estas mujeres dentro de mi cabeza. Lo he canturreado una y otra vez, sobre todo cuando Rochelle empieza a pontificar sobre este libro estúpido y aburrido que la verdad es que no he conseguido leer.

«Zorronas ricachonas, zorronas ricachonas, zorronas ricachonas».

Ayuda que las palabras rimen.

—Yo creo que *Velvet Moon* es claramente una parodia de *El rey Lear* —dice Rochelle—. Están el padre anciano y las tres hijas que rivalizan por sus favores. Es una evidente reinterpretación de la misma historia.

«Zorronas ricachonas, zorronas ricachonas, zorronas ricachonas».

—O sea —continúa Rochelle—, ni siquiera sé cómo se puede llegar a apreciar sin haber leído la obra de teatro.

Sloane y Tabitha asienten con gesto solemne. Solo Debbie responde con tenacidad.

—A mí me ha gustado el libro y nunca he leído *El rey Lear*.

—Bueno, claro que no —contesta Rochelle—. Nunca fuiste

a la universidad y es del tipo de libros que hay que leer con un nivel de estudios superiores.

La cara de Debbie se sonroja ligeramente. Ni siquiera sé por qué está en este club de lectura, porque no parece que le caiga muy bien ninguna de estas mujeres. Al contrario que ellas tres, Debbie es muy simpática. A veces, parece que no tiene la cabeza muy bien amueblada, pero se esfuerza.

Y su casa no es tan grande como esta, pero, aun así, es bonita. El tipo de casa que yo siempre he querido. El tipo de casa que algún día tendré.

Pero todavía no sé cómo se ha olvidado de mi alergia al aguacate, considerando que lo hemos hablado hace apenas un par de horas. Aunque la tabla de embutidos es una pasada, los sándwiches de Debbie tienen un aspecto muy bueno y me encantaría comerme uno. Mi amiga suele ser un poco atolondrada, pero aquí hablamos ya de otro nivel.

—Parece que se te ha quedado un poco grande. —Rochelle mira a Debbie con ojos compasivos—. Era sin duda un libro muy complicado y la escritura es muy literaria. Y me imagino que es un poquito larga para algunos lectores.

¿Un poquito larga? *Velvet Moon* tiene casi seiscientas páginas y necesité leerme cada frase dos veces para encontrarle sentido. Si alguna vez vuelvo a un club de lectura, no me importaría que fuera con un libro que no estuviese escrito para personas con un título de doctorado. Le dije a Debbie que me había leído *Velvet Moon*, pero era impensable que hubiera logrado algo así. Siento como si hubiera vuelto a la secundaria y me estuviera enfrentando a un libro imposible que me hubiese mandado leer el profesor.

Pero, aun así, quería venir. Así que he hecho lo que hacía en clase: he comprado la versión abreviada de *Velvet Moon* para estudiantes. Esos libros son increíbles, ¿verdad? Resumen cada capítulo y, después, lo interpretan. Incluso hacía mención a lo de

El rey Lear, aunque decía que era una mala interpretación bastante común.

En fin, que esos libros no tienen nada de malo. Yo no habría podido superar la secundaria o sin ellos, aunque es un poco humillante verte obligada a mentir en un club de lectura. Pero nadie tiene por qué saberlo.

Aunque Debbie sí que se ha leído el libro. No solo eso, sino que le ha gustado de verdad y, según los comentarios que ha hecho hasta ahora, parece entenderlo mejor que ninguna de estas otras mujeres. Pero ahora está ahí sentada, como si no supiera bien qué decir.

—A mí no me importaría leer algo... más corto —intervengo. No quiero confesar que me ha costado mucho leerme el libro, arriesgándome a que los comentarios mordaces de Rochelle vayan dirigidos a mí en lugar de a Debbie—. Más bien de... trescientas páginas.

—¡Pero quinientas ochenta y nueve páginas pasan enseguida con una escritora magnífica como Barbara Fanning! —protesta Sloane—. Es como beberse un buen vino. Y, si no aguantas seiscientas páginas, tampoco vas a poder con trescientas.

Quizá las matemáticas no se me hayan dado mucho mejor que la lengua, pero para mí que eso no tiene sentido. Aunque debo confesar que no estoy segura de cómo he conseguido leer siquiera veinte páginas de *Velvet Moon*.

—Yo solo digo que no merece la pena hablar de ningún libro que no haya ganado un premio Pulitzer —continúa Sloane—. No deberíamos bajar el nivel de las lecturas que elegimos por que haya personas con menos formación. Si Debbie no puede participar, podemos reunirnos por separado.

—Sí que puedo participar —protesta ella con poca convicción.

Tras ese comentario, las tres mujeres intercambian una mirada cómplice. Sé qué quiere decir esa mirada. Estas tres mujeres están preparándose para echar a Debbie de su pequeño club. Me remuevo incómoda en el sofá, deseando poder inventarme una excusa para salir de aquí.

—Debbie —empieza a decir Rochelle con voz autoritaria—. Yo creo que este club de lectura quizá no sea adecuado para... —Deja de hablar de repente, como si su hilo de pensamiento hubiese quedado interrumpido por algo. Sus largas y oscuras pestañas aletean y toma aire con fuerza—. ¿No hace calor aquí?

Esa lamebotas de Tabitha parece que va a protestar diciendo que la temperatura está a unos perfectos veintitrés grados, pero, en ese momento, algo cambia en su expresión.

—Sí, hace un poco de calor.

—Yo no tengo calor —dice Debbie con tono amable.

—A lo mejor es la menopausia —sugiero yo.

Rochelle me fulmina con la mirada, pero sin mucha convicción. De repente, está muy pálida. O sea, tenía una perfecta piel de alabastro, pero ha cambiado de color en los últimos minutos. Parece...

De hecho, está un poco verde.

De pronto, Rochelle se tapa la boca con la mano. Sale corriendo como una loca de la habitación, chocándose con la mesita auxiliar por las prisas por llegar al baño. Varias botellas de champán se vuelcan como los bolos de una bolera y se hacen añicos al caer al suelo. El champán que se derrama de las botellas probablemente cuesta más que mi carro, pero a Rochelle no le importa en absoluto. El sonido de sus arcadas resuena por toda la planta baja de la casa.

Sloane y Tabitha intercambian una mirada y es entonces cuando me doy cuenta de que las dos están también un poco verdes.

—Yo creo que me voy a ir —murmura Tabitha—. No... no me encuentro muy bien.

—He oído que hay un virus por ahí —dice Debbie con tono compasivo, aunque no parece estar nada verde. De hecho, tiene una gran sonrisa en el rostro.

Tabitha y Sloane parecen estar deseando salir de la casa. Sloane consigue recorrer todo el camino de entrada, pero Tabitha no tiene tanta suerte. Cuando ya estamos en la calle, alcanzo a verla vomitando en el inmaculado jardín delantero. Debbie ni siquiera se detiene para asegurarse de que su amiga está bien.

—Como ves, sí que hay un virus malo por ahí —me dice mientras recorremos la cuadra de vuelta hasta su casa—. Espero que Rochelle no tenga que cancelar su preciosa fiesta de esta noche con el alcalde.

—Debbie —contesto en voz baja—. Parece que tienen..., ya sabes, una intoxicación.

Ella me observa parpadeando con una mirada absolutamente inexpresiva.

—Vaya, ¿tú crees?

Casi estoy a punto de preguntarle si hay alguna posibilidad de que haya sido algo de los sándwiches que ha preparado. Yo no he comido ninguno y no me he puesto mala, y caigo en la cuenta de que Debbie tampoco lo ha hecho. Pero, claro, sería de mala educación dar a entender a mi amiga que algo que ha preparado con sus propias manos puede haber provocado que tres mujeres hayan terminado vomitando, aunque tal vez sea verdad.

Doy las gracias a que Debbie se olvidara de mi alergia al aguacate. Las cosas podrían haber ido mucho peor.

14

DE LA CARPETA DE BORRADORES DE «QUERIDA DEBBIE»

Querida Debbie:

Llevo casada más de veinte años ya y, aunque en muchos aspectos es un matrimonio feliz, hay otros con los que no estoy contenta. Espero que puedas darme algún consejo.

Cuando nos casamos, mi marido insistió en que no quería que yo trabajara. A mí me pareció un bonito detalle y, cuando mis hijos eran pequeños, tenía sentido. Me encantaba que él nos mantuviera. Pero también podía resultar un poco frustrante. Por ejemplo, configuró nuestra tarjeta de crédito para que él tuviera que aprobar cada compra. Cuando yo quería comprar algo, debía llamarle para decírselo y que diera de antemano su aprobación verbal o, de lo contrario, la tarjeta sería rechazada.

De igual modo, solo tenemos una cuenta bancaria conjunta con una pequeña cantidad de dinero que es «mi asignación». Como yo soy la que hace la compra, la mayor parte del dinero se gasta en eso y, si quiero hacer cualquier otra compra, tengo que pedirle que añada más a la cuenta. Él insiste en que yo «ahorre» mi minúscula asignación, de modo que, si mis zapatos se estropean y necesito un par nuevo, debo ahorrar durante meses para comprarlos.

Él opina que no soy responsable con mis gastos y tiene cierta razón. No soy yo la que gana el dinero. Por ese motivo, ahora que nuestros hijos son mayores, he propuesto la posibilidad de buscar un trabajo para poder ganar mi propio sueldo. Yo creía que era la solución perfecta, pero, cuando se lo mencioné, se puso furioso y dijo que, si me buscaba un trabajo, querría decir que no me fiaba de que él pudiera mantenerme.

Me siento frustrada porque, aunque nos va muy bien, he estado viviendo durante todo mi matrimonio con un presupuesto ajustado. ¿Cómo puedo convencer a mi marido de que me deje trabajar y así ser más independiente económicamente?

Rica pero sin blanca

Querida Rica pero sin blanca:

Lo que describes es maltrato económico. Tu marido está usando el dinero como una forma de controlarte ~~y merece sufrir~~. No necesitas su permiso para buscarte un trabajo. ¡No necesitas su permiso para nada! Mi consejo es que ~~eches veneno en el vino de la cena~~ hables con un abogado especialista en divorcios.

Estaré encantada de darte más información sobre ~~venenos con poca probabilidad de ser detectados en una autopsia~~ opciones legales si quieres ponerte en contacto conmigo a través de mi dirección de correo electrónico, que aparece en la página web.

Debbie

15

DEBBIE

Quedan pocos minutos para las dos cuando entro en el estacionamiento del periódico *Hingham Household*. La redacción está en un pequeño local comercial que se encuentra al lado de un restaurante chino y debajo de un salón de masajes. No he comido mucho en casa de Rochelle porque estaba evitando los sándwiches, y tengo que admitir que esa comida china y un masaje me vendrían muy bien ahora mismo. A lo mejor hago una parada después de que Garrett y yo hablemos de eso que es tan importante y que no se podía tratar por teléfono.

Las palabras HINGHAM HOUSEHOLD están grabadas con tipografía negra en la puerta de cristal, aunque algunas de las letras se han borrado y lo que pone es HIN HAM HOUSEHO. Giro la manija, entro en el pequeño espacio y paso junto a unas cuantas mesas en dirección a la única oficina, que ocupa Garrett Meers. Siempre me había imaginado que la redacción de un periódico sería grande y bulliciosa, pero este lugar es lo contrario a eso. Es pequeño, está alfombrado y normalmente hay tanto silencio que se puede oír el vuelo de una mosca. Huele un poco a tabaco, lo cual es extraño, porque no creo que nadie que trabaja aquí fume.

La única que está hoy es la secretaria de Garrett, Sierra. Es tan linda que no me extraña haber sorprendido a Garrett observándola cuando cree que nadie lo ve. Sierra levanta la vista un momento cuando entro en la redacción, pero no pronuncia ni una palabra e incluso evita mirarme a los ojos. Me resulta raro, porque normalmente esa chica no sabe mantener la boca cerrada.

Y hay algo más en la oficina que hace que se me dispare una alarma dentro de la cabeza.

Bernice no está.

Bernice es una editora del periódico y, aunque Garrett es el redactor jefe, es ella la que toma todas las decisiones importantes. Por lo general, le envío mi columna directamente a ella y no estoy segura de que Garrett la lea siquiera.

No sería tan extraño que Bernice no esté en la redacción, porque lo último que desea, no me cabe duda, es pasar todo el día sentada en esa destartalada mesa de madera. Sin embargo, lo que hace que se me disparen las alarmas es lo vacía que está. Normalmente hay montones de papeles encima, una placa con su nombre y una foto de su hija sonriendo en una feria. Todo eso ha desaparecido.

—Hola, Sierra —digo—. He venido a ver…

—Pasa —me interrumpe Sierra, porque es evidente que me estaba esperando. Es otra inquietante alarma más.

Llamo a la puerta de la oficina de Garrett pese a que está un poco entreabierta. Me grita que pase y entro en el cuarto de escobas que es su oficina. Garrett tiene cuarenta y pocos años, puede que sea uno o dos años más joven que yo, y siempre va bien afeitado y bien vestido. Le gusta proyectar la imagen de que el periódico es más importante de lo que es. Al fin y al cabo, ¿para quién se ha vestido cuando somos los únicos que estamos aquí?

—Hola, Debbie. —Intenta sonreír, pero solo se le eleva la comisura izquierda de los labios—. Siéntate, por favor.

Obedezco ocupando el asiento que está delante de su mesa

mientras me aliso el vestido para que el borde me cubra las rodillas. No consigo deshacerme de la sensación de desasosiego que tengo en el pecho.

—¿Va todo bien? ¿Dónde está Bernice?

Garrett abre la boca, pero, en lugar de responder a mi pregunta, se limita a negar con la cabeza.

—Tengo que hablar contigo sobre una columna que escribiste hace poco.

—De acuerdo...

—Una mujer te escribió hablándote de un problema con su marido —me recuerda—. Y este es el consejo que le diste... —Coge un ejemplar impreso del *Hingham Household* de su mesa, que ya está señalado por la página objeto de la censura—. Dijiste: «Tu marido está usando el dinero como una forma de controlarte. No necesitas su permiso para buscarte un trabajo. ¡No necesitas su permiso para nada! Mi consejo es que hables con un abogado especialista en divorcios».

Recuerdo bien esa columna. No suelo decir a las mujeres que dejen a sus maridos, de verdad. No soy ninguna terapeuta titulada y, desde luego, no puedo dar ese tipo de consejos basándome en el diminuto fragmento que me llega en las cartas de las lectoras. Por lo menos la mitad de las mujeres escriben quejándose de sus maridos y nunca puedo decirles lo que de verdad pienso, aunque siempre me entran ganas de hacerlo. Pero lo que esa mujer describía era tan flagrante que no pude contenerme.

—Sí —contesto—. El del maltrato económico.

—Bueno, pues ella lo ha dejado.

Asiento encantada.

—Bien.

—No está bien. —Garrett me mira como si me hubiese vuelto loca—. Debbie, ¿en qué estabas pensando? No puedes decirles a unas completas desconocidas que dejen a su marido.

—¿Mi trabajo no es dar consejos?

—Exacto, sobre jardinería o quitar manchas de las camisas. —Su voz es de absoluta exasperación—. ¡No puedes decirle a una mujer que ni siquiera conoces que se divorcie!

—¡Sí que puedo si él es un claro maltratador!

—Eso no lo sabes...

—No le dejaba tener una tarjeta de crédito propia. —Voy enumerando con los dedos los pecados de ese hombre—. Le puso una asignación a pesar de ser una mujer adulta. No le dejaba buscarse un trabajo. ¿Qué tipo de marido decente trata así a su mujer? ¿Tratarías tú así a tu mujer?

—No es asunto tuyo, Debbie.

—¡Que no es asunto mío! —salto—. Garrett, escribo una columna de consejos. Es a eso a lo que me dedico. La gente me pide consejos y yo se los doy. Es decisión de ellas seguir esos consejos.

—No, ya no.

Me quedo mirándolo.

—¿Qué?

Garrett suelta un fuerte suspiro y se frota las sienes.

—El marido ha amenazado con demandarnos. Ese hombre va en serio. La única forma de que retire la demanda es si te despido. Y también a Bernice.

Bueno, eso explica lo de su mesa vacía.

—¿Por qué has tenido que despedirla a ella? —Eso es, sobre todo, lo que me hace sentir peor. Es una madre soltera con una hija en la universidad. Al menos yo cuento con los ingresos de Cooper—. Fui yo la que escribió la columna.

—Fue decisión de Bernice incluir la carta —contesta—. Sabía lo que hacía.

—Fue un buen consejo. —Me agarro el borde de la falda con los puños, que de repente están sudados—. Esa mujer necesitaba ayuda y yo le dije la verdad. ¿En serio me vas a despedir por ayudar a una mujer que estaba siendo maltratada?

—Este es un periódico familiar —me recuerda Garrett—. Es lo que esperan nuestros anunciantes. No puedes decirle a la gente que se divorcie. No puedes, Debbie.

—Así que vas a darle a ese idiota lo que quiere para que no te demande.

—De hecho, estoy de acuerdo con él. No deberías haberte implicado. Si Bernice me hubiese enseñado la columna, le habría dicho que no la incluyera.

Estoy segura de que sí se la enseñó, pero, como es habitual, el perezoso de mi jefe ni se molestó en mirarla. Ahora que ella se ha ido, está jodido. ¿Quién va a organizar todo el periódico? Dudo que sepa siquiera cómo hacerlo. Pero sin duda encontrará a algún otro tonto que le haga todo el trabajo mientras él está ahí sentado fingiendo ser importante.

Garrett se levanta de su asiento con la espalda anormalmente recta.

—Ahora voy a tener que pedirte que te vayas. Sierra te acompañará a la puerta.

—¿Acompañarme? —Ese zumbido del interior de mi cabeza arranca de nuevo. Respiro hondo para intentar calmarme—. ¿Qué crees que voy a hacer?

No responde a esa pregunta. Lo que de verdad quiero decirle es que, si pretendiera armar algún lío, dudo que la escuálida de Sierra pudiera impedírmelo. Por suerte para él, mi intención es irme discretamente.

Tengo un escritorio en la redacción, aunque apenas hay nada mío en él. Sierra me vigila mientras saco un bloc de notas de la mesa y unos bolígrafos. También hay una fotografía a color de Cooper con las niñas en la gaveta. Nadie me ofrece una caja, así que me toca llevármelo todo en los brazos.

—Lo siento, Debbie —dice Sierra con expresión incómoda—, pero tengo que pedirte la llave.

Ni siquiera recordaba que me habían dado una copia de las

llaves, pero miro en el llavero y, claro, hay una llave misteriosa que sospecho que es la de la puerta de la redacción. El zumbido de mi cabeza se vuelve más fuerte mientras la saco y la dejo sobre la mano paciente de Sierra. Se entretiene en el tedioso proceso de comprobar que es la llave correcta y que no le estoy dando una falsa. Como si no hubiese sido de lo más fácil hacer una copia si hubiese querido.

Resulta curioso que les preocupe tanto lo de la llave. No es eso lo que debería preocuparles. Al pensarlo, el zumbido cesa de repente.

—Lamento todo esto —dice Sierra—. Siempre me ha gustado tu columna. Dabas consejos muy buenos.

Me aprieto el cuaderno contra el pecho.

—Garrett no opina lo mismo.

—Bueno, es que es muy importante que el periódico vaya dirigido a las familias —contesta—. La santidad del matrimonio, ya sabes.

—Ajá.

—No hay nada más importante que los vínculos del matrimonio —dice Sierra con prudencia—. Y eso no se puede incumplir diciéndole a una mujer que deje a su marido. Y nuestros anunciantes opinan igual. Sin ellos, el periódico estaría acabado. Lo sabes.

—Sí —respondo—. Sí que lo sé.

Sierra me acompaña hasta la puerta y se asegura de que me vaya sin armar ningún escándalo. Mientras vuelvo penosamente a mi carro con mis escasas pertenencias, no puedo reprimir un pellizco de tristeza. Aunque no fuese más que un estúpido periódico local, me gustaba mi trabajo. Me gustaba dar consejos. Mi propia vida puede haber sido un desastre, pero, en lo referente a otras personas, siempre parecía saber qué debían hacer exactamente.

Es hora de empezar a seguir mis propios consejos.

16

Los brownies siguen todavía en el horno cuando la puerta de la calle se cierra de golpe.

Es demasiado pronto para que Cooper vuelva a casa. Y seguramente Lexi estará retozando Dios sabe dónde con su novio. He mirado hace diez minutos su ubicación con Findly y estaba en el Astillero de Hingham. Así que, a menos que sea un ladrón, lo cual supongo que es posible pero poco probable en pleno día, debe de ser Izzy.

—¿Izzy? —grito.

No hay respuesta. Pero los pasos que se acercan desde la entrada parecen los suyos. Presumo de ser capaz de distinguir a los miembros de mi familia basándome solo en sus pasos. Los de Izzy son silenciosos pero firmes. Eso es lo que hace que se le dé tan bien el fútbol europeo.

En efecto, unos momentos después, la cara de mi hija menor aparece en la entrada de la cocina. Me giro para mirarla aunque todavía no ha pronunciado ninguna palabra.

—Hola —digo.

—Hola.

Abro la puerta del horno para ver cómo van los brownies y

el olor a chocolate invade rápidamente la cocina. Aspiro con fuerza y suspiro. Es uno de mis olores preferidos.

—¿Por qué estás siempre haciendo brownies? —se queja Izzy.

La miro sorprendida. En primer lugar, no estoy «siempre» haciendo brownies. De hecho, la última vez que hice fue hace casi un año, para una fiesta benéfica de su secundaria. Y en segundo lugar, ¿qué niño se queja de unos brownies recién hechos? Ni siquiera Lexi les pone reparos.

—Lo siento —contesto—. Supongo que eso quiere decir que no quieres.

—Puaj..., no.

¿Puaj? Solo se me ocurre negar con la cabeza, pero no pasa nada. Aunque quisiera probar uno, no se lo daría.

Izzy sigue en la puerta de la cocina como si quisiera decirme algo, pero guarda absoluto silencio, con la mochila apoyada junto a sus zapatillas. No es normal porque, de mis dos hijas, Izzy es la parlanchina. Nunca deja de hablar, mientras que Lexi elige sus palabras con más cuidado (sobre todo por las mañanas, cuando hablar está prohibido).

—Bueno, ¿qué ha pasado con el fútbol? —le pregunto.

—Nada. —Levanta un poco un hombro, como si estuviese demasiado cansada como para encogerse de hombros de verdad—. Me he hartado.

Me cuesta mucho creerlo. Izzy lleva jugando al fútbol desde kínder. Todos los sábados por la mañana, bien temprano, la llevaba a la escuela donde entrenaban los chicos de primaria. Encontrar estacionamiento durante ese rato era una experiencia estresante y, a veces, aterradora, pero, en cuanto daba con un sitio, Izzy salía corriendo del carro con sus coletas, sus botas y sus medias de fútbol. (Todavía no entiendo qué son las medias de fútbol pero las compraba sin falta cada año). El entrenamiento era su momento favorito de toda la semana.

Así que no. No me creo que lo haya dejado.

—Lexi dice que te han echado del equipo —le recuerdo.

—No sabe lo que dice. Lo he dejado.

Era muy fácil saber cuándo Izzy mentía cuando era pequeña. Cuando tenía unos tres años, robó unas galletas con pepitas de chocolate de la cocina y juró que era inocente, pero durante todo el tiempo tuvo los labios manchados de chocolate y migas de galleta. Los niños son unos negados.

Ahora se le da mucho mejor mentir, pero no me cabe duda de que no ha dejado el fútbol. Jamás dejaría el fútbol.

—No irás a llamar al entrenador Pike, ¿verdad? —pregunta con tono de preocupación.

—Por supuesto que no.

—Porque eso no serviría de nada.

—Ya te he dicho que no lo voy a llamar.

—¿Lo juras?

—Lo juro. —Dejo que la puerta del horno se cierre de golpe—. ¿Crees que no tengo nada mejor que hacer que llamar a tu entrenador? De todos modos, es probable que ni siquiera me responda al teléfono.

Sus hombros se relajan después de mi confirmación.

—Voy a hacer las tareas. Este año tengo muchísimas. —La niebla de sus ojos se despeja un poco—. Así que, la verdad, es mejor no tener fútbol.

Mentira. Pero, bueno, fingiré creerla si eso hace que se sienta mejor.

—Izzy...

Evita mirarme a los ojos.

—¿Sí?

Me planteo preguntarle si alguna vez el entrenador Pike ha entrado a mirar en el vestidor, como ha dicho la amiga de Lexi. Pero tengo la sensación de que, aunque sea cierto, nunca me dirá la verdad.

—¿Necesitas ayuda con las tareas? —pregunto por fin.

—No.

Nunca la necesita.

Izzy no me pregunta cómo me ha ido el día, pero no me sorprende. Nada le importa menos que saber cómo me ha ido el día. Es una buena chica, pero no le interesa que me hayan robado la sesión de fotos para la revista. Quizá le importe que me he quedado sin el trabajo en el periódico si eso implica menos dinero para la familia, pero contamos con el trabajo de Cooper, así que es probable que no se note.

Sinceramente, no merece la pena mencionarlo. Mis hijas tienen cosas más importantes en las que pensar que el drama de su madre. Además, yo puedo ocuparme de ello.

Izzy me lanza una última mirada recelosa, porque sabe que no se me da bien dejar las cosas a medias cuando algo me inquieta. Pero no me hace más preguntas. Un momento después, coge su mochila y se va en dirección a la escalera.

Siempre cumplo las promesas que les hago a mis hijas. Le he prometido a Izzy que no iba a llamar a su entrenador de fútbol. Y no lo haré.

Voy a ir hasta allí con el carro.

17

COOPER

Tras ocho kilómetros en la cinta de correr, no me siento mejor.

En la secundaria y al principio de la universidad hacía atletismo. Se me dio bastante bien durante un tiempo, aunque tuve algunos problemas durante mis dos últimos años en la universidad y dejé el equipo. Y luego me licencié y después me casé y, sobre todo tras nacer mis hijas, no disponía de tiempo para hacer ejercicio.

Cuando se tienen veintitantos años, o incluso treinta y tantos, puedes mantenerte en bastante buena forma sin necesidad de ir al gimnasio. Pero ¿a los cuarenta? Imposible. Así que, cuando Jesse propuso que nos apuntáramos los dos al Titan Fitness, decidí que había llegado el momento de volver a cuidarme.

Jesse y yo nos hemos ido exigiendo el uno al otro. Los dos queríamos volver a recuperar la forma, así que nos aseguramos de ir al gimnasio al menos tres veces por semana. A él se le da mejor que a mí. A menudo se queda más tiempo que yo y hoy prácticamente ha tenido que arrastrarme hasta aquí. «Vamos. Hará que te sientas mejor».

Normalmente tiene razón. El ejercicio en el gimnasio me ha sentado estupendamente en más de un aspecto. Jesse hace una combinación de pesas y cardio, pero yo suelo quedarme en la cinta de correr y hacer solo un poco de musculación. Aun así, la diferencia es evidente. No solo en mi fuerza y mi resistencia, sino también en mi aspecto.

Después de bajar la velocidad de la máquina para enfriarme, me seco el sudor de la cara con la toalla. Aunque tengo una mancha de sudor en el cuello, noto que una mujer que está en la elíptica se fija en mí. Yo la miro también un poco más tiempo del conveniente y ella me guiña el ojo. Es entonces cuando me apresuro a apartar la mirada y me acerco rápidamente a donde Jesse está levantando pesas.

—Voy a irme —le digo.

Él deja las mancuernas y da un largo trago a su botella de agua. Se limpia la boca y me mira.

—¿Estás bien, Cooper? ¿Quieres salir a tomar una copa o algo?

Desde luego que no.

—Solo quiero irme a casa y acabar con esto.

—¿Vas a contárselo a Debbie?

Cielo santo, lo último que deseo es contárselo a ella. Lo que de verdad me gustaría es empezar a buscar otro trabajo y no decirle nada hasta que tenga algo seguro. Pero Dios sabe cuánto tiempo pasará hasta entonces. Y tampoco es que no le esté ocultando secretos ya. Esto va a explotar por algún lado.

—Lo solucionaré —contesto.

Me mira con el ceño fruncido. Al igual que mi mujer, Jesse es una persona resolutiva. Cuando algo va mal, su instinto le lleva a buscar un modo de solucionarlo.

—¿Sabes? Puede que esto sea lo mejor que te haya podido pasar.

—Ajá.

—En serio —insiste—. A ver, tú mismo dijiste que se estaba convirtiendo en un trabajo sin futuro. Ahora podrás buscar algo mejor.

—Seguro que tienes razón —respondo, sin creer en absoluto que la tenga.

—Deberíamos hacer algo este fin de semana —dice—. Para que no te quedes todo el día sentado en casa y deprimido.

—Sí, puede ser.

—¿Qué quieres hacer?

No se me ocurre nada que me apetezca. Intentaré en la medida de lo posible no acostarme en el sofá a darle vueltas desesperado. Debería publicar un perfil en todas las páginas web de búsqueda de empleo y ponerme en contacto con empresas de selección de personal. Todas esas cosas que odio pero que tengo que hacer.

Aun así, se me ocurre algo que podría alegrarme.

—Vamos al campo de tiro —propongo.

Jesse me sonríe.

—¿Sí?

—Claro, ¿por qué no?

—Hecho.

Sí, tengo una pistola. Uno de los principales motivos de desacuerdo en mi matrimonio es el hecho de que me comprara una hace unos años, después de que hubiera algunos robos en nuestro barrio. Debbie se opuso obstinadamente, aludiendo a supuestas estadísticas sobre que las personas que poseen armas tienen más probabilidades de disparar a un miembro de su familia que a un intruso. Pero, al final, gané y la compré. El acuerdo era que la guardaría en el garaje, bajo llave, y que solo la usaría en el campo de tiro. Las niñas ni siquiera saben que está ahí.

Y me encanta disparar. Después de todo lo que ha pasado esta semana, me sentará bien descargar un poco de energía en un sentido literal.

Me doy una ducha rápida en el gimnasio y me cambio de ropa. Llegaré a casa antes de cenar, pero no lo bastante temprano como para tener una larga conversación antes de sentarnos a comer. Todavía no sé bien qué le voy a decir a Debbie. Últimamente, parece que está distinta. Más… frágil. Más distraída.

Por eso es por lo que no puedo sincerarme del todo con ella. Ahora no.

Vuelvo a la recepción para salir con mi tarjeta. Esa mujer de la elíptica que me estaba sonriendo antes pasa por mi lado; está aún más atractiva con unos jeans y un suéter que cuando tenía la ropa de deporte ajustada. Mis ojos se ven atraídos hacia ella como un imán, y hasta que me guiña un ojo no consigo apartar la mirada.

«No es buena idea, Coop».

—¿Se te ha dado bien hoy la sesión? —Cindy, la mujer que trabaja en la recepción, interrumpe mis pensamientos.

¿Me lo estoy imaginando o hay cierto tonillo en su voz?

—Eh…, sí. Gracias.

—¿Sabes? —pregunta—. Tu mujer ha estado antes aquí, haciendo ejercicio.

Sí, está claro que había cierto tonillo en su voz. Pero no sería capaz de contarle a Debbie que estaba mirando a otra mujer, ¿no? ¡Apenas la he mirado!

—Ah. Okey.

—Bueno —dice Cindy volviendo a un tono neutro—. ¡Que pases una buena noche!

Asiento sin pronunciar palabra y voy directo a casa antes de hacer otra estupidez.

18

DEBBIE

No voy a la secundaria solo para ver al entrenador Pike. También voy a dejar las latas para la recolecta de comida. Me doy cuenta de que eso no hace que sea mejor, pero, en cierto modo, en mi cabeza sí que funciona.

Aunque ya es tarde, Elena, la administrativa que trabaja en la recepción, sigue ahí. Pulsa el botón para abrirme la puerta y sus ojos se iluminan al ver la caja de cartón llena de latas que traigo en los brazos.

—¡Debbie! —Elena me sonríe—. Sabía que no fallarías.

—Sí, y puedo saltarme el gimnasio después de cargar con esto hasta aquí —bromeo, aunque ya he ido al gimnasio hoy.

Dejo las latas sobre el mostrador al tiempo que Elena pulsa algunas teclas de su computadora. Me quedo ahí un momento mientras trato de pensar en el mejor modo de hacer esto.

—Oye —digo, intentando que mi voz suene lo más despreocupada posible—, ¿te parece bien si me acerco a hablar con el entrenador Pike un momento? Tengo que ver con él los horarios del fútbol. Hay algunos días en los que Izzy no va a poder venir.

—Claro, adelante —me contesta Elena sin levantar la vista de la pantalla de la computadora.

Se fía de mí. No cree que exista ninguna posibilidad de que yo vaya a hacer algo que no debería. Pero en mi defensa diré que no voy a hacer nada horrible. Solo quiero tener una conversación con el entrenador de fútbol sobre el motivo por el que ha sentido la necesidad de quedarse sin su mejor jugadora. Si eso no son buenas intenciones, no sé qué otra cosa lo será.

Al fin y al cabo, ¿qué mejor intención que la de proteger a tu hija? Si mis padres me hubiesen protegido mejor...

En fin, no tiene sentido pensar en eso ahora mismo.

Ya sé que el entrenador Pike tiene su oficina en la planta baja, no muy alejado del campo de fútbol. Mientras recorro los familiares pasillos de la secundaria, meto la mano en el bolso para sacar los brownies, que llevo envueltos en papel de aluminio. Si algo he aprendido es que cualquier situación puede mejorar con un poco de chocolate.

Ha habido suerte. El entrenamiento de fútbol ya ha terminado y el entrenador está sentado en su mesa, organizando algunos papeles. Tiene cincuenta y tantos años, y tiendo a creer que está calvo o, al menos, en vías de quedarse calvo, pero no puedo estar segura porque nunca le he visto sin su gorra de béisbol en la cabeza. Lleva puesta una camiseta de la secundaria Hingham, que se le estira por los pliegues de la barriga. Lo cierto es que parece en muy baja forma para tratarse de una persona que se dedica a ser entrenador de deporte, pero ¿quién soy yo para juzgarlo?

Llamo a la puerta abierta y dibujo una sonrisa en mi cara a la vez que tiendo los brownies envueltos en papel de aluminio como ofrenda de paz.

—¿Entrenador Pike?

Levanta la vista. Sigo todavía con el vestido amarillo que llevaba durante mi reunión en el periódico y puedo sentir la mirada de Pike subiendo por mi cuerpo. Me avergüenzo y me aprieto el bolso contra el pecho con la mano libre.

—¿Qué desea? —me pregunta con una sonrisa lasciva. Nunca me ha gustado este hombre, pero ahora mismo me gusta incluso un poco menos.

—Hola —contesto—. Soy la madre de Isabel Mullen.

—Ah. —La sonrisa desaparece al instante de sus labios—. Entiendo.

—Le he traído estos brownies. —Se los acerco, encantada de tener una excusa para entrar en la oficina—. Esperaba que pudiéramos hablar.

El entrenador Pike acepta los brownies y levanta un poco el envoltorio de aluminio con una mirada de aprobación. No me invita a que me siente, pero lo hago de todos modos.

—Quería hablar con usted sobre Izzy —empiezo—. Me he enterado hoy de que la han sacado del equipo de fútbol.

—Sí. —Es lo único que tiene que decir al respecto.

—Bueno, pues me ha extrañado —continúo—. Porque, como sabe, es una jugadora estupenda. El año pasado la vi durante todo el año y creo que es una de las más fuertes. Así que no comprendo...

Pike aparta el papel de aluminio y ve que he envuelto los brownies con varias capas de papel film. Parece estar planteándose desenvolverlos, pero decide no hacer el esfuerzo.

—Tienen buen aspecto.

—También saben bien.

Se queda mirando pensativo los dulces de chocolate mientras medita sus siguientes palabras.

—Lo cierto es que los brownies son parte del problema.

—¿Có... cómo dice?

—Al final de la temporada pasada le dije a Izzy que iba demasiado lenta —me explica— y que tenía que perder un poco de peso antes de la siguiente. Siete kilos por lo menos. Pero nueve sería mejor.

Me quedo boquiabierta.

—¿Le... le ha dicho a mi hija de quince años que tiene que perder nueve kilos?

—Le dije que tenía que ser más rápida —me corrige—. Le sugerí que perder peso sería una forma de conseguirlo. Pero no ha ganado velocidad y, encima, pesa dos kilos más que el año pasado por estas fechas. Nos sobran dos chicas en el equipo y alguien debía irse. Así que he tenido que echarla.

—¡Izzy es bastante rápida! —protesto.

—Con el debido respeto, señora Mullen, usted no es la entrenadora del equipo de fútbol, ¿verdad? —Toca con el dedo el papel de aluminio de la bandeja de brownies—. Yo soy el entrenador y el que puede decir quién es lo bastante rápido. No usted.

De repente, tiene todo el sentido que Izzy se haya enfadado conmigo por hacer brownies. Estaba enojada porque mi hija perfecta y en forma de alguna manera ha llegado a la conclusión de que necesita reducir su talla.

—Oiga —dice—, estoy de acuerdo en que Izzy tiene potencial. Si logra perder peso y ser más rápida, quizá podría plantearme recuperarla.

—Así que es por la velocidad. —Me remuevo en mi silla—. ¿Cómo de rápida tiene que ser? Por ejemplo, si nos pusiéramos a correr, ¿cómo de veloz tendría que...?

—Más de lo que es ahora —contesta él sin más explicación—. Y, como le he dicho, la mejor manera de lograrlo es perder peso. La cinta de correr no lo bajará. —Hace una pausa para cruzarse los brazos sobre el pecho—. Y, de todos modos, nadie quiere ver a un puñado de chicas rechonchas corriendo por el campo de fútbol. No es una imagen que pueda resultar agradable a la vista de la gente. Dios, ni yo mismo quiero verla.

La cabeza me da vueltas. No me puedo creer que acabe de decir eso sobre un grupo de adolescentes. Quiero repetir esta conversación ante el director, pero él lo negaría. Si alguna vez he dudado de lo que contó Lexi sobre que el entrenador había entrado «por casualidad» en el vestidor, esa duda ha desaparecido. Si no hubiese echado a Izzy del equipo, yo habría insistido en que ella se retirara para evitar más interacciones con Pike.

Izzy no puede jugar al deporte que le gusta por culpa de este hombre. Y, lo que es peor, está haciendo que se sienta mal consigo misma. Está haciéndole sentir la necesidad de que tiene que cambiar.

Y está mirando con lascivia a unas chicas adolescentes mientras se cambian en el vestidor.

—Siento no poder darle lo que usted desea. —Pike se encoge de hombros sin la más mínima señal de que lo lamente—. Pero no es así como funciona el mundo y más vale que su hija lo sepa más pronto que tarde.

—Merece estar en el equipo —digo con los dientes apretados, aunque ya no quiero que esté en un equipo con él.

—Si quiere ayudar a su hija, ayúdela a perder ese peso —me dice—. Deje de hacer brownies a todas horas. Y, ya puestos, tampoco a usted le vendría mal perder unos kilos.

Tengo los dientes tan apretados que no me puedo creer que no se me haya roto alguno por la mitad. Respiro hondo para tratar de calmarme. Cuento hasta diez en mi cabeza y, a continuación, me pongo de pie.

—Gracias por su tiempo, entrenador Pike —le digo.

Él me hace un gesto con la cabeza.

—Un placer.

Me doy la vuelta y salgo de la oficina. Lo único en lo que puedo pensar es en que tengo que salir de esta secundaria antes de ponerme a gritar.

Pero no puedo irme ahora. Tengo que hacer una parada más antes de marcharme.

19
COOPER

La casa está a oscuras cuando llego.

Había creído que me encontraría a Debbie en la cocina preparando la cena y me alivia ver que no está. No quería que me bombardeara a preguntas nada más entrar por la puerta. Aunque probablemente no haga tantas. Solo una.

«¿Qué ha pasado con tu jefe?».

Solo pensarlo me provoca un sudor frío a lo largo del nacimiento del pelo. Es una sensación familiar que he llegado a odiar. Lo único que se me ocurre es que solo hay una cosa que hará que me sienta mejor. Solo hay un lugar al que puedo ir ahora mismo.

Tengo que salir de aquí.

Antes de poder escabullirme, oigo la puerta del garaje abriéndose. Maldición, he esperado demasiado. Me preparo, consciente de que Debbie estará aquí en un minuto. Todo el cuerpo se me pone en tensión.

—¿Cooper? —La voz de mi mujer inunda la sala de estar antes incluso de que yo pueda verla—. ¿Qué haces a oscuras?

—Pues, eh... —No tengo una buena respuesta para su pregunta. Debbie enciende la luz y parpadeo varias veces mientras la vista se me acostumbra—. Acabo de llegar a casa.

—Siento venir tarde —dice ella—. He ido al supermercado y había mucha más gente de la que me esperaba.

Solo que no trae ninguna compra. Es raro.

Pero tiene buen aspecto. Se ha quitado el vestido ajustado que llevaba esta mañana, pero todo le sienta bien. Todavía recuerdo el primer día que la conocí, hace ya más de veinte años, y fue como si un rayo me hubiese alcanzado. Nunca había pensado en el matrimonio antes de eso, pero supe enseguida que quería casarme con Debbie. Era una mujer que jamás conseguiría sacarme de la cabeza.

—¿Cómo ha ido el día? —le pregunto antes de que ella me lo pueda preguntar a mí—. Ah, oye, ¿qué tal la sesión de fotos?

Estaba muy emocionada con eso. Seguro que podemos pasar al menos quince minutos hablando de los detalles.

—Ha ido genial —contesta con voz alegre—. Estoy deseando que veas las fotos.

Yo también lo estoy deseando. No soy tan aficionado a la jardinería como Debbie. La verdad es que las plantas me resultan aburridas, igual que a otras personas les aburren los códigos tributarios, pero estoy emocionado porque ella lo está. A lo mejor le pido a un profesional que me enmarque una de las fotos para que la podamos colgar en el pasillo. Quizá como sorpresa cuando salga el artículo.

Espero la oleada de detalles sobre la sesión de fotos. A Debbie le encanta contarme todo lo que ha hecho durante el día y, normalmente, yo estoy encantado de escucharla, pero ahora mismo guarda un extraño silencio. Supongo que está agotada después de tanta emoción.

—Bueno, y... —digo— ¿ha pasado hoy algo más?

Se da toques en el mentón, como si lo estuviese pensando.

—La verdad es que no. Un día normal y corriente.

—Ah.

—Esto... —Me sonríe—. ¿Cómo ha ido la conversación con Ken?

Vaya, no ha tardado mucho.

—No ha ido… muy bien.

La sonrisa desaparece de sus labios.

—¿A qué te refieres?

No me atrevo a contarle a Debbie que no he conseguido el ascenso y que, después, he decidido renunciar. Dios, ¿qué va a pensar de mí? Así que lo que hago es contarle una versión de la verdad.

—Lo de ser socio no va a pasar. No estoy en sus planes.

Al final, tendré que confesarle que he renunciado. Aún peor: tendré que buscar otro trabajo sin la ventaja de contar con referencias, aunque mi último jefe de hace una década a lo mejor responde por mí. Si no encuentro algo rápido vamos a tener que mudarnos. Hingham es caro y no está en nuestro rango de precios. Ahora mismo estamos bastante mal. Esa idea hace que sienta que tengo una soga apretándome el cuello.

Al menos, tenemos el trabajo de Debbie en el periódico para sacarnos del apuro. No es mucho, pero algo es algo. En el peor de los casos, puedo suplicar que me devuelvan el mío, probablemente con un recorte del sueldo.

—¿Te ha dicho por qué? —insiste Debbie.

—La verdad es que no. —Evito mirarla a los ojos y dirijo la vista al reloj de la pared—. Oye, ¿vamos a cenar pronto? Ya casi es la hora.

La pregunta la descoloca. Es evidente que no ha preparado ninguna cena porque acaba de llegar a casa de donde sea que haya estado, que, desde luego, no era el supermercado.

¿Adónde ha podido ir? ¿Y cómo es posible que no haya preparado nada? Debbie tiene la comida preparada a las seis y media en punto todas las noches. Es como un reloj.

—Vamos a tardar un poco en cenar —confiesa—. ¿Tal vez una hora? Lo siento. Ha sido un día ajetreado.

—¿Sabes qué? —Me pongo una mano en la panza y finjo una

mueca—. Me muero de hambre. ¿Te importa si voy corriendo a comprar algo de comida rápida? ¿Te parece bien?

Debbie es muy rigurosa con las cenas en familia, así que espero una protesta por su parte. Pero, por el contrario, me sonríe.

—Claro. A lo mejor preparo simplemente unos sándwiches para mí y para Izzy. Lexi va a cenar esta noche fuera con Zane.

Mi mujer hace un gesto de desagrado, como siempre que menciona al novio de nuestra hija. He de confesar que yo tampoco tengo muy buena opinión de ese chico. Pero soy consciente de que lo que yo piense no le interesa mucho a Lexi.

—Bueno, sal a comprarte algo grasiento —dice—. Yo me quedaré al mando del barco.

Los hombros se me hunden. Cada vez me cuesta más pensar en excusas para salir por la noche.

—¿Quieres que te traiga algo?

Inclina la cabeza con gesto pensativo y, en ese momento, está tan adorable que no puedo evitar sentir una punzada de gélida culpabilidad.

—Jamás podría resistirme a unas papas fritas.

—Hecho.

Como si las papas fritas compensaran el haberle mentido en la cara.

Antes de salir, envío un rápido mensaje con el teléfono. Después, cojo las llaves del carro de su sitio en la repisa de la chimenea de la sala de estar y salgo por la puerta de la casa. El año pasado, Debbie, de la que quizá ya he dicho que es un genio, instaló una aplicación en nuestro teléfono que se llama Findly. Es una especie de Find my friends pero con una precisión mucho más impresionante.

Jesse se quedó impactado cuando le dije que tenía en mi teléfono una aplicación de rastreo que permitía que mi mujer supiera dónde estaba en todo momento. Me dijo que debía de ser bastante sumiso como para permitir que me hubiese instalado algo así. En aquel momento, no se me ocurrió que yo pudiera hacer nada que no querría que Debbie supiera.

Y ahora, mientras salgo por la puerta de casa, apago Findly. Si me pregunta, le diré que he debido de estar en una zona sin cobertura, pero tengo claro que no voy a compartir mi ubicación con ella durante el siguiente par de horas. No puede saber adónde voy.

20

HARLEY

Siempre me ducho al llegar a casa después del Titan Fitness. Sí, en el gimnasio hay duchas. Pero la verdad es que están asquerosas. Si los usuarios supieran lo poco que las limpian, tampoco se ducharían allí. Estas instalaciones no se limpian solas, créanme.

Además, me encantan las duchas calientes, largas y placenteras. Me encanta colocarme bajo el agua abrasadora hasta que la piel se me enrojece. Voy poniendo el agua cada vez más caliente hasta estar segura de que acabaré cociéndome viva como una langosta en una cazuela. Me quedo ahí hasta que se acaba toda el agua caliente y solo entonces salgo y me envuelvo en una toalla cálida y esponjosa.

Como he dicho, me encantan las duchas.

Tengo un pequeño apartamento en un sótano de un callejón sin salida donde solo hay otra casa que parece abandonada; probablemente está en ruinas, por su aspecto. La pareja que vive en la parte principal de la casa están superviejos y sordos y son muy poco sociables, así que es casi como si viviera aquí sola. Uno de estos días es posible que suba a darles el cheque de mi alquiler y me encuentre a uno o a los dos inconscientes en la sala de estar.

Pero, hasta ese momento, es un lugar agradable y silencioso para vivir.

Justo cuando me estoy envolviendo con una toalla, me suena el teléfono con una notificación. Lo encuentro sobre la mesita de noche en el dormitorio y sonrío al ver el mensaje que me espera.

¿Puedo ir?

Escribo mi respuesta:

Por supuesto. ¿Cuándo llegas?

Quince minutos.

Genial. Eso me da tiempo suficiente para secarme el pelo y ponerme algo de maquillaje para tener un aspecto perfecto de cara lavada. Me vestiré, pero no va a ser necesario que me ponga mucha ropa, teniendo en cuenta que poco después me la voy a quitar, ya saben a qué me refiero.

Cuando he terminado de arreglarme, me miro en el espejo de cuerpo entero del dormitorio. ¿Solo el maquillaje necesario? Sí. ¿Pelo revuelto en plan sensual? Sí. ¿Camiseta que deja ver el escote algo más de la cuenta? Sí.

Estoy buenísima. Mucho más que ella. O sea, ni punto de comparación.

En pleno proceso de ensayar poses ardientes en el espejo, llaman a la puerta. El corazón se me dispara en el pecho como siempre que él llama y atravieso corriendo el apartamento, casi volcando una otomana.

Así es como sabes que alguien te gusta de verdad. Cuando estás a punto de sufrir un daño físico por tu ansia de ir a abrirle la puerta.

La abro y ahí está él, con cierta expresión de culpabilidad, como le pasa siempre, pero al mismo tiempo de lo más sexy. A lo mejor lo sexy es que sí es culpable. Dice que nunca antes ha hecho algo así, y le creo. Pero no me cabe duda de que desea estar aquí, con todas sus fuerzas. Su mirada está inundada de deseo.

—Hola, Harley —dice.

Le sonrío y noto ese aleteo en mi pecho que siempre siento cuando aparece en mi puerta. Dios, está como un tren.

—Hola, Cooper —contesto.

Se demora un instante y, a continuación, entra en el apartamento. No desperdicia un segundo más antes de besarme. Su mujer lo estará esperando pronto en casa, así que no contamos con demasiado tiempo para los preliminares. Puede que yo sea su primera aventura, pero él no es mi primer hombre casado. Para nada. Sé cómo va esto.

—¿Cuándo te espera Debbie de vuelta? —le pregunto mientras me besa el cuello. Odio hablar de ella cuando estamos en medio de un momento sensual, pero tengo que ser práctica. Quiero saber de cuánto tiempo disponemos.

—Tengo como una hora.

Suficiente.

Cooper no quiere perder el tiempo. Me levanta del suelo con facilidad porque ha estado poniéndose fuerte. Menos mal, porque fue allí donde nos conocimos. En el gimnasio. Cuando lo vi dando zancadas en aquella cinta de correr, no logré contenerme.

Mientras me lleva al dormitorio, no puedo evitar pensar que un día de estos, al final de esta hora, decidirá que esta vez no va a volver con ella.

21

Sé lo que están pensando. Soy una persona horrible. Una robamaridos.

Y no se equivocan.

Pero la verdad de este asunto es que los humanos no estamos hechos para ser monógamos. Sobre todo los hombres. Biológicamente, tienen la obligación de esparcir su simiente entre tantas mujeres como sea posible. Y también biológicamente, Debbie ha sobrepasado su etapa fértil, mientras que Cooper, con cuarenta y seis, tiene por delante muchos años de capacidad reproductiva.

Biológicamente, él está diseñado para desearme.

Cooper y yo estamos tumbados juntos en la cama. Me rodea con el brazo y nos quedamos pegados por el sudor. Me da un beso en la frente y es tan dulce que casi me mata que tenga que salir corriendo de aquí en pocos minutos.

—¿Y si te quedas? —le propongo.

Suelta un suspiro de dolor.

—Ojalá pudiera. Créeme. Debbie y yo somos como desconocidos obligados a vivir juntos.

—Eso suena horrible.

—Lo es. —Traga saliva—. Me estaba volviendo loco hasta que apareciste tú, Harley. Ojalá no tuviera que seguir fingiendo.

—Pues no lo hagas. Ella no es tu dueña.

—Bueno, en cierto modo sí. —Cooper levanta su mano izquierda con la alianza en el dedo anular—. El divorcio sería doloroso. Se quedaría con todo.

—Solo la mitad de todo.

Niega con la cabeza. He salido con muchos hombres casados y sé que me van a decir lo que creen que quiero oír, pero en este caso estoy convencida de que él no ama ya a Debbie. Desde hace mucho tiempo. Lleva años durmiendo en la habitación de invitados, pero aun así no se puede ir. Ella no está bien y un divorcio la dejaría desquiciada.

Y, ahora que he conocido a Debbie, sé a qué se refiere. Después de todo, esa mujer ha intoxicado a sus vecinas.

No era mi intención hacerme amiga de la mujer del hombre con el que me estoy acostando. O sea, no soy una auténtica psicópata. Pero es que una mañana yo estaba hablando con Cindy en la recepción del gimnasio, y una mujer de cuarenta y tantos años con una cara agradable pero algo angulosa y el pelo recogido en una coleta perfecta pasó su tarjeta y el nombre de Debra Mullen apareció en la computadora.

Así que, claro, sentí curiosidad. Soy humana. No es que fuera a su casa para acosarla.

En general no soy ninguna acosadora, pero, siendo justos, a Cooper es imposible acosarle. Este hombre no tiene presencia en las redes sociales, lo cual no es muy de extrañar entre los hombres de su edad. Al no poder rastrearlo en internet, el único modo de saber algo más de él era explorar un poco en su vida real.

Aun así, mi intención era solo mantener una conversación con ella. Pero, cada vez que mencionaba el nombre de Cooper, me veía enganchada a cada palabra que decía. No me pareció que tuviera ni idea de lo mal que va su matrimonio. O puede que estuviera tratando de ocultármelo. Al fin y al cabo, una no va por ahí contándole a desconocidos que llevas dos años sin tener relaciones con tu marido.

Así que pensé que, si nos hacíamos más amigas, a lo mejor estaría dispuesta a contarme cosas de Cooper. Fue entonces cuando la invité a tomar un café.

Una cosa llevó a la otra y, de repente, empezamos a tomar café con regularidad, y luego me invitó a su club de lectura y, de pronto, somos las mejores amigas. Me da la impresión de que no tiene muchas y la verdad es que yo tampoco. Cooper se pondría furioso si supiera que he estado compartiendo tiempo con su mujer, así que me he cuidado mucho de mencionarlo.

En algún momento, esto va a terminar explotándome en la cara. No puedo mantener mi amistad con ella mientras me acuesto con su marido. Un día en la cena, Debbie va a hablarle a Cooper de su nueva amiga Harley y probablemente morirá atragantado con una zanahoria o algo así.

Aunque a lo mejor es eso lo que quiero que ocurra. Bueno, no lo de atragantarse con una zanahoria. Pero quiero que sepa que su marido está teniendo una aventura a sus espaldas. Quiero que le eche de casa. Porque, cuando lo haga, él vendrá directo aquí.

Mis relaciones con hombres casados rara vez terminan bien. De hecho, la última, con un hombre que se llamaba Edgar, terminó estallándome en la cara de una forma bastante espectacular. Pero con Cooper Mullen tengo una buena sensación.

Cooper se aparta de mis brazos y se gira para levantarse de la cama. Bajo la luz tenue del dormitorio, miro cómo se viste. Es más de una década mayor que yo, pero está en buenísima forma y necesito controlarme para no volver a arrastrarlo a la cama. Podría tener a alguien mejor que Debbie. Debe saberlo.

—¿Volverás mañana? —le pregunto.

Espero el destello de fastidio en su rostro, pero no aparece.

—Intentaré escaparme si puedo. —Después añade—: No te prometo nada.

No es fácil ser la otra. Sí, ya lo sé, son lágrimas de cocodrilo, pero resulta duro. No se nos puede ver en público y, cuando llegan las fiestas más señaladas, estoy sola. Y olvídate de las citas dobles.

Pero muy pronto dejaré de ser la otra.

Cooper es el definitivo. Cuanto más tiempo paso con él, más segura estoy de que es así. Y, muy pronto, Debbie lo sabrá también.

22
DEBBIE

Cuando se encienden las luces del porche, doy por hecho que es Cooper, que ha vuelto de ir a buscar la comida rápida. Pero el cierre de la puerta de la casa no termina de girar.

Salgo al recibidor y me asomo por una de las ventanas que dan al porche delantero para ver quién está ahí. No debería sorprenderme mucho ver a Lexi y Zane juntos. El instinto me dice que me aparte despacio antes de ver cómo mi hija se besuquea con su novio. Es lo último que deseo ver.

Solo que no se están besando. Están hablando y, aunque no puedo oír lo que dicen, Lexi tiene la mano sobre la cadera y los labios curvados hacia abajo. Mientras tanto, Zane tiene en la cara una sonrisa de satisfacción.

Zane se saca el teléfono del bolsillo y señala la pantalla. Lexi intenta cogerlo y él lo levanta para que quede fuera de su alcance. La expresión de la cara de mi hija es como si quisiese sacarle los ojos.

¿Qué está pasando ahí?

Si abro con cuidado la ventana, a lo mejor puedo oír lo que dicen. No es que quiera escuchar a escondidas a mi hija, pero... Bueno, sí. Quiero escuchar a escondidas a mi hija. Ella no me va a contar nunca de qué han estado hablando. Esta es mi única opción.

Pero, antes de que pueda hacer el intento de abrir la ventana, Zane extiende la mano y agarra a Lexi por el brazo. Aunque estoy segura de que ha llegado mucho más lejos cuando están solos, la incomodidad en el rostro de ella es evidente. Intenta apartar el brazo, pero él no la suelta. Y, durante todo el rato, tiene esa sonrisa de satisfacción en la cara.

Me olvido de la ventana y voy directa a la puerta. Finjo como que iba a salir, aunque no llevo el bolso, y ahora que lo pienso, tampoco llevo puestos los zapatos. No es una buena artimaña, pero es suficiente para sobresaltar a los dos.

En ese instante, Zane suelta el brazo de Lexi.

—¡Ah, hola! —Mi intento de fingir sorpresa no es una actuación muy digna de un Oscar, pero valdrá—. No sabía que estaban aquí.

—Zane ya se va —dice Lexi con firmeza.

El pelo de Zane le cae por los ojos y me dan ganas de ir a la cocina por unas tijeras y cortárselo. La verdad es que preferiría cortarle otra cosa, pero me conformo con el pelo, supongo. O cualquier otra cosa que le haga desaparecer esa sonrisa de los labios.

—Luego hablamos, Lexi —dice él.

Ella no contesta, pero, tras unos segundos, asiente.

Me aparto para dejar que mi hija entre en casa y cierro después, tras abandonar cualquier pretexto para salir. Me alegra que esté dentro y a salvo. Ojalá Cooper estuviera también en casa, sobre todo porque la aplicación de localización parece estar apagada. A lo mejor se encuentra en una zona sin cobertura.

Me esperaba que Lexi subiera corriendo a su habitación sin decir nada más, como suele hacer últimamente; sin embargo, se limita a quedarse en medio de la sala de estar como si no estuviese segura de qué hacer. Me muero por preguntarle qué ha pasado entre su novio y ella en el porche, pero sé por experiencia que eso no terminaría bien.

—¿Qué haces? —me pregunta por fin.

No lo hace de la forma habitual. Su típica manera de preguntarme qué hago es decir: «Pero ¿qué haces?». Lisa y llanamente, lo que trata de indicar es que lo que sea que yo esté haciendo es raro e inaceptable. Pero ahora lo pregunta como si tuviera verdadera curiosidad. Y tengo que inventar una respuesta.

—Estoy ordenando la sala de estar. —Y, desde luego, no los estoy espiando a tu novio y a ti.

Me observa con interés. Cuando Lexi era pequeña, solíamos tener una sesión de limpieza semanal. Cuando Izzy ya casi empezaba a caminar, la casa acostumbraba a estar desordenada, así que, cada domingo, Lexi y yo limpiábamos juntas. Le encantaba. Yo dejaba que ella pasara la aspiradora, y estaba de lo más graciosa y adorable cuando trataba de empujar un electrodoméstico que era casi tan grande como ella. Le hice probablemente cientos de fotos con aquella aspiradora, pero mirarlas ahora me entristece.

Me preparo para alguna crítica de Lexi sobre mis capacidades para la limpieza, pero, en lugar de eso, me pregunta:

—¿Necesitas ayuda?

La sala de estar ya está impoluta. Aspiro y limpio el polvo cada mañana después de hacer las camas y fregar los platos del desayuno. Pero si Lexi me ofrece ayuda no voy a rechazarla.

—¿Puedes pasar la aspiradora? —le pido pese a que probablemente no haya una sola mota de polvo en el suelo de la estancia.

Los ojos de Lexi se iluminan.

—Claro.

Me sigue al armario donde guardo el aparato y otros productos de limpieza. Mientras lo saco, soltando el cable de donde siempre parece enredarse, decido aprovechar la oportunidad. Sé que estoy tentando a la suerte, pero me muero por saber qué ocurría en el porche. Y lo que es más importante: necesito saber si mi hija corre algún peligro.

Así que pregunto con la mayor naturalidad que soy capaz:

—Por cierto, ¿qué tal va todo con Zane?

Como es lógico, ha sido la peor equivocación. Soy madre de, al menos, una adolescente desde hace cuatro años, y debería habérmelo imaginado.

Entrecierra de inmediato los ojos.

—¿Por qué?

El cable se ha enganchado con algo y doy un tirón para tratar de liberarlo.

—Por nada.

—¿Me estabas espiando? —pregunta con brusquedad—. ¿Es por eso por lo que has salido al porche y actuabas tan raro?

Para ser justos, yo siempre actúo raro a ojos de Lexi.

—No te estaba espiando. Lo juro.

Pero solo porque la ventana estaba cerrada y no podía oír nada.

—Entonces, ¿por qué has abierto la puerta? —exige saber.

—Buscaba a tu padre —respondo con poca convicción.

Lexi no me cree, lo cual seguramente sea justo. Se queda mirando la aspiradora con repentino desdén.

—La verdad es que ahora mismo no me apetece limpiar. Voy a subirme.

—Pero... —El cable se desengancha por fin del armario. Levanto la aspiradora con la mano derecha—. Haz una pasada rápida por la sala de estar. Será divertido.

—¿Divertido? —Su voz está llena de sarcasmo—. No creo que ser tu sirvienta sea divertido. Y, de todos modos, tengo tarea.

Y sin más, sé que la he perdido.

Sube las escaleras con fuertes pisotones hasta su habitación sin decir nada más. Debería haber tenido más cuidado. No debería haber nombrado a Zane. Cuando esté lista, me lo contará. O puede que no y simplemente me daré cuenta de que él ya no aparece por casa.

Y, si le hace algo malo, lo lamentará.

23

Una hora después, Cooper llega a casa.

Ha estado fuera dos horas en total, lo cual es demasiado tiempo para haber ido por comida rápida. La comida rápida se llama así por algo. Entra por la puerta de casa con una bolsa de papas fritas, que han manchado de grasa el papel marrón. El olor es embriagador, pero no tengo mucho apetito.

Cooper ha estado fuera casi toda la tarde y no sé adónde ha ido. No solo eso, sino que no es la primera vez que desaparece así.

Siempre con una excusa.

Y siempre apaga la aplicación de localización.

Me levanto del sofá para hablar con él.

—¿Dónde has estado?

—Te dije que iba por algo para cenar. —Evita mirarme a los ojos—. Y luego, simplemente… Ya sabes, he estado dando una vuelta con el carro. Tenía que aclararme la mente.

—Entiendo…

—Lo siento. —Levanta la bolsa de papas y yo la cojo obediente—. Si hubiese creído que me necesitabas en casa antes no habría tardado tanto.

Solo que esa es otra mentira.

—Estaba preocupada —contesto—. He intentado ver dónde te encontrabas, pero la aplicación no mostraba tu ubicación.

—Perdona... He andado por carreteras secundarias. Probablemente saliendo y entrando de zonas sin cobertura.

Y otra más.

Llevo la bolsa de papas fritas a la cocina y Cooper me sigue. Sirvo una Coca-Cola Light para cada uno y le paso la suya por encima de la mesa de la cocina, donde se deja caer en una de las sillas. Se queda mirando la bebida y, por fin, da un sorbo, pero no coge ninguna papa. Yo tampoco.

—Cooper —digo.

—Tengo que contarte una cosa, Debbie. —Toma aire con un suspiro tembloroso—. Yo...

Me preparo para lo que sea que se aproxima. Lo que vaya a decir no es nada que yo desee oír. No va a decirme: «Oye, Debbie, me acaba de tocar la lotería. Vamos a comprar una mansión». Baja la mirada y se queda observándose las manos.

—He dejado el trabajo —anuncia.

—¿Qué?

—Cuando Ken me dijo que no me iba a ascender... —sigue observándose las manos, incapaz de mirarme a los ojos—, le amenacé con dimitir y él no cedió. Así que... lo he hecho. Lo he dejado.

Era lo último que esperaba oír. Sabía que hablar con Ken Bryant podía poner en peligro el futuro de Cooper en la empresa, pero este no era el resultado que me había imaginado. Cooper no es el tipo de hombre impulsivo que renuncia cuando no consigue lo que quiere. Ese zumbido de mi cabeza se enciende de nuevo y siento cómo aprieto los puños.

—Es un desastre —reconoce Cooper—. Pero... estoy seguro de que encontraré otra cosa.

—¿Te ha dicho por qué no quería darte el ascenso? —Mi voz

suena más alta de lo que debería a estas horas de la noche—. ¡Debe de haberte dado una razón!

Me mira con una sonrisa irónica.

—Ha dicho que no estoy hecho para un puesto de mando. Y que no me necesita.

—¿Se le ha ido la cabeza? —Sé qué es lo que hace Cooper en esa empresa y que van a estar perdidos sin él—. ¿Por qué ha dicho eso?

—No lo sé, pero me ha dejado claro que jamás sería socio.

Esta vez, cojo unas cuantas papas fritas de la bolsa. Llevan demasiado tiempo dentro de ella y se han quedado frías. Me pregunto cuánto rato ha estado Cooper conduciendo por ahí con ellas.

—¡Esto es completamente absurdo! —exclamo—. ¡No puedes permitir que se salga con la suya!

—Lo único que quiero es pasar página y encontrar otra cosa —contesta—. Esto... podría ser una oportunidad. Allí nunca iba a ser socio, así que quizá encuentre algo mejor.

Tal vez tenga razón. Cooper se merece algo mejor que ese trabajo, pero ahora solo puedo pensar en cómo vamos a pagar la hipoteca.

—En fin —añade—, con tu sueldo por «Querida Debbie» podemos salir adelante hasta que yo encuentre otra cosa.

Ah, claro. No le he contado a Cooper que me han despedido. Hoy no ha sido un gran día para la familia Mullen.

Abro la boca para informarle de este pequeño detalle, pero no consigo hacerlo. Cooper ya parece bastante triste y ahora mismo no soy capaz de echarle encima nada más.

Buscará un trabajo y yo también. Entre los dos, encontraremos algo. Lo solucionaremos.

—Ken ha cometido un grave error. —Extiendo las manos hacia las suyas—. Tú eres su mejor empleado.

Cooper se limita a encogerse de hombros con gesto triste.

—Puede ser.

—Lo eres —insisto—. Créeme, Ken Bryant va a lamentar haber permitido que te vayas. Muchísimo.

Cooper parece un poco escéptico, pero yo sé lo que digo. Antes de lo que cree, Ken se va a arrepentir de lo que ha hecho.

24

DE LA CARPETA DE BORRADORES DE «QUERIDA DEBBIE»

Querida Debbie:

¡Estoy agotada! ¡Mi marido ronca como una maldita locomotora! ¡Te lo juro, no he dormido una noche entera desde el día que nos dimos el «Sí, quiero»! Todas las noches lo mismo. Se queda dormido en dos segundos y es entonces cuando empieza el puñetero estruendo. ¡No me queda otra que quedarme tumbada y escuchar lo que parece una osa parda dando a luz justo a mi lado!

¡Lo he probado todo! Tapones para los oídos, darle un pequeño empujón (o no tan pequeño)..., y nada funciona. ¡Si no se me ocurre pronto qué hacer, me voy a ver obligada a coger las cosas y dormir en la bañera! ¿Tienes algún consejo para salvar mi cordura?

INSOMNE DE HINGHAM

Querida Insomne:

Roncar es un problema muy común entre los adultos, sobre todo entre los hombres. ¡Se calcula que una cuarta parte de las personas ronca con regularidad! Y, por supuesto, es un gran problema para las parejas con las que duermen.

Hay varias medidas que tu marido podría tomar para reducir sus ronquidos. Hacer ejercicio con regularidad y beber menos alcohol puede ayudar. La pérdida de peso también puede servir. Además, durmiendo de lado hay menos probabilidad de que se ronque. Así que, si tu marido duerme boca arriba, ¡dile que se gire!

Si nada de eso funciona o él no quiere hacer nada para reducir los ronquidos, hay un pequeño truco que resulta cien por cien eficaz.

La próxima vez que tu marido te despierte, coge tu almohada y pónsela encima de la cara. Después, con las manos, ejerce una presión entre media y alta sobre el centro de la almohada. El nivel de ruido puede aumentar brevemente, pero te aseguro que después de cinco minutos los ronquidos habrán cesado. De forma permanente.

¡Felices sueños!

Debbie

25

DEBBIE

Me despierto a las dos de la mañana con el corazón latiéndome con fuerza.

Había pensado ponerme una alarma, pero no quería arriesgarme a despertar a Cooper. Por suerte sigue dormido, roncando suavemente a mi lado en la cama. Bajo la luz de la luna parece mucho más joven. Tiene el mismo aspecto que cuando nos conocimos tantos años atrás. Todavía recuerdo lo feliz que parecía cuando acepté salir con él, como si no pudiera creer la suerte que tenía.

Cooper no se mueve mientras salgo de la cama. Por lo general, duerme muy bien, pero ayuda que le haya echado un poco de opio en la Coca-Cola Light que le puse cuando estábamos comiéndonos las patatas fritas. Las coloridas flores de mi jardín son muy parecidas a las anémonas, pero no lo son.

Sí, tengo adormideras.

En teoría, no es ilegal cultivarlas en tu casa. Solo cuando la cantidad llega al nivel de varias hectáreas y fabricas opio para venderlo a otros es cuando se convierte en un problema. Sospecho que mis vecinos no lo verían con buenos ojos, y Dios sabe lo que haría Zane si lo supiera. Así que le digo a todo el mundo que son anémonas.

Por supuesto, no solo cultivo adormideras. En realidad, solo son una pequeña parte de mi jardín. También me gusta la lantana, con sus colores brillantes y tropicales, igual que las flores de hibisco, con su estallido de rojo intenso. Tengo asimismo una pequeña zona con bayas rojas oscuras de *Carapichea ipecacuanha*, que es con lo que se hace el jarabe de ipecacuana. Es un emético bastante potente.

Empecé a plantar opio por curiosidad. ¿Qué puedo decir? Me aburro con facilidad, sobre todo ahora que las niñas son adolescentes y no me necesitan a cada momento del día. Vi un video sobre eso en internet en el que aprendí qué había que hacer. Se hacen cortes verticales en la vaina de la adormidera para que «sangre» el opio. Llevo haciéndolo varios años y he acumulado un alijo bastante apañado.

Supongo que es lo que pasa cuando alguien tiene un coeficiente intelectual de 178 y ningún trabajo aparte de escribir una columna semanal de consejos. Sí que programo esas aplicaciones para nuestros teléfonos, pero lo hago con tanta rapidez que ya no requiere mucho esfuerzo. El cerebro me exige estímulos.

Cooper sigue roncando mientras me visto con unos jeans y un súeter negro. Me recojo el pelo por detrás con un moño para apartármelo de la cara y bajo a hurtadillas las escaleras hasta la planta baja. Esta noche tengo mucha tarea por delante y no puedo perder el tiempo.

Lo primero que hago es coger tres recambios de las trampas para escarabajos japoneses. Y luego entro en nuestro garaje, que es donde guardo la pala que Cooper utiliza para retirar la nieve en invierno. Armada con las dos cosas, salgo de casa.

Hace un poco de fresco para el suéter que llevo puesto. La verdad es que hace más tiempo para chaqueta, pero supongo que después de cavar un poco habré sudado bastante. De todos modos, no tardaré mucho.

Recorro la cuadra hasta el fondo de la cuesta donde vive Jo

Dolan. Paso de camino junto a la casa de Rochelle, que está en silencio y a oscuras, como todas las demás. Esta tarde, sobre las ocho, di un paseo por su propiedad y no vi ninguna señal de que hubiese una fiesta. Sospecho que seguía vomitando a esas horas.

Después de unos minutos, llego al jardín de Jo. Bajo el manto de la oscuridad, las rosas tienen un aspecto casi siniestro. Parece como si fueran a cobrar vida y matarme en cualquier momento. Sobre todo si supieran lo que estoy a punto de hacerles.

Aunque no me preocupan mucho las plantas asesinas. Lo que sí me preocupan son las cámaras, pero no veo ninguna. Estoy bastante segura de que Jo no es del tipo de personas que coloca cámaras en su propiedad. Pero debería. Yo tardé menos de cinco minutos en instalar nuestras cámaras en las puertas, en la delantera y en la trasera, y en instalarme el software en el teléfono para controlarlas en todo momento. Es una buena medida de seguridad y también una herramienta estupenda para espiar a mi hija mayor cuando está en el porche con su novio.

Una vez me aseguro de que no hay nada que me esté grabando, busco un buen punto en los márgenes de su jardín delantero y empiezo a cavar en el mantillo. Tardo unos cinco minutos en hacer un agujero poco profundo, en el que voy a enterrar el primer paquete de recambios, y después entierro los otros en dos puntos más del jardín. Cuando me pongo derecha, me limpio las manos en los jeans y observo mi obra.

Esto servirá.

A continuación, vuelvo a mi casa. Solo son las dos y media y debería estar agotada, pero la adrenalina me fluye por las venas y siento como si pudiera correr una maratón. De hecho, correr una maratón sería probablemente una mejor forma de liberar mi frustración. En fin, demasiado tarde.

Cuando entro, dejo de nuevo la pala en el garaje y subo a mi Subaru. Reconozco que es un poco peligroso introducir en el GPS la dirección de mi siguiente destino, pero tengo que arriesgarme. Es imposible moverse por Massachusetts sin un GPS y sería mucho peor recorrer las calles sin rumbo en mitad de la noche. Además, mi destino final está a solo quince minutos en carro, en Weymouth.

Sigo las órdenes del aparato, entrando en calles apenas iluminadas por farolas tenues. Después de unos quince minutos, la voz con acento británico de mi teléfono anuncia: «Ha llegado a su destino».

Estaciono más adelante en la calle, consciente de que podría ser un problema hacerlo justo delante de la casa del entrenador Robert Pike. Cuando estuve sentada en su oficina sentía un incómodo zumbido en la parte posterior de la cabeza. Todavía lo siento, pero ahora es diferente. Esta vez es por la emoción.

Hoy me desvié para ver la casa de Pike de camino a la mía desde la secundaria, a fin de asegurarme de que no tenía cámaras. Y, al igual que Jo Dolan, no es de los que instalan videovigilancia. Puede que tenga perros guardianes. Pero tampoco he oído ninguno antes. Este no es un barrio de ricos en el que haya probabilidad de que entren ladrones.

Además, está soltero y sin hijos. Vive completamente solo.

El corazón sigue latiéndome con fuerza cuando bajo del carro a la calle. Camino deprisa y con decisión en dirección a la casa de Pike. No soy experta en cerraduras, pero me fijé en otra cosa cuando estuve antes aquí, algo que me dio la seguridad de que podría entrar cuando quisiera.

Cuando llego al jardín delantero, veo que tiene dos aspersores separados por menos de medio metro. El de la izquierda tiene un tapón como de latón y parece sobresalir del suelo un poco más que el otro. Miro a mi alrededor para asegurarme una vez más de que todo el barrio está profundamente dormido y, a continuación, me agacho junto al aspersor de latón. Extiendo la mano y lo saco con facilidad.

Es falso.

Lo más rápido que puedo, desenrosco la parte inferior del aspersor falso. Como era de esperar, una llave cae sobre mi mano, y también varios billetes de veinte dólares. No quiero el dinero y volveré a dejar la llave cuando haya terminado. Nadie puede saber que he estado aquí, y si el entrenador Pike se ha comido al menos uno de los brownies, algo de lo que estoy casi segura por su forma de mirarlos, va a dormir toda la noche. Tiempo suficiente para que yo haga lo que tengo que hacer.

Respiro hondo y camino en dirección a su puerta delantera.

26

COOPER

Me despierto a las tres de la mañana con una mala sensación en el estómago.

No sé si ha sido algo que he comido. A lo mejor esas papas fritas que Debbie y yo compartimos, porque no me he sentido muy bien desde entonces. Aunque es verdad que solo me comí unas seis o siete. No me parece suficiente como para que me revuelvan el estómago.

Me siento en la cama frotándome el abdomen con una mano y los ojos con la otra. Me quedo sentado un momento, pensando si quiero hacer el intento de vomitar y, después, decido que no. Y es entonces cuando me doy cuenta de que Debbie no está a mi lado en la cama.

Qué raro.

A lo mejor también se ha puesto mala con las papas fritas. Pero eso no explica adónde ha ido. Veo desde aquí que no está en el baño del dormitorio. Si se sentía mal, ¿adónde habrá ido?

Ahora estoy demasiado nervioso para dormirme, así que me levanto de la cama con dificultad. De inmediato, me invade una sensación de mareo. Me entran, de repente, unas abrumadoras ganas de vomitar y salgo corriendo hasta el inodoro, donde vacío el contenido del estómago con una arcada impresionante. Me quedo agarrado un momento al lateral del inodoro, esperando a que se me pase el mareo.

—¡Debbie! —grito con un graznido.

No sé por qué la llamo. Es evidente que no está aquí. Pero mi instinto cuando me encuentro mal es llamar a mi mujer.

Consigo por fin volver a ponerme de pie, aunque no con toda la seguridad que me gustaría. Está claro que Debbie no está en el dormitorio. Seguramente estará abajo. A lo mejor ha decidido prepararse alguna infusión para asentarse el estómago. La verdad es que eso suena bastante bien.

Lo mismo bajo con ella.

No me molesto en cambiarme la camiseta y los calzoncillos antes de salir al pasillo. Durante los últimos meses, Debbie ha estado actuando de forma rara. No sé exactamente qué es, pero algo pasa. Cada día desde que empezamos a vivir juntos, hacía la cama después de que nos levantáramos por la mañana. Pero hace seis meses, de repente, dejó de hacerla.

No es que sea algo que me importe. Sinceramente, prefiero no tener que sacar las mantas de debajo del colchón cada noche. Pero no sé por qué dejó de hacerlo. Y, cuando se lo mencioné, se limitó a encogerse de hombros y a cambiar de tema.

Y esta mañana se olvidó de mi almuerzo. Y me ha anudado la corbata como si lo hubiese hecho un niño pequeño.

Es como si me estuviera ocultando algo, como si hubiese alguna especie de distancia tácita entre los dos que se fuera agrandando cada día. Podría echar la culpa a los secretos que le oculto, pero todo lo que he hecho últimamente ha sido debido a esa distancia.

Mientras bajo las escaleras, agarrado a la barandilla, tomo la decisión de que voy a decirle la verdad.

Podría ser un gran error. Se va a enfadar e incluso puede que decida dejarme. No la culparía, pero lo correcto es ser sincero. Sacarlo todo a la luz y, después, ya veremos cómo lo arreglamos.

Sé lo que parece. Pero juro que no soy un hombre malo. Y quiero ser un buen marido. Es lo único que deseo. Solo que… he metido la pata. Quiero a Debbie. ¿No es eso lo más importante?

Pero, cuando llego al fondo de las escaleras, la planta de abajo está completamente a oscuras. Enciendo la luz que hay al final y echo un vistazo, pero aquí no hay nadie. Debbie no está en la cocina tomándose una infusión. No está en casa.

—¡Debbie! —grito para asegurarme.

No. Nada.

Aun así, recorro la planta baja de mi casa durante varios minutos, solo para confirmar que no está durmiendo en el sofá o algo así. Pero no hay rastro de mi mujer por ningún sitio.

¿Adónde rayos ha ido?

Mi siguiente parada es el garaje. Me parece imposible que Debbie haya salido de casa a las tres de la mañana, pero, cuando abro la puerta, el carro no está.

Una sensación de inquietud en la boca del estómago sustituye a las náuseas. Por alguna razón, mi mujer ha salido de casa en mitad de la noche y ha ido lo bastante lejos como para coger el carro. ¿Adónde?

Una oleada de mareo me invade, pero hago lo posible por controlarla. No sé por qué me siento tan mal. Sí, es plena noche, pero no me siento cansado. Me siento…

Me siento drogado.

Pero ¿cómo es posible? No he tomado nada que pueda alterar en modo alguno mi conciencia. No he bebido nada esta noche. Ni siquiera he tomado una aspirina infantil.

Aun así, tengo que agarrarme a la barandilla mientras vuelvo a subir a donde he dejado el teléfono. Una vez en lo alto de las escaleras, me sujeto a la pared mientras recorro el pasillo en dirección al dormitorio principal. Consigo meterme de nuevo en la cama y, a continuación, cojo el móvil, que está cargándose en la mesita de noche.

Abro la aplicación de Findly. Hay puntos parpadeantes en el mapa que indican dónde se encuentra cada miembro de mi familia. Las dos niñas están en casa, gracias a Dios. No sé qué pensaría si las dos hubiesen desaparecido también. Pero el punto de Debbie no está situado sobre nuestra casa y, por lo que veo, sigue compartiendo su ubicación.

Entrecierro los ojos para ver la pantalla. Parece que está en un sitio de Weymouth. No me resulta familiar. De hecho, por lo que recuerdo, no conozco a nadie que viva ahí, aunque es la ciudad más cercana.

Cuando pulso en su punto, aparece el nombre de una calle. No está garantizado que sea preciso al cien por cien, pero, por si lo es, lo apunto en el cuaderno que tengo sobre la mesita. Apenas es legible, pero me vale.

Me quedo mirando la dirección mientras trato de pensar dónde podría estar Debbie a estas horas. ¿Una aventura con otro hombre? Dios, eso sería… espantoso.

A lo mejor debería llamarla. En lugar de estar aquí tumbado, preguntándome qué rayos está haciendo, podría llamarla ahora mismo y exigirle que me diga dónde está. Desde luego, sería lo lógico.

Pero, antes de que pueda llamarla, el punto de la pantalla empieza a moverse. Adonde sea que haya ido, ya se está marchando.

Dejo el teléfono y apoyo la cabeza en la almohada. Debbie se encuentra a solo quince minutos de distancia, lo que significa que pronto estará en casa. En cuanto llegue, voy a preguntarle adónde ha ido. Vamos a sentarnos y a tener una larga conversación sobre… En fin, sobre todo.

Como he dicho, ha llegado el momento de sincerarnos. Sus trapos sucios y los míos.

Solo que unos dos minutos después de decidir hablar con mi mujer en cuanto esté de vuelta en casa, me quedo dormido y no me despierto hasta la mañana siguiente.

27
DEBBIE

A la mañana siguiente, me despierto temprano, con una extraña sensación de frescura pese a haber salido a hacer una pequeña excursión en mitad de la noche.

Cooper está dormido a mi lado en la cama, roncando más fuerte de lo habitual, con la baba cayéndole por el lado derecho de la boca. No me sorprende que siga fuera de combate.

Salgo de la cama lo más silenciosamente posible y me meto en la ducha. No hay nada como una buena ducha caliente para empezar el día, y elevo la temperatura al máximo. Cooper siempre usa agua templada, pero, en mi opinión, nunca está lo bastante caliente. Puedes meterme en una cazuela de agua hirviendo y yo subiré la temperatura unos grados más.

Me visto en silencio, con otra blusa oscura y un par de jeans de pierna ancha que desde hace poco se han puesto muy de moda.

Lexi echaba humo la primera vez que me los puse porque, según ella, los jeans anchos son cosa de su generación y yo era «demasiado vieja» para llevarlos. Pero la verdad es que creo que son muy favorecedores.

El pasillo de la planta de arriba de mi casa está en silencio.

A las dos niñas les queda otra hora hasta que suene la alarma para levantarse. Debería estar de vuelta antes de que eso ocurra.

Me subo a mi Subaru y, veinte minutos después, estoy aparcando delante de la casa de Kenneth Bryant. Al contrario que anoche, la calle está bien iluminada y hay gente saliendo de su casa para empezar la jornada. Aun así, estoy bastante segura de que nadie va a fijarse en mi modesto vehículo. Y tampoco es que ninguna ama de casa de mediana edad vaya a atraer miradas indeseadas por aquí.

Las luces del interior de la casa de Ken están encendidas cuando me acerco a la puerta con el bolso colgándome del hombro. Cooper me dijo que su jefe es siempre el primero en llegar al trabajo por la mañana y el último en irse, así que no tenía duda de que se encontraría despierto cuando yo llegara. Probablemente esté disfrutando de una buena taza de café mientras lee las noticias de la mañana.

Pulso el timbre.

Un momento después, el pestillo se gira al otro lado de la puerta, que se abre para dar paso a un hombre alto de pelo ralo y labios finos. Nunca le he conocido porque Ken Bryant jamás ha mostrado interés alguno por socializar, pero le reconozco por fotos. Me mira con los ojos entrecerrados.

—No hablo con abogados —me suelta.

Vaya, qué saludo tan encantador. ¿Qué tal un «hola»?

—En realidad, soy Debbie Mullen —le digo. Me mira inexpresivo, así que añado—: La mujer de Cooper. —Todavía parece confuso, así que me explico aún más—: Cooper Mullen. Su empleado.

—Ah. —Abre la puerta unos centímetros más—. De acuerdo. La mujer de Cooper. Dottie.

—Debbie. —Me aclaro la garganta—. ¿Me permite pasar?

Ken parece estar planteándose la idea de cerrarme la puerta en la cara, pero, tras un momento de deliberación, se hace a un lado para dejarme entrar. Es un comienzo.

Nunca he estado en la casa del jefe de mi marido, y es más o menos lo que esperaba. Se trata de una vivienda grande pero espartana y sin personalidad. He visto casas piloto decoradas para visitas con más personalidad que esta. Tiene un sofá de piel, pero no me invita a que me siente.

—Probablemente querrá hablar conmigo sobre el ascenso de Cooper —refunfuña.

—Pues sí —contesto—. Mi marido lleva mucho tiempo en su empresa y es un buen empleado.

—También es perfectamente reemplazable. —Se ciñe un poco más la corbata alrededor del cuello y me imagino agarrándola y apretándola todo lo que puedo—. Hace su trabajo y nada más. No aporta nada especial. Es el empleado más mediocre que he tenido nunca, y cuando se vaya habrá otros cinco candidatos iguales que él que trabajarán por menos dinero.

—Creo que se equivoca.

Se encoge de hombros.

—Con el debido respeto, su marido ha renunciado y considero que voy a estar mejor sin él.

Meto la mano en el bolso y revuelvo entre lo que parece un montón infinito de toallitas arrugadas. Saco unos guantes de piel y Ken frunce el ceño mientras me los pongo.

—¿Qué está haciendo? —me pregunta—. ¿Tiene frío?

No respondo a su pregunta. La pistola que saco del bolso responde por mí.

—¿Q… qué…? —tartamudea a la vez que su cara palidece—. ¿Qué está haciendo?

Señalo el sofá con el cañón de la pistola.

—Por favor, siéntese, señor Bryant.

Se lleva la mano al pecho y, por un momento, me pregunto si la naturaleza me va a ahorrar el esfuerzo. Pero después se deja caer en el sofá y sigue consciente. Necesito que permanezca así el tiempo suficiente para atarle las muñecas y, después, llevarlo arriba y meterlo en el dormitorio.

—¿Qué está haciendo? —me pregunta de nuevo—. Esto no es por el trabajo de Cooper, ¿verdad? Porque yo...

—Deje de hablar —le ordeno con un tono cortante que lo deja en silencio al instante.

Me quedo mirando a ese hombre mayor, que está temblando en el sofá de la sala de estar. Después, bajo la mirada a la pistola que estoy sujetando con la mano derecha. ¿De verdad voy a hacerlo? Una cosa es cortar unos cables de un cuadro eléctrico o envenenar unos sándwiches y otra completamente distinta...

Estoy a punto de traspasar una línea. Y, una vez lo haga, no habrá vuelta atrás. Pero también es cierto que llevo esperando esto desde hace mucho tiempo.

Me alegro de ir vestida de negro para ocultar las manchas de sangre.

28
COOPER

El teléfono suena.

Es como si llevara sonando desde hace un rato. Estoy tumbado en la cama; siento un leve dolor de cabeza y solo quiero que pare. Y por fin deja de sonar cuando salta el buzón de voz, pero quienquiera que sea vuelve a llamar. Es un ciclo sin fin.

—¡Okey, maldición!

Entre la neblina, recuerdo que es posible que haya un nombre en la pantalla que no quiero que vea Debbie. Rápidamente, busco a tientas por la mesita de noche, pero, cuando cojo el teléfono, la pantalla está apagada. No era mi móvil el que sonaba. Es el de Debbie. Una vez y otra y otra más. Mi sensación de alivio queda sustituida por la de curiosidad.

Es entonces cuando tomo conciencia de otro sonido. Es el de la ducha del baño principal. Me había prometido que permanecería despierto hasta que Debbie llegara a casa, pero está claro que no lo he conseguido. Me quedé frito casi de inmediato después de acostarme y, ahora mismo, siento como si me hubiese atropellado un camión. Tengo la boca como el desierto del Sáhara.

¿Por qué tengo resaca?

El teléfono deja de sonar y doy las gracias en silencio. Pero treinta segundos después vuelve a empezar. Me pongo la almohada de Debbie sobre la cara para tratar de amortiguar el sonido del móvil. Pero no sirve de nada. Quienquiera que esté llamando a mi mujer está deseando hablar con ella.

—¿Debbie? —grito—. ¿Vas a venir?

No hay respuesta, pero es evidente que está ahí dentro. Puedo oírla cantar, lo cual es raro porque no suele cantar en la ducha.

Por fin me rindo, cojo el teléfono de la mesita de noche que está en el lado de la cama de Debbie. El nombre de la pantalla es Garrett Meers. Su jefe.

¿Por qué rayos está llamando sin parar? No es posible que haya ninguna noticia de urgencia que requiera su presencia. En primer lugar, mi mujer escribe una columna de consejos. ¿Qué urgencia puede haber en una columna de consejos? ¿Alguien tiene una fiesta dentro de quince minutos y no sabe cómo quitarse las manchas de hierba del vestido?

Pero claramente Garrett está nervioso. Lo cual también es raro, porque conocí a ese hombre una vez y me pareció muy tranquilo.

Deslizo el dedo para aceptar la llamada y, antes siquiera de decir nada, su voz estalla en mi oído.

—¡Debbie! Debbie, ¿qué rayos has hecho?

—Eh… ¿Hola?

Garrett se queda descolocado un momento al oír mi voz.

—¿Quién eres?

—Soy Cooper. —Como no contesta, añado—: El marido de Debbie.

—¿Dónde está Debbie? —pregunta—. ¡Tengo que hablar con ella ahora mismo!

Intento sentarme y mi dolor de cabeza se intensifica.

—Lo siento, está en la ducha.

—¡Pues sácala de la ducha! ¡Tengo que hablar con ella ahora mismo!

—Pues… no. —Me froto los ojos—. Si hay algún problema…

—¡¿Si hay algún problema?! Hay pornografía en la web del periódico. ¡Ese es el problema! Y no se trata solo de pornografía, es… Mira, sé que Debbie tiene la contraseña de nuestra página. Solo porque la haya despedido…

—¿La has despedido? —repito, incapaz de ocultar el asombro en mi voz.

Eso desconcierta a Garrett.

—Ah, creía que ella… En fin, da igual, sí. Había un problema con una demanda y… Lo siento, pero no he tenido otra opción. ¿Pero qué coño? ¡Tiene que quitar eso ahora mismo! —Va levantando la voz con cada palabra—. ¿Entiendes lo que digo? ¡Me va a arruinar!

—¿Por qué no lo quitas tú mismo? —le pregunto con impaciencia.

—¡Ha cambiado la contraseña! ¡No puedo acceder!

Mientras Garrett habla, entro en la web del periódico con mi teléfono. Sin ánimo de ofender a Debbie, pero el *Hingham Household* es el periódico más aburrido que he visto nunca. La página contiene normalmente el logo y las principales noticias de Hingham, que pueden ser…, no sé, una reunión de la Asociación de Padres en la que están tratando de decidir qué ver en la noche de cine de la secundaria. Pero, en lugar de eso, lo único que se ve en la pantalla es un video que parece repetirse en bucle.

Es un video de dos personas teniendo sexo. Y una de esas personas es Garrett Meers.

No sé quién es la otra, pero conocí a su mujer y no es ella. Parece que todo esto está teniendo lugar en una oficina, sobre un escritorio. Supongo que es la oficina del periódico.

Vaya. Tiene razón. Está bien jodido.

—Ya hemos recibido llamadas de media docena de anunciantes para cancelar su contrato con nosotros. —Su tono de pánico se ha convertido en súplica—. Y mi mujer... Si ve esto...

Aunque es de mala educación, suelto una carcajada.

—¿De verdad crees que hay alguna posibilidad de que no lo vea?

—¡Vete al demonio! —grita Garrett—. ¡Esta vez Debbie ha ido demasiado lejos!

Miro el teléfono con el ceño fruncido, sintiendo un repentino *déjà vu*. Es exactamente la misma conversación que tuve con Brett ayer por la mañana cuando la acusó de haber estropeado su cuadro eléctrico.

Desde luego, tiene los conocimientos técnicos para hacerlo. Y, si la despidieron ayer, ese sería un motivo. Habría necesitado obtener las imágenes de Garrett con esa otra mujer, pero es ella la que instaló las cámaras en la puerta de nuestra casa. Sin duda, sabe cómo colocar una cámara oculta.

Y, sin embargo, sigo sin creérmelo. Siempre le digo que tiene que hacerse valer más, porque constantemente está dejando que le den empujones. Es estupenda dando consejos, pero nunca sigue los míos. No me la imagino haciendo algo tan diabólico. No es su estilo.

—Oye —digo—. Debbie no ha hecho eso...

—¡Sí que lo ha hecho! —insiste—. Y te juro por Dios que va a pagar por ello. Voy a asegurarme de que así sea.

Okey, ya es suficiente. Entiendo que esté enfadado, pero nadie va a amenazarla.

—Cuidado con lo que dices de mi mujer —le contesto.

—Ah, ¿sí? —Garrett no parece sorprendido—. ¿Y qué me vas a hacer?

—Si te acercas un centímetro a ella —gruño en el teléfono con una voz que suena bastante aterradora—, voy a ir hasta tu casa a partirte la cara.

Oigo una inhalación brusca al otro lado de la línea y, a continuación, Garrett se queda por fin callado. Aprovecho la oportunidad para colgar. Un segundo después, el teléfono empieza a sonar otra vez, pero lo pongo en silencio.

¿De verdad podría partirle la cara a Garrett Meers? No lo sé. Últimamente he ido mucho al gimnasio. Nunca en mi vida he dado un puñetazo, pero, si le hace algo malo a mi mujer, tengo claro que se lo haría pagar.

—¿Quién llamaba?

Ni siquiera me he dado cuenta de que la llave de la ducha se había cerrado y Debbie había salido del baño envuelta en un albornoz de felpa. Sigue teniendo el pelo mojado y peinado hacia atrás. Parece muy pequeña y vulnerable. Inocente. Solo que…

«¿Has entrado a escondidas en la casa de nuestro vecino y le has destrozado la caja de fusibles?».

«¿Has publicado un video de tu antiguo jefe follándose a su secretaria?».

«¿Dónde estuviste anoche?».

«¿Qué me ocultas?».

—Era Garrett —digo por fin—. Está enfadado por algo de la página web. Parece que él…

En lugar de decirlo, le enseño mi teléfono, donde sigue reproduciéndose el video sin parar. Si una imagen vale más que mil palabras, un video más aún. Debbie mira sorprendida.

—¡Ah! —exclama—. Supongo que es verdad que Garrett se acuesta con Sierra. Se acabó lo de ser un buen padre de familia, ¿no?

Mantengo la mirada fija en su rostro esperando ver su reacción.

—Cree que eres tú la que ha publicado el video.

—¿Sí? —Se ríe—. ¿Qué cree? ¿Que escondí una cámara en su oficina hace meses para tener algo que pudiera usar algún día para avergonzarlo?

—Bueno, no con tantas palabras…

—Pues eso es absurdo. —Inclina la cabeza mirándome—. ¿No crees?

No sé qué contestar a eso.

—Quiere que lo quites. Dice que ya ha perdido unos cuantos anunciantes. Y le preocupa que su mujer lo vea.

Debbie echa un último vistazo al video y, después, me devuelve el teléfono.

—Estoy segura de que alguien le ha enviado ya un correo electrónico a su mujer para contarle lo del video.

—¿Eso… eso crees?

—Ah, sí. —Ladea la cabeza—. Y, en cuanto a lo de quitarlo, seguro que alguien de mantenimiento técnico podrá restablecerle la contraseña. Ese hombre entra en pánico con demasiada facilidad.

—Debbie. —Trago el nudo que se me ha formado en la garganta—. ¿No has sido tú la que…? O sea, ¿tú has…?

Por un momento se queda mirándome. La cabeza me sigue doliendo, pero lo único que puedo hacer es devolver la mirada a los ojos marrones de mi mujer. La conozco desde hace casi media vida, pero empiezo a preguntarme si la conozco de verdad.

«¿Qué has hecho, Debbie?».

Justo cuando ya no puedo aguantar un segundo más, contesta:

—¡Claro que no! ¿Dónde iba yo a encontrar un video como ese? —A continuación me sonríe—. Me muero de hambre. ¿Te apetecen tortitas?

—Eh…, claro.

Sigue tarareando mientras se viste y baja a la cocina a preparar el desayuno.

Después de que Debbie se vaya, mis ojos se fijan en el pequeño cuaderno que tengo junto a la cama. Si me quedaba alguna duda de que lo que pasó anoche fue alguna especie de pesadilla, la dirección que está escrita con mi letra indica lo contrario. Miro esas palabras un momento sin saber bien qué hacer. Estaba muy cansado cuando las escribí y es casi imposible distinguir el nombre de la calle. Parece que dice «Main», pero fácilmente podría ser «Maple» o algo completamente distinto.

Arranco el papel del cuaderno y lo observo un instante. Y entonces, por razones que no sé bien cómo explicar, guardo el trozo de papel en la gaveta de arriba de la mesita de noche antes de irme a la ducha.

29

DEBBIE

Estoy preparando tortitas para desayunar.

Al salir de la ducha tenía más de cien mensajes de texto sin leer de Garrett Meers y también algunos de voz. Los he borrado todos y, después, he bloqueado su número. Que se las apañe él solo. Al fin y al cabo, yo no soy su encargada de mantenimiento técnico. No era más que la escritora de la columna de consejos y me ha despedido, así que, tal y como yo lo veo, nada de eso es problema mío.

Además, ahora mismo tengo que dedicar toda mi atención a la preparación de las tortitas.

No las cocino desde cero. No soy la maldita Betty Crocker. Tengo una caja de preparado en polvo para tortitas, aunque sí que aplico algunos trucos para hacer que sepan mejor. En vez de agua, uso leche para mezclar la masa, y también añado una pizca de canela. Y, en cuanto las echas a la sartén, hay que dejar que se hagan solo durante el tiempo conveniente y darles la vuelta cuando estén a medias. No es para tontos, pero sí considerablemente más fácil que programar una aplicación de teléfono para rastrear a los miembros de tu familia.

Izzy es la primera en llegar a la sala de estar esta mañana. Oye el crepitar de las tortitas en la sartén y abre los ojos de par en par con esa misma expresión de emoción que pone Cooper cuando le preparo una cena que le gusta especialmente.

—¿Quieres tortitas? —le pregunto.

Sí que quiere. Lo veo en su cara. Está dividida por su lío interior de querer comer tortitas y también pensar que tiene que perder nueve kilos para volver al equipo de fútbol. El deseo de rodearla con mis brazos es casi abrumador. Añoro aquella época en la que un abrazo podía arreglarlo todo y un beso bien dado podía curar cualquier rasguño al instante. Ahora necesito ser un poco más creativa.

—No tengo hambre —dice por fin.

Estupendo. El entrenador Pike le ha provocado a mi hija un trastorno alimentario.

Por suerte, muy pronto eso dejará de ser un problema.

Lexi es la siguiente en entrar en la cocina; va dando pisotones sobre el suelo de madera con sus Dr. Martens que ha estado amoldando durante los dos últimos años. Lleva puestos unos pantalones cargo extragrandes, que supongo que son algo mejores que los de pijama. No lleva sus enormes auriculares. Viene directa hacia mí junto a los fogones y yo me pongo rígida a la espera de su crítica por lo que sea que esté haciendo. La semana pasada me informó de que respiraba haciendo mucho ruido.

—Mamá —dice.

—¿Sí?

Se muerde la uña del pulgar derecho.

—¿Puedes llevarme a la secundaria?

Mi primer impulso es preguntarle por qué no la lleva Zane como es habitual, pero estoy bastante segura de que eso no terminaría bien. Así que esta vez mantengo mi estúpida boca cerrada.

—Claro. ¿Quieres tortitas, cariño?

Vacila apenas una milésima de segundo.

—Okey.

—A lo mejor tomo yo una también —dice Izzy, y me pongo tan contenta que me dan ganas de llorar.

Divido las tortitas en dos platos, y las estoy colocando sobre la mesa de la cocina delante de mis hijas cuando se oye un fuerte bocinazo desde la calle. Me estremezco. Había dado por sentado que, como Lexi quería que la llevara, ese grosero no estaría esta mañana esparciendo su contaminación acústica por nuestro barrio.

—¿Es Zane? —pregunto con cautela.

Lexi baja los ojos al plato que tiene delante.

—Mamá, ¿puedes decirle que hoy me vas a llevar tú?

—Claro, cariño. Por supuesto.

Me limpio las manos en los jeans azules y voy hacia la puerta delantera. Como era de esperar, el Kia de Zane está estacionado en mi camino de entrada formando un extraño ángulo. Me pongo los zapatos planos y salgo al porche sin molestarme en coger una chaqueta. No voy a tardar mucho.

Aun con las ventanillas cerradas puedo oír su música a todo volumen. No sé qué está escuchando. Desde luego, nada que yo haya oído en la radio. Sé que es difícil que a los «viejos» como yo nos guste la música actual, pero esta canción suena de verdad como si un hombre estuviese escupiendo flemas de manera repetida. Apoya la mano en la bocina una vez más y yo aprieto la mandíbula.

Bajo los escalones del porche delantero justo hasta el carro de Zane. Está distraído moviendo la cabeza al compás de la música y su pelo desgreñado es un puro desastre. Una vez más, fantaseo con la idea de lo que podría hacerle con unas tijeras de peluquero. A continuación, doy un toque en la ventanilla del carro.

Tengo que dar un segundo toque porque la primera vez no me oye. Probablemente esté medio sordo por la música (si es que a eso se le puede llamar música. Yo solo puedo imaginarme que quien haya grabado esto lo ha hecho como una especie de experimento psicológico para ver si alguien escucharía los sonidos de las funciones corporales). Por fin, gira la cabeza, me ve y baja la ventanilla.

—Hola, señora Mullen. —Cuando levanta los ojos para mirarme no puedo evitar fijarme en lo hundidas que tiene las mejillas, como si fuera mucho mayor de lo que realmente es—. ¿Dónde está Lexi?

—Hoy la llevo yo a la secundaria.

—Pero estoy aquí.

—Correcto. Y ahora te puedes marchar.

Zane pone los ojos en blanco.

—Okey. Da igual.

Sin previo aviso, da marcha atrás con el carro y sale de mi camino de entrada casi pisándome el pie. Veo cómo se va a toda velocidad mientras cruzo los dedos y pienso que esta va a ser la última vez que Zane venga aquí a comerse toda la comida de nuestra cocina y beberse nuestro alcohol.

Pero, por lo que sea, tengo el mal presentimiento de que no va a ser así.

30

DE LA CARPETA DE BORRADORES DE «QUERIDA DEBBIE»

Querida Debbie:

No soporto al supuesto novio de mi hija. Ella se cree que el sol sale y se pone por ese muchacho, pero yo lo tengo calado. Conduce a demasiada velocidad, apenas consigue aprobar los cursos y es más vago que un domingo por la tarde. Y eso por no mencionar su problema de mala actitud. ¡Vaya boca tiene ese chico!

¡Cada vez que intento razonar con esa niña, actúa como si estuviese entrometiéndome en sus cosas! Se enfurruña como si supuestamente yo tuviera que limitarme a quedarme sentada mano sobre mano mientras ella echa a perder su vida por culpa de ese imbécil.

¡Por favor, dime cómo puedo abrirle los ojos a mi hija antes de que sea demasiado tarde! ¿Conoces alguna receta para preparar una poción para revertir el amor? ¡Pagaré lo que sea!

Atentamente,

La que odia al novio

Querida La que odia al novio:

Por desgracia, no conozco ninguna receta de pociones para revertir el amor. ¡Ojalá!

Estoy segura de que sabes que, en lo que respecta a los adolescentes, cuanto más intentes convencer a tu hija de que deje a su novio, con más ahínco querrá seguir con él. Quizá te vaya mejor si pruebas con un enfoque opuesto y tratas de conocerlo mejor. Quizá podrías invitarlo a tu casa a una agradable cena casera. Después de una hora estableciendo vínculos afectivos con un estofado, apuesto a que verás que no es tan malo como pensabas.

Y si después de que acabe tu cena familiar sigues pensando igual, te aconsejaría que salieras a hurtadillas a su carro mientras él está ocupado con tu hija después de cenar. Es un sencillo proceso el cortar el latiguillo del freno. Dices que conduce rápido, pero, sin frenos en el carro, ¡apuesto a que irá aún más rápido!

Debbie

31

DEBBIE

Después de dejar un plato de tortitas para Cooper en la encimera de la cocina, llevo a las niñas a la secundaria.

Es un trayecto de unos diez minutos. Hay una breve discusión por cuál de las chicas va a sentarse delante, lo que me recuerda a todas las peleas que solían tener de pequeñas en el carro. Cuando las recogía en la escuela, discutían por quién me contaba primero cómo le había ido el día. Intentamos dividirlo de forma equitativa, pero, como era cinco días a la semana, les dije que, si el día era un número par, Lexi podía hablar primero, y los días impares sería el turno de Izzy. Fue una magnífica oportunidad para enseñarles los números pares e impares.

Lexi gana y sube al asiento del pasajero, a mi lado. Se ha peinado el pelo castaño oscuro hacia atrás, apartándoselo de la cara para recogérselo en una coleta, y se parece tanto a mí que es como si estuviese mirando a una máquina del tiempo que me llevara de vuelta a cuando tenía diecisiete años.

Ojalá tuviera una máquina del tiempo. Ojalá pudiera hablar con la Debbie de diecisiete años y advertirle de todo lo que le va a pasar. Lo primero que le diría sería que se quede en casa esa noche del segundo semestre de su segundo año de universidad.

Si lo hubiese hecho, todo habría sido diferente.

El trayecto hasta la secundaria transcurre por suerte sin conflictos y Lexi solo critica mi forma de conducir dos veces. Pero, cuando llegamos a la cola de vehículos para dejar a los alumnos, hay un carro de policía con las luces de emergencia encendidas estacionado delante de la secundaria.

—¿Qué pasa? —pregunta Izzy desde el asiento trasero, estirando el cuello para ver mejor.

—¡A lo mejor han arrestado a algún chico! —exclama Lexi con cierto exceso de entusiasmo.

—Estoy segura de que no pasa nada —murmuro, esperando pacientemente a que la cola de carros avance—. Solo hay un carro.

—¡Pero tiene las luces encendidas, mamá! —remarca Izzy.

Muy cierto.

Nos detenemos por fin delante de la secundaria y las dos salen del carro. Al igual que el resto de los chicos, están mirando el carro de policía mientras tratan de saber qué pasa. Recuerdo cómo era cuando yo era niña y pasaba algo fuera de lo normal en la escuela. Una oleada de excitación en medio de un día, por lo demás, monótono.

Bueno, ¿a quién quiero engañar? Me encantaba la escuela. Pero, aun así, era divertido cuando había drama.

Una vez las chicas bajan del vehículo, normalmente vuelvo a casa, pero hoy siento demasiada curiosidad por la patrulla estacionada. Así que rodeo la secundaria y voy al estacionamiento para visitantes. No hay muchos espacios y tengo que dar varias vueltas hasta que encuentro un sitio que, en realidad, sería más adecuado para un carro compacto que para mi SUV. Pero hago uso de mi magia para estacionar y consigo meterlo.

Después, doy la vuelta de nuevo andando hasta la parte delantera de la secundaria. El carro de policía sigue estacionado con las luces encendidas, pero no hay otra señal que indique qué está pasando. Podría ser cualquier cosa, desde una amenaza de bomba hasta el hallazgo de droga en una taquilla. Sin embargo, estoy bastante segura de que sé por qué están aquí.

Esto se va a poner interesante.

32

Un grupo de madres se arremolina junto a la secundaria. Reconozco a una de ellas: Tabitha, que todavía tiene mala cara después de nuestra reunión del club de lectura de ayer. Me acerco a ella con una encantadora sonrisa en la cara.

No parece muy contenta de verme, pero consigue mirarme con una sonrisa poco sincera.

—Hola, Debbie.

Le acaricio el brazo con un gesto de consuelo.

—¿Qué tal te encuentras hoy? ¿Sigues vomitando?

Al oír la pregunta, varias de las otras mujeres nos lanzan una mirada de alarma.

Tabitha me mira con el ceño fruncido.

—Estoy perfectamente, gracias.

—¿Seguro? Pareces un poco indispuesta.

—No estoy indispuesta —responde con los dientes apretados—. Estoy bien.

Varias de las mujeres nos miran fijamente ahora, así que decido no insistir y señalo con la cabeza el carro patrulla.

—¿Sabes qué está pasando?

Tabitha no está nada contenta de hablar conmigo, probablemente porque le avergüenza haber vomitado ayer en mi presencia, pero también es una chismosa incorregible. Se debate durante un momento con su lío emocional y, por fin, contesta:

—Alguien ha llamado a la secundaria diciendo que han visto una cámara en las duchas del vestidor femenino.

—¿Una cámara?

—Una minicámara, como para hacer grabaciones. —Se coloca la mano en el pecho con los ojos abiertos de par en par—. ¿Te lo puedes creer? ¡Algún pervertido estaba grabando a las chicas de la secundaria mientras se duchaban!

Ahora, la pregunta del día:

—¿Saben quién?

Niega con la cabeza.

—No hay cámaras de seguridad que apunten a la puerta del vestidor y, evidentemente, tampoco hay ninguna dentro. Así que no sé si tendrán algún sospechoso.

Vamos. Estoy bastante segura de que el soplón anónimo ha dado algún nombre.

Aguanto veinte minutos de especulaciones entre el grupo de mujeres y siento la tentación de darme la vuelta e irme a casa. No me cabe duda de que me enteraré por las redes sociales de cómo termina. Pero, justo cuando estoy a punto de dejarlo y volver a mi carro, las puertas de la secundaria se abren de repente. La policía está sacando del edificio a un hombre esposado.

—¡Dios mío! —Tabitha me agarra el brazo con suficiente fuerza como para clavarme las uñas—. ¡Es el entrenador Pike!

Sí que es él. Vaya, vaya, tremenda sorpresa. Lleva las manos esposadas por delante mientras la policía lo saca de la secundaria. Comete el error de girarse hacia nosotras, y cada una de las mujeres saca su teléfono prácticamente a la vez y hace una foto de cómo lo arrestan.

—¡No he sido yo! —grita—. ¡Esa cámara no era mía! ¡No sé cómo han terminado esas cosas en mi teléfono!

—Sí, claro —me susurra Tabitha—. ¿De verdad piensa que alguien se va a creer eso? Qué asqueroso.

—Qué asqueroso —asiento. Y entonces, para echar más leña al fuego, añado—: Lo vi varias veces mirándole el culo a las chicas durante los entrenamientos de fútbol. No me sorprende para nada.

—¡Cielo santo! —exclama otra madre—. ¡Yo siempre supe que había algo raro en él!

La presa ha reventado y ahora todas las mujeres están emocionadas intercambiando anécdotas sobre lo cretino que era el entrenador Pike. Seguimos contando historias cuando el carro patrulla se aleja con el entrenador en el asiento trasero.

33

COOPER

A Debbie se le han quemado las tortitas esta mañana. Nunca se le habían quemado en todo el tiempo que llevo casado con ella. No es una chef de alta cocina, pero jamás se le quema nada. Y las tortitas no estaban un poco marrones por el lado quemado, estaban negras y con un olor punzante. Toda la cocina apestaba.

Me ha parecido una señal especialmente siniestra.

Cuando llego al trabajo, la señora McCauley está sentada con gesto serio en su mesa. Se pone de pie al verme.

—Señor Mullen, ¿podemos hablar?

La verdad es que no me apetece tener una conversación con ella, pero obedezco y me acerco a su mesa.

—¿Qué ocurre?

—El señor Bryant ha decidido irse de pesca de repente —dice—. Me ha informado esta mañana mediante un correo electrónico de que estará ausente el resto de la semana.

Estupendo. Eso significa que no voy a tener que verle.

—Por supuesto, eso no le da a usted permiso para pasar los dos próximos días de vacaciones —añade—. Le he prometido que le vigilaré a usted y al resto del personal.

No me cabe duda de que lo hará. Sin embargo, la señora McCauley siempre se va a las cuatro y media en punto, lo que quiere decir que yo me largaré a las cuatro y treinta y cinco. Iré al gimnasio a descargar parte de mi energía nerviosa.

Después de quitármela de encima, voy a la pequeña sala de descanso por un café. Jesse ya se encuentra allí dando sorbos a su taza.

—Hola, Coop —dice.

—Hola, amigo.

Tenemos en la sala de descanso una de esas cafeteras de cápsulas, pero Ken se niega a proporcionarnos las cápsulas, así que Jesse y yo compartimos una caja. Las guardamos en el armario de encima del fregadero, de modo que cojo una para prepararme mi café.

—Debe de estar bien eso de ser el jefe e irte de pesca de repente en mitad de la maldita semana —comenta mi compañero.

—A mí me alegra que se haya ido.

Jesse se queda en silencio un momento mientras da sorbos a su café. A pesar del hecho de que la señora McCauley nos esté vigilando, no parece especialmente ansioso por ponerse a trabajar. Se le da bien lo que hace, pero tiene una actitud más relajada, cosa que le envidio.

—No te lo tomes a mal —me dice—, pero tienes un aspecto fatal, Cooper.

Cierro los ojos con fuerza mientras espero a que se llene mi taza de café. Necesito un poco de cafeína más que nada en el mundo.

—Sí, me siento muy mal.

—¿Va todo bien, amigo?

Le lanzo una mirada asesina.

—¿Lo preguntas en serio?

Se estremece.

—Perdona. Soy un idiota.

—No —refunfuño—. Perdóname tú. Es que han sido un par de días raros. Y Debbie... Creo que no está llevándolo bien.

—Esa Debbie. —Niega con la cabeza—. Es un poco... intensa, ¿no?

Sé a qué se refiere. Siempre he sabido que mi mujer era distinta al resto del mundo, pero ahora ha llegado el momento en que los amigos parecen estar notándolo.

—¿Qué te hace pensar eso?

—Bueno... —Toma un sorbo de su taza de café mientras piensa. Tiene el dibujo de un perro—. ¿Te acuerdas de cuando fuimos los cuatro a cenar a aquel pequeño restaurante italiano?

—Sí...

—¿Recuerdas que la camarera estaba ligando contigo? —Cuando lo miro confundido, se explica—. Se reía con todo lo que tú decías y, después, en un momento dado, te puso la mano en el hombro.

—Creo que no me di cuenta.

—Pues, desde luego, Debbie sí. —Baja la taza a la encimera—. Estuvo de lo más seria después. Te juro que derramó la copa deliberadamente para que la camarera tuviera que limpiarla. Y no dejó propina de parte de ustedes cuando dividimos la cuenta. De hecho, yo puse de más para que la chica no se quedara sin nada.

Recuerdo ahora esa parte. Recuerdo que Debbie puso su tarjeta de crédito cuando dividimos la cuenta, lo que me sorprendió, porque normalmente soy yo el que paga las comidas. En teoría, es la misma tarjeta conjunta, pero caemos en los típicos roles de género y soy yo el que paga. Pero esta vez fue ella la que sacó la tarjeta.

Y, al parecer, había una buena razón.

—Debbie tiene un serio problema de celos —comenta Jesse.

—¿De verdad lo crees?

—Totalmente. —Me da un puñetazo en el hombro de broma—. Diría que tiene un lado temperamental.

—Yo no se lo he visto.

Jesse sonríe.

—¿Le estás dando motivos para preocuparse, Coop?

Una fría sensación me recorre la espalda. La cafetera termina de llenar la taza y la cojo de la máquina.

—Más vale que me ponga a trabajar. Es probable que la señora McCauley tome nota de todo lo que hacemos.

—Apuesto a que sí. —Se ríe con disimulo—. Probablemente vaya informando a Ken a cada minuto. Aunque yo tengo que salir una hora para regarle las plantas. Me ha enviado un mensaje para adjudicarme ese dudoso honor.

Eso hace que me sienta aún peor. La última vez que Ken se fue de pesca, fue a mí a quien pidió que le regara las plantas. Pero tras nuestra conversación de ayer puedo entender por qué no quiere que ande por su casa vacía. Tampoco es que fuera a mear en sus plantas ni nada de eso, pero bueno, sí que estaría tentado de hacerlo.

Mientras vuelvo a mi oficina con mi taza de café, parece que no puedo quitarme de la cabeza la sensación de que aquí está pasando algo que no es del todo normal. Ken se va de pesca muchas veces, pero, por lo general, nos avisa con unas semanas de antelación. Y hay algo raro en el hecho de que a la gente a la que se lo ha dicho la haya contactado electrónicamente en lugar de mediante una llamada de teléfono.

De forma impulsiva, cojo mi teléfono y busco su número entre mis contactos favoritos. Lo último que deseo es estar de cháchara con mi jefe después de nuestra conversación de ayer, pero mi sexto sentido no deja de provocarme escalofríos. Algo pasa.

Aprieto el teléfono mientras suena en mi oreja. Una y otra vez hasta que pasa a su brusco buzón de voz: «Soy Ken Bryant. Deja un mensaje».

Si se ha ido de pesca, es de esperar que no tenga cobertura. O que se haya dejado el teléfono mientras está sentado en mitad de un lago, solo él y su caña de pescar. Es la razón más lógica.

Entonces, ¿por qué no puedo apagar este zumbido del fondo de mi cabeza?

A lo mejor debería ir a ver cómo se encuentra.

Pero puede que no sea una idea muy buena. Si de verdad está en casa, a Ken no le gustaría que yo apareciera en su puerta. Y si no está, ese tipo de cosas podrían parecer un allanamiento por parte de un empleado disgustado.

Seguro que se encuentra bien. Seguro que regresará el lunes.

34

DEBBIE

Sin mi columna de consejos en la que trabajar, paso la mañana en mi jardín.

Me encanta cuidar las plantas. Los movimientos repetitivos de plantar, regar y podar me resultan muy relajantes. Casi contemplativos. Siento una gran satisfacción tras pasar el día al aire libre cuando miro mi jardín y el fruto de mi trabajo. Hay muchos estudios que han demostrado que la jardinería reduce el estrés, la ansiedad y la depresión. Tras pasar una mañana trabajando en mi jardín trasero, me siento muy relajada y zen.

Que le den a la revista *Jardinería doméstica*. Se pueden ir directos al infierno.

En realidad, las adormideras son sorprendentemente fáciles de cultivar. De todas las flores de mi jardín, son mis favoritas. Llevo años haciéndolo, así que me las conozco al dedillo. Al contrario que mis hijas, que cambian cada año y hacen que me cueste seguirles el paso, las adormideras siguen un ciclo natural y previsible. Mis pequeñas están casi al final de su ciclo anual.

Dentro de un mes o así, esparciré las semillas por todo el jardín para empezar de nuevo el proceso. Tengo cuidado de planificar de forma estratégica la distribución de las semillas y, en primavera, las plantas florecerán con unos luminosos estallidos de color. Su viveza es tal que casi parecen brillar con una intensidad mística. En el punto álgido de la temporada, mi jardín tiene un aspecto etéreo.

A finales del otoño, los pétalos se habrán caído de las flores y las vainas empezarán a abrirse. Después, recolectaré las semillas. Y, por supuesto, el opio.

Hoy salgo descalza a mi jardín. No lo hago siempre, pero me encanta cuidar de las plantas con los pies descalzos. Me encanta notar la tierra entre los dedos de los pies y casi hace que me sienta parte del jardín. Mi labor de esta mañana es quitar todas las hojas que se han caído al suelo, y hay suficientes como para mantenerme ocupada durante casi dos horas. Al final, tengo tierra dentro de las uñas y entre los pliegues de las manos y, por supuesto, tengo los pies embarrados.

Mientras me lavo la suciedad de las manos en el fregadero de la cocina, pienso en qué quiero preparar para comer. Saco el teléfono y miro distraída la página web del *Hingham Household*. Es el único periódico local, así que puede que tengan alguna nueva noticia sobre el entrenador Robert Pike. Pero no, sigue ese video de Garrett y Sierra teniendo sexo sobre la mesa de él. Al parecer, no ha conseguido quitarlo todavía.

«Ay, Garrett».

Con el móvil en la mano, se me ocurre otra idea. Podría estar bien tener un poco de compañía. Así que le envío un mensaje a Harley.

Perdona por avisar con tan poca antelación, pero ¿por casualidad te gustaría ir a comer?

De inmediato, aparecen tres puntos en la pantalla. Normalmente, Harley no trabaja los jueves por la mañana, así que debe de estar en casa.

¡Claro! Pero no tengo mucho tiempo. Doy una clase de spinning a la una.

No hay problema. ¿Y si llevo comida a tu casa? Puedo preparar sándwiches.

Antes de que le dé tiempo a responder, me apresuro a añadir:

Sin aguacate. Lo prometo.

Esta vez la respuesta tarda más en llegar. Es evidente que se está pensando mucho lo que quiere decir. Probablemente no sea de ayuda que, la última vez que preparé sándwiches, tres personas cayeran gravemente enfermas por intoxicación. Pero no voy a intoxicar a Harley. Estoy segura de que es consciente.

¡Claro! ¡Te veo ahora!

Me envía por mensaje su dirección y la introduzco en mi GPS. Vive fuera de Hingham, en Rockland, pero no tardaré mucho en llegar.

En cuanto a nuestro almuerzo, me decido por lo sano y preparo para las dos una ensalada con los tomates, los pepinos y las lechugas que tengo en el frigorífico. Sin aguacate, aunque me encanta el aguacate en la ensalada. Cojo un frasco de aliño ranchero con miso y lo meto todo en el carro.

Salgo de mi camino de entrada y, cuando voy avanzando por la calle, veo que hay algo de movimiento delante de la casa de Jo Dolan. Hay un hombre al lado de un trípode con una cámara de aspecto caro en la mano y Jo está de pie delante de él, gritando y moviendo las manos sin parar. La discusión parece estar atrayendo la atención de nuestros vecinos. Incluso Bev, que vive enfrente de mí, ha bajado toda la calle y se mantiene al margen mirando boquiabierta.

Siento curiosidad, así que me detengo en el lateral de la calle y salgo del carro, dejando mi ensalada y el aliño en el asiento del pasajero. No quiero que la ensalada se ponga mustia, pero estoy segura de que esto no va a durar mucho.

—Bev —susurro a mi vecina—, ¿qué está pasando?

Bev se ríe nerviosa.

—Parece que Jo tiene un pequeño problema de insectos.

Dirijo mi atención a ella y al hombre de la cámara. Ahora que estoy más cerca, veo cómo se le marcan las venas a mi vecina en su cuello esquelético. Su bata de casa se mueve con el viento.

—¡Tengo la mejor rosaleda de todo Hingham! —vocifera—. No va a encontrar rosas mejores que las mías. ¡Se lo aseguro!

El hombre la mira exasperado.

—Me da igual lo bonitas que sean sus rosas. No voy a fotografiar un jardín infestado de bichos.

—¡Apenas hay ningún bicho! —grita Jo.

El hombre le lanza una mirada de «¿Está de broma?». Es entonces cuando giro la cabeza para echar un vistazo al jardín.

Vaya, hay escarabajos japoneses por todas partes.

Son de un brillante color verde metálico con alas de color bronce. Esos diminutos insectos se aferran a las briznas de hierba y las hojas y los pétalos de las preciosas rosas de Jo. Casi parece como si todos los escarabajos japoneses de las cercanías de Hingham —qué rayos, puede que todos los de Massachusetts— se hubieran congregado en la rosaleda de Jo. Prácticamente es una plaga. Pronto habrán devorado todas las flores y las hojas y dejarán un manto de agujeros y restos de encaje.

Esos recambios de las trampas han funcionado mejor aún de lo que me esperaba.

—¡Tú! —grita Jo—. ¿Tú le has hecho esto a mi jardín?

—¿Yo? —Finjo asombro—. ¿De verdad crees que yo tengo

la capacidad de traer todos estos bichos hasta tu jardín? No soy ninguna encantadora de insectos, Jo.

—¡Ayer te pusiste celosa! —me recuerda—. Te enfadaste porque te había robado tu sesión de fotos.

—Sí —asiento—. Y te mencioné algo sobre el karma, ¿verdad? Supongo que no me equivoqué.

Me mira entrecerrando los ojos, pero no puede hacer nada. No tiene ni idea de que hay tres trampas enterradas en el mantillo de su jardín que están atrayendo a todos los escarabajos japoneses de la zona. Y hasta que las encuentre, no podrá deshacerse de la plaga.

Espero que nunca lo haga.

35

El camino hasta la casa de Harley tiene casi la misma distancia que hasta la casa del entrenador Pike. Por suerte, aunque es casi la hora de comer, no hay mucho tráfico. Vive en un callejón sin salida en el que hay otra vivienda más que parece vacía, puede que esté abandonada. En su mensaje decía que debía dar la vuelta por detrás hasta encontrar la entrada a su apartamento en el sótano.

Llego a la puerta de Harley con el aliño de la ensalada en una mano y el táper en la otra. Cuando abre, va con el uniforme de gimnasia, y su pelo rojo con el mechón rosa está recogido por detrás en una pulcra coleta. Se le ve el vientre y se aprecia el contorno de sus abdominales.

—¡Debbie! —Su cara se ilumina al verme—. ¡Pasa! Te voy a enseñar cómo es Casa Harley.

Me río mientras entro y Harley me quita de las manos la ensalada y el aliño.

—Qué silencio hay aquí. Ni siquiera hay coches en la calle.

—Apenas veo a mis caseros, que viven arriba —contesta—. Casi siempre están en su casa, pero ahora mismo se encuentran en Michigan visitando a sus nietos, así que estoy completamente sola. No vuelven hasta el lunes.

—Deberías celebrar una fiesta salvaje.

Ahora es ella la que se ríe.

—Ah, no te preocupes. Tengo planes.

Hacemos un pequeño recorrido por el apartamento. Es pequeño, pero le ha sacado todo el partido al espacio. Tiene un sofá azul con aspecto de ser cómodo y una mesita con una televisión colocada enfrente; unas puertas japonesas separan la pequeña cocina de la sala de estar. Se las ha arreglado para meter una cama grande, una estantería y una cómoda en el dormitorio, con apenas espacio suficiente para pasar entre ellas.

—Bonita casa —digo con admiración mientras echo un vistazo al dormitorio. Me recuerda un poco a un apartamento que alquilé en la época anterior a Cooper.

En ese momento, mis ojos se fijan en la cómoda. Hay una camiseta arrugada encima de ella y parece varias tallas demasiado grande como para que se la ponga Harley. Antes de poder evitarlo, la cojo y me doy cuenta de que es una camiseta de hombre.

Y hay algo en ella que me resulta tremendamente familiar. No es solo cómo es, sino también cómo huele.

—Duermo con eso —se apresura a decir Harley arrancándomela de las manos—. Me encanta dormir con camisetas grandes. ¿A ti no?

Solo que esa camiseta no huele a Harley. Todo el apartamento está cargado del olor característico de su perfume, de detergente de lavadora o de lo que quiera que sea. Pero esa camiseta huele diferente. Como a colonia de hombre o algo.

«Sudor».

—Bueno, ¿por qué no comemos algo? —propongo con tono alegre.

—¡Me parece genial!

Sigo de nuevo a Harley a la sala de estar, pero me doy cuenta de que, de repente, he perdido el apetito.

36

HARLEY

No sé si debería contarle a Cooper que su mujer ha encontrado su camiseta en mi dormitorio.

No me lo podía creer cuando se fijó en ella. No sabía si la reconocía. No estaba segura, pero sí sospechó. Y después se la acercó a la nariz y la olió. Estaba convencida de que me había descubierto cuando lo hizo. Al fin y al cabo, una mujer sabe cómo huele su marido.

Pero no dijo nada. Así que puede que estemos a salvo.

Lo curioso es que, cuando volvió a la sala de estar para comerse la ensalada conmigo, casi me decepcionó que no me pidiera más explicaciones. A lo mejor deseaba que me descubriera. No tenía por qué invitarla a mi casa, podríamos habernos visto en cualquier otro sitio más cerca del gimnasio. Y, aunque nos viéramos aquí, disponía de tiempo suficiente para guardarla en una gaveta, pero, en lugar de eso, la dejé donde ella pudiera verla. Casi me pareció emocionante cuando Debbie cogió la camiseta de su marido y trató de reconocerla con desesperación.

Ahora mismo estamos en mi sala de estar, comiendo la ensalada que ha preparado. No tiene nada especial, pero está bastante buena gracias a ese aliño ranchero con miso. Debo preguntarle dónde lo ha comprado. Hace mucho tiempo que no hay en mi vida una amiga con la que poder compartir recetas.

Me entristece pensar que ya no tengo ninguna amiga íntima. La última fue mi compañera de apartamento de la universidad, Mariah. Pero se casó, tuvo una niña y, después de eso, cada intercambio de mensajes entre nosotras incluía una foto de su bebé haciendo algo que a ella le parecía «de lo más adorable». Ni siquiera podía hablarle del tiempo sin que ella me enviara una foto suya con un termómetro u otra cosa en la mano. Al final me harté y le dije que no tenía interés alguno en las constantes fotos de su hija, que además era fea. Después de eso, nuestra amistad se fue apagando.

Debbie está hablando ahora de su jardín, que claramente es su tema de conversación favorito, pero no me interesan sus absurdas flores. Solo hay una razón por la que me he hecho amiga de Debbie Mullen, y es sacarle información de Cooper, aunque, como siempre, intento mostrar falta de interés, como si apenas me acordara de quién es.

—Bueno... —Cojo otro poco de ensalada y la lechuga cruje entre mis dientes—. ¿Qué tal le va a tu marido? ¿Cómo decías que se llamaba? ¿Carter? ¿Connor?

Me mira de una forma curiosa que casi no sé interpretar.

—Cooper.

—Eso. ¿Qué tal está Cooper?

Su tono es desinteresado.

—Está bien.

—¿A qué decías que se dedicaba? —le pregunto—. ¿Algo en una oficina?

—Es contable.

—Exacto. —Chasqueo los dedos como si no lo supiera ya—. Suena aburrido. Entonces, ¿es un poco friki?

—Un poco —asiente, aunque yo no estoy de acuerdo. Puede que Cooper sea contable, pero no es ningún friki. Nadie que lo vea sin camiseta lo pensaría—. No tanto como yo. Y es nulo con la tecnología. Necesita que lo ayude a encender la computadora.

Eso ya sé que es así. Por esa razón, seguir el rastro de Cooper en internet resulta un ejercicio frustrante. Prefiero a los hombres que publican en las redes sociales todo lo que hacen y todos los sitios a donde van para que yo pueda calibrar exactamente cómo piensan. Pero Cooper es mayor que yo, lo suficiente como para que hacer publicaciones a cada minuto en internet no sea una prioridad para él, como sí lo es para muchos hombres de mi edad o más jóvenes.

—Parece simpático —comento antes de que empiece a hablar de nuevo de su jardín—. Tienes suerte de estar casada con un buen tipo.

No me contesta enseguida. Parece estar pensándose la respuesta con cuidado mientras clava el tenedor en un trozo de tomate.

—Sí que es simpático —es lo único que dice.

—¿Es buen padre? —insisto. Me gusta la idea de que Cooper sea un buen padre. El mío era una mierda. No quiero culpar de todo lo malo que yo he hecho a mis problemas con él, pero habría estado bien que alguna vez me dirigiera más de dos palabras, es lo único que digo.

—Es estupendo —confirma.

No parece tener ganas de hablar de esto, pero no logro evitarlo. Estoy deseando conocer cada pequeño dato que me pueda dar de Cooper Mullen, aunque eso implique delatarme.

—Debe de ser difícil estar casada tanto tiempo —observo—. Yo diría que, después de cinco o diez años, gran parte del romanticismo desaparece.

Debbie me mira con ojos de sorpresa. Vaya, a lo mejor he ido demasiado lejos. He sido codiciosa. Pero estoy deseando oír una triste confesión de que Cooper y ella ya no se quieren y que él lleva años sin tocarla. No quiero que todo lo que él me ha contado sea mentira.

—El matrimonio puede ser difícil —responde en voz baja.

Espero a que añada algo más, pero no lo hace. Respeto de mala gana que no esté criticando a su marido, pero a lo mejor esa es suficiente prueba. Si estuvieran enamorados como tortolitos, lo diría. Le da vergüenza confesar que su matrimonio se ha desmoronado.

Cooper es mi hombre. Cada vez que lo veo estoy más segura de ello. Y, ahora que conozco a Debbie, entiendo por qué está desesperado por librarse de ella.

Solo tengo que encargarme de esto como es debido.

37

DEBBIE

La cabeza me da vueltas mientras regreso a casa con el carro desde el apartamento de Harley.

Esa camiseta.

Esa camiseta de su dormitorio. No puedo sacármela de la cabeza. Ese olor sigue aún en mis fosas nasales. Aferrándose a mí.

Conozco ese olor.

Esto lo cambia todo.

Hay un carro detrás de mí, pegado al mío. Voy al límite de velocidad. A decir verdad voy diez kilómetros por encima del límite de velocidad en una carretera llena de señales de stop, pero no es lo bastante rápido para el hombre que va detrás de mí. Cada vez que me detengo en una señal, toca al instante la bocina hasta que empiezo a moverme de nuevo.

¿Por qué tiene todo el mundo tanta prisa? ¿Es un cirujano que va corriendo a operar de urgencia una apendicitis y el apéndice va a explotar literalmente si pasa más de un segundo en cada señal de stop?

No estoy de humor para esto.

Si esta fuera cualquier otra semana, me habría hecho a un lado para dejar pasar a ese tipo. Odio que conduzcan pegados a mi carro. Me estresa.

Pero esta vez no me hago a un lado. De hecho, me mantengo un poco a la izquierda para que le resulte difícil adelantarme si decide atravesar ilegalmente la doble línea amarilla. Y, cada vez que me detengo en un stop, me quedo parada un poco más de tiempo. Él hace sonar la bocina todo el rato.

Por fin, tras seguir con este juego unos minutos más, piso los frenos en otra señal. Cuento en silencio hasta diez mientras el hombre de detrás toca el claxon sin parar.

Un segundo. Dos segundos. Tres segundos...

Solo llego hasta siete antes de que el hombre se termine hartando del todo de mí. Me rodea y se salta el stop a cincuenta kilómetros por hora por lo menos.

Una milésima de segundo después, el carro de policía que he visto parado aparece por la esquina y enciende las luces.

Paso la señal y adelanto al hombre, que está esperando en su carro a que salga el policía para ponerle una multa. Le saco el dedo y él me responde con la misma cortesía. Apenas consigo ver la cara del agente, que cree que el gesto de la mano del hombre va dirigido a él.

Vaya, eso ha estado gracioso.

Unos minutos después, me encuentro de vuelta en mi barrio. Cuando giro para entrar en mi cuadra, paso por delante del jardín de Jo Dolan. Solo me he ausentado hora y media, pero ese problema de los escarabajos japoneses ha empeorado hasta alcanzar un nivel crítico. Si antes no era una plaga, resulta evidente que ahora sí lo es. Jo, en medio de su jardín, muestra una expresión abatida. No hace falta decir que la sesión de fotos se ha cancelado. Aunque quizá estaría interesada alguna publicación sobre entomología.

En cuanto me detengo en mi camino de entrada, saco el teléfono del bolso. A pesar de las muchas distracciones durante el trayecto a casa, sigo sin dejar de pensar en esa camiseta. Hay estudios que demuestran que los olores provocan una actividad cerebral mayor que los estímulos visuales debido a la conexión directa del bulbo olfatorio con la amígdala (que es la responsable de las emociones) y el hipocampo (que se encarga de los recuerdos).

Antes de poder contenerme, llamo a Cooper. Responde rápidamente, lo cual considero una buena señal.

—Hola, Debbie —dice—. ¿Va todo bien?

Quiero preguntarle si puede explicarme lo de la camiseta, pero parece que no consigo pronunciar las palabras. Las cosas ya están bastante mal sin que tenga que obligar a mi marido a que me mienta.

Es decir, a que me mienta otra vez. Porque ya me ha estado mintiendo. Lo supe en el momento en que me di cuenta de que había apagado la aplicación para compartir su ubicación en el teléfono.

—Estoy bien —contesto—. Solo quería saludarte.

—Okey… —Parece confundido, lo cual es lógico teniendo en cuenta que no suelo llamarlo en mitad del día para saludarlo—. ¿Seguro que te encuentras bien?

En otras circunstancias, pensaría que está siendo cariñoso y se preocupa. Desde que nos conocimos, Cooper ha besado el suelo que piso. Nunca me ha juzgado por las cosas por las que otros me juzgaban.

Aunque, al igual que él, tengo mis secretos. Hay cosas que nunca le he contado porque nunca se las he contado a nadie. Y puede que ese sea, en parte, el problema. Nunca me he entregado a él al cien por cien.

Me dispongo a contarle lo del arresto del entrenador Pike, pero, en ese momento, me lo pienso mejor. Lo terminará sabiendo antes o después. Será mejor que no se entere por mí.

—¿Cuándo llegarás a casa? —le pregunto.

—Sobre las seis, quizá. Estaba pensando en ir hoy al gimnasio otra vez.

Claro que sí.

—Okey. Solo… asegúrate de volver a tiempo para cenar, ¿de acuerdo?

—Siempre lo hago.

—¿Has hablado de nuevo con Ken? —le suelto, aunque sé que es lo último que le apetece tratar—. Es decir, a lo mejor deberías pedirle…

—¿Si puedo recuperar mi trabajo?

Tiene razón. Eso es exactamente lo que iba a decir.

Cooper se queda en silencio un momento mientras asimila la realidad de nuestra situación. Ninguno de los dos conserva su trabajo y tenemos una enorme hipoteca y unos gastos de universidad que se nos vienen encima el año que viene.

—Ha salido de la ciudad. Hasta el lunes.

—Ah. Bueno, pues entonces a lo mejor el lunes.

—A lo mejor.

No importa. Cooper no va a hablar con Ken Bryant el lunes. Nadie va a volver a hablar con Ken Bryant el lunes ni ningún otro día.

38

HARLEY

Me alegra ver que Cooper se deja ver hoy por el gimnasio.

No estaba segura de que fuera a aparecer porque normalmente viene solo tres días a la semana. Pero, cuando salgo de mi clase de zumba, ahí está, resoplando mientras sube pesas sentado. Me coloco en el rincón de la sala, a unos tres metros de él, esperando a que me vea. Como no mira hacia mí, me acerco yo.

—Harley... —Parece sorprendido de verme—. ¿Qué haces aquí?

—Trabajo aquí.

Recorre con la mirada la sala con gesto de angustia. El amigo que normalmente viene con él está haciendo ejercicio en otra máquina, pero no nos está mirando.

—Te dije que no podemos hablar aquí. Es demasiado peligroso.

«Demasiado peligroso». Es un hombre cagado de miedo de que le descubra su mujer. ¿Está asustado porque ella está completamente loca? ¿O asustado porque todavía la quiere y no desea perderla?

—Bueno, pues perdona. —Me pongo una mano en cada cadera y echo hacia delante los pechos. No cabe duda de que se da cuenta—. Es que te he echado de menos hoy.

Cooper abre la boca y, en ese momento, estoy completamente segura de que está a punto de decirme que tenemos que dejarlo. Ya he visto esa mirada antes y siempre es eso lo que pasa. Me preparo, esperando a que pronuncie esas palabras.

Pero no lo hace. Simplemente, extiende la mano, me da un rápido apretón en la mía y, después, la aparta.

—Aquí no, ¿okey? —dice—. Aquí debemos tener cuidado.

Dejó caer los hombros con gesto de alivio.

—Okey. Perdona.

—Pero nos vemos, ¿de acuerdo?

—¿Esta noche? —pregunto esperanzada.

Niega con la cabeza.

—No puedo escaparme esta noche. ¿Mañana?

—Mañana —asiento, sonriendo al sentir la deliciosa excitación que recorre cada molécula de mi cuerpo al pensar en una hora de placer con Cooper—. ¿Y si vienes a cenar?

Duda durante tanto tiempo que casi estoy segura de que va a decirme que no. Conseguir que tu novio cene contigo cuando tú eres la otra es una de esas cosas que se consideran una quimera.

—Por favor —insisto en voz baja.

—De acuerdo —contesta por fin, y casi me pongo a dar saltos como una niña pequeña—. Iré a eso de las seis. Le diré a Debbie que estaré en la oficina hasta tarde.

Voy flotando en una nube mientras me dirijo a la recepción por mis horarios de mañana. Apenas me doy cuenta de la expresión de desaprobación de Cindy cuando me pasa el horario, hasta que veo que no suelta el papel.

—Harley —dice con voz baja y firme.

Intento arrancarle la hoja de las manos, pero sigue sin soltarla.

—¿Qué? ¿Qué pasa?

—Está casado —dice.

Uf. Esto no es lo que necesito ahora mismo. Tiro con más fuerza del papel y, por fin, lo suelta.

—Ya sé que está casado —siseo entre dientes.

—Entonces, ¿por qué estás tonteando con él?

Cindy no lo entiende. Está soltera y no parece tener interés alguno en salir con nadie ni en el sexo. Es mayor, aún más que Debbie, pero la verdad es que es bastante atractiva. Podría tener pareja si quisiera, pero no quiere. Debe de ser de esas mujeres que odian el sexo. No puedes esperar que alguien así lo comprenda.

—Lo cierto es que no es de tu incumbencia —le digo en voz baja.

Cindy me mira parpadeando.

—Tienes razón —contesta—. No es de mi incumbencia.

Celebro durante un breve momento mi triunfo, pero después me doy cuenta de que, si quiere, podría contarle a Debbie lo que está pasando. Si le cuenta que su marido la ha estado engañando conmigo… En fin, sí que quiero que se entere, pero no así. Quiero que lo descubra de una forma que yo pueda controlar.

Eso significa que tengo que ser yo la que le diga que su marido la está engañando. Solo me hace falta pensar en cómo soltarle la noticia.

39

Cuando vuelvo a casa del gimnasio, hay un carro que no reconozco estacionado en mi callejón sin salida, totalmente vacío.

Miro por las ventanillas con los ojos entrecerrados para ver si hay alguien dentro, pero está demasiado oscuro. Mi intuición me dice que me dé la vuelta y salga volando de aquí. No estoy segura de adónde ir. ¿A un bar? ¿De vuelta al gimnasio? Lo único que sé es que el carro misterioso no es indicativo de nada bueno.

Pero, por otro lado, estoy agotada. Lo único que quiero es entrar en mi apartamento y darme una buena ducha larga, ponerme un pijama cómodo y meterme un atracón de algún *reality* en la televisión. No quiero permitir que un desconocido con un SUV plateado me ahuyente de mi propia casa.

Así que entro en el camino de entrada y cruzo los dedos para que mis caseros, que viven arriba, hayan recibido la visita de algún pariente y el dueño de este vehículo no tenga nada que ver conmigo.

Pero no hay tanta suerte. En cuanto cojo el bolso y salgo del carro, la puerta del SUV se abre. Quienquiera que esté dentro me ha estado esperando. Dios sabe cuánto tiempo lleva ahí, lo que quiere decir que no voy a poder deshacerme de esa persona rápidamente.

Quien conduce el vehículo es una mujer de mediana edad que me recuerda un poco a Debbie. Lleva el pelo castaño y canoso bien recogido en un moño y va envuelta en una gabardina. Lo primero que se me ocurre es que se trata de la mujer de Edgar, aunque recuerdo el aspecto que tiene y, en realidad, esta señora no se le parece. Pero hay algo en ella que me resulta familiar.

Siento un pellizco en el estómago cuando la mujer empieza a caminar hacia mí con paso decidido. Meto la mano derecha en el bolso y busco en su interior el pequeño espray de pimienta que llevo. Nunca lo he usado, ni siquiera lo he probado, pero siempre hay una primera vez para todo.

—¡Harley Sibbern! —Su voz rebosa furia—. Es usted, ¿verdad?

Me quedo inmóvil mientras me pregunto si debo salir corriendo. La imagino siguiéndome, agarrándome de la coleta y arrastrándome por el suelo.

—Sí...

—Soy Lisette Inghram —dice. Al ver que la miro confundida, añade—: La hermana de Edgar.

—Ah. —Mierda—. ¿Qué..., eh..., qué tal le va?

—¿Se refiere a después de haber destrozado a su familia? —Lisette levanta las cejas, que necesitan un arreglo urgente—. ¿Después de que hiciera que dejara a su mujer y luego decidiera que no lo quería?

Ese resumen de la situación no es del todo justo. Edgar y yo tuvimos una aventura hará cosa de un año y, sí, le convencí para que dejara a su mujer, con quien llevaba treinta años. Pero al contrario que Cooper, que tiene muchos atributos físicos persuasivos, Edgar era tres décadas mayor que yo, sufría una grave calvicie y tenía la barbilla hundida y una mirada perversa. Su rasgo más atractivo era el hecho de que fuese bastante rico.

Le faltó mencionar que el dinero pertenecía por completo a

su mujer. Tampoco mencionó que había firmado un acuerdo prematrimonial blindado y que se quedaría sin blanca con el divorcio. Así que, en realidad, dio ante mí una imagen falsa. Fui yo la víctima. O sea, ¿creía que iba a seguir viviendo en un apartamento en un sótano trabajando para un gimnasio de segunda como instructora física con cuarenta años? Estaba delirando si se pensaba eso.

Y, desde luego, no es culpa mía que su mujer no quisiera volver con él. Ni que sus tres hijos prefirieran no saber nada de él.

—Se ha ahorcado —suelta Lisette.

—¿Qué?

—Lo que ha oído. —Sus ojos furiosos se inundan de lágrimas—. Lo perdió todo por su culpa y no ha podido seguir soportándolo.

De nuevo, no es justo. Su mujer tiene, por lo menos, la mitad de la culpa.

—¿Está… muerto?

Hago un cálculo mental de cuánto me costarán las flores que envíe al funeral.

—Sigue vivo —responde con voz áspera—. Pero sufre anoxia cerebral. No puede andar…, no puede hablar…, no puede alimentarse solo. Ahora está en una residencia y necesita cuidados permanentes.

—Vaya, lo siento.

A Lisette parece que le dan ganas de darme una bofetada y doy un paso atrás.

—¿«Lo siento»? ¿Es eso lo único que tiene que decir?

Mis dedos encuentran por fin el espray de pimienta y los hombros se me relajan un poco.

—¿Qué quiere que diga? Edgar era una persona adulta y se lo buscó solo. Yo no le obligué a que dejara a su mujer. Ni le obligué a ahorcarse.

—Vaya. —Niega con la cabeza, como si nunca hubiese conocido a nadie más horrible que yo. Qué dramática. Igual que Edgar—. Es usted una desalmada.

—¿Qué quiere de mí? —contesto—. ¿Qué se supone que tengo que hacer? ¿Volver con él?

Se seca los ojos con el dorso de la mano. Probablemente sea la única persona en todo el mundo que siente tristeza por lo que le ha pasado a su hermano. Nunca me dio la sensación de que tuviera muchos amigos.

—Podría ir a verle —dice.

—¿A verle?

Asiente.

—La residencia está a solo una hora de aquí. No habla mucho, pero sonríe cuando está contento. Podría sentarse con él y agarrarle de la mano. Eso... —Respira hondo—. Yo creo que eso significaría mucho para él.

Me quedo mirándola, a la espera de oír el remate de lo que debe de ser una broma. Quiere que conduzca una hora hasta una residencia y le coja la mano a un vegetal que —y siendo totalmente sincera— ni siquiera me gustaba mucho cuando estaba sano. Físicamente, Edgar no era mi tipo, pero su dinero le hacía atractivo. En cuanto eso desapareció, mis sentimientos hacia él se desinflaron.

—Me está usted tomando el pelo —digo con un bufido—. ¡No pienso hacer eso!

Lisette se encoge de dolor.

—No tiene por qué ir todas las semanas.

—No voy a ir nunca. —Me recoloco el bolso en el hombro con la mano en el espray—. Lamento que Edgar no haya sabido siquiera ahorcarse como es debido, pero ese no es problema mío. No pienso desperdiciar siquiera un minuto más de mi tiempo con él.

Unas manchas sonrosadas aparecen en las mejillas de la mujer mayor.

—Zorra —susurra.

Levanta la mano y ahora sí estoy bastante segura de que tiene intención de darme una bofetada. Pero estoy preparada. Saco el espray de pimienta del bolso y resulta que, en realidad, es bastante fácil de usar. Aprieto el botón de la parte superior y una nube de vaho tóxico cae sobre la cara de Lisette. Se detiene con un chillido seguido de mucha tos a la vez que se frota los ojos.

—Manténgase lejos de mí, señora. —Mi voz es firme y carente de emoción—. Si vuelvo a ver su carro por aquí, llamaré a la policía.

Sigue frotándose los ojos, que probablemente necesiten que los enjuague con agua. Pero eso no es problema mío, como tampoco lo es su hermano. Lo hecho hecho está. Me doy la vuelta, entro en mi apartamento y cierro la puerta con pestillo.

40

DE LA CARPETA DE BORRADORES DE «QUERIDA DEBBIE»

Querida Debbie:

¡No sé qué hacer, Debbie! A mi marido no le gusta lo que cocino y eso casi me tiene destrozada. Hace bromas con que deberían darme un premio por ser la peor cocinera de todo el país y, aunque yo intento tomármelo a risa, no puedo evitar sentir que le he decepcionado.

Lo he intentado todo para convertirme en la maravillosa chef que mi marido se merece. He seguido recetas nuevas, he visto tutoriales en internet para mejorar mis dotes y, sobre todo, he dedicado una buena dosis de amor a cada comida. Lo curioso es que a mis hijos y a mí nos parece que está rica, pero mi marido tiene un paladar mucho más refinado y sofisticado. No me gusta nada decepcionarle cada noche.

¿Tienes algún consejo sobre cómo ser una mejor cocinera y aportar un poco más de felicidad a la mesa?

Atentamente,

Desesperada en la cocina

Querida Desesperada en la cocina:

Preparar una comida deliciosa y nutritiva es importante en cualquier familia. ¿Has probado a ir a clases de cocina? ¡Recibir instrucciones de una persona real puede resultar tremendamente útil! Además, anima a tu marido a cocinar algo para la familia y así enseñarte el tipo de platos que le gustan (y entender lo difícil que puede ser).

Si nada de eso funciona, yo te animaría a probar una nueva e interesante forma de dar sabor a su comida. Por ejemplo, el etilenglicol, también conocido como anticongelante, tiene un encantador sabor dulce. ¡Si pones una buena cucharada en su plato, mejorará el sabor y te prometo que no se volverá a quejar cuando termine de comer!

Debbie

41

COOPER

Cuando llego a casa del gimnasio, Debbie está preparando la cena en la cocina.

No tiene por qué hacerlo todas las noches. Yo podría traer comida a casa o intentar cocinar. Mis dotes de chef no son para presumir, pero soy un tipo bastante listo. Puedo aprender a preparar una comida. Sobre todo, ahora que no voy a tener trabajo.

—¿La cena está casi lista? —le pregunto.

Debbie levanta los ojos de la cacerola y me sonríe. Pero hay algo raro en su sonrisa. No sé bien qué es.

—Casi —confirma.

—¿Te ayudo?

Se detiene un momento y, a continuación, asiente.

—¿Puedes poner la mesa? Y llenar los vasos de agua.

Cojo cuatro vasos del armario de encima del fregadero y los coloco en la encimera. Saco la jarra de agua mineral del refrigerador, pero solo hay en ella suficiente para llenar dos vasos.

—¿Tenemos más? —le pregunto.

—Usa agua de la llave —contesta Debbie.

La miro sorprendido.

—Creía que Lexi no bebía agua de la llave. Dice que tiene un sabor metálico. ¿No es por eso por lo que compramos esta?

Debbie se ríe.

—Cooper, llevo dos años rellenando esa jarra con agua de la llave. Lexi no nota la diferencia.

No tenía ni idea de que lo hacía. Estoy de acuerdo con que la obsesión adolescente de Lexi con no beber el agua perfectamente buena de la llave era rara y me resulta casi gracioso que no note la diferencia, pero no sé qué pensar del hecho de que Debbie lleve dos años engañando a nuestra hija. Y lo que es peor, que yo no tuviera ni idea de ello. ¿No somos compañeros en esto de ser padres?

Termino de poner la mesa y, a continuación, decido contribuir con algo más y aviso a las niñas para que vengan a cenar. Izzy baja las escaleras casi de inmediato, pero Lexi es más lenta. También se muestra inusualmente callada. El humor de mi hija mayor ha estado muy cambiante desde que cumplió los catorce años. ¿Es eso habitual en las chicas? Por suerte, Izzy no parece de tan mal humor. No creo que pudiera enfrentarme a dos niñas diciéndome que tengo que buscar un nuevo peluquero porque mi corte me hace parecer un tonto.

—Hoy ha estado la policía en la secundaria todo el día —balbucea Izzy mientras Debbie acerca una gran bandeja de comida. Siempre nos servimos al estilo familiar. Sobre todo porque últimamente nunca se puede saber cuánto van a querer comer las niñas. Comerán entre un plato entero y cinco espaguetis—. ¡Seguían allí incluso cuando he salido!

—¿La policía? —repito.

Izzy se me queda mirando con asombro.

—¿No te has enterado? ¿No te lo ha contado mamá?

Miro a Debbie con gesto inquisidor, pero ella está ocupada poniéndose una cucharada de pasta y salsa blanca en su plato. Yo diría que se le podría haber ocurrido mencionarme un asunto que tiene que ver con la policía. Al parecer, no.

—No —confieso—. ¿Qué ha pasado?

—Han detenido al entrenador Pike —me explica Izzy—. Tenía una cámara en el vestidor de las chicas, en la ducha.

Suelto un grito ahogado.

—¿Estaba grabando a chicas adolescentes mientras se duchaban?

—Dicen que acababa de colocar la cámara y que todavía no había empezado a grabar —contesta Izzy.

Gracias a Dios. La idea de lo que pudiera haber en esas imágenes me resulta traumática.

—Mi amigo Ayan me ha contado que ha dicho que no ha sido él, pero he oído que han encontrado una especie de programa en su teléfono conectado a esa cámara. Así que no hay duda de que es cosa suya.

Un programa en su teléfono conectado a la cámara. Igual que el que tenemos en la puerta de casa.

—Estoy segura de que ha sido él —murmura Lexi—. El entrenador Pike es un asqueroso integral y todos lo saben. Lo que me sorprende es que haya sido tan tonto como para que le atrapen. O sea, ¿de verdad creía que podía poner una cámara en el vestidor de las chicas y que nadie se iba a dar cuenta?

Tiene razón. Cualquiera que hiciera eso estaba suplicando que lo descubran.

—Bueno, Izzy —dice Debbie—, ahora que Pike no está, ¿saben quién va a encargarse del equipo de fútbol femenino?

—La señora Laslo va a sustituirlo —contesta Izzy— Y dice que, aunque el entrenador Pike me echó del equipo, puedo volver. No es tan estricta como él.

—¿Te han echado del equipo de fútbol? —pregunto sorprendido.

—Dios, papá —dice Lexi—. Espabila un poco.

No le falta razón. Es evidente que no tengo ni idea de lo que pasa en mi familia ahora mismo. Pero, en mi defensa, solo hace un día que dejé mi trabajo.

Izzy baja los ojos a su plato de comida.

—Decía que no era lo bastante rápida.

—Y eso era absurdo —interviene Debbie, con un brillo repentino en los ojos—. Eras la mejor jugadora del equipo. No sé en qué estaba pensando. No solo era un pervertido despreciable, sino también un entrenador terrible.

Izzy se encoge de hombros.

—En fin —continúa mi mujer—. Por suerte, fue un error de su parte que ahora va a quedar corregido. Supongo que, al menos, algo bueno va a salir de eso tan terrible que ha hecho.

Vuelvo a mirar a Debbie, sentada frente a mí en la mesa. Ya ha empezado a comer, pero el montón de pasta de mi plato sigue ahí. Izzy y Lexi tienen también un montón de pasta en su plato, aunque parece que Lexi está comiendo solo un espagueti cada varios minutos. Yo soy el único que no está comiendo nada.

—¿No tienes hambre, papá? —me pregunta Izzy.

La verdad es que no. Creo que nunca en mi vida he tenido menos hambre.

Me limpio las manos con la servilleta y aparto la silla de la mesa. Hace un fuerte chirrido contra el suelo.

—Ahora mismo vuelvo —anuncio.

Las tres caras me miran confusas.

—Es que tengo que subir corriendo arriba y... —Me aclaro la garganta—. Tengo que ver una cosa del trabajo. Solo tardaré un minuto.

Debbie me mira con curiosidad. Mi excusa ha parecido débil porque lo es. No tengo que ver nada del trabajo. Pero sí hay una cosa a la que debo echar un vistazo y que no va a dejar de darme vueltas en la cabeza hasta que lo haga.

Subo corriendo a nuestro dormitorio. Cierro la puerta al entrar, aunque tampoco es que me vaya a seguir nadie. Me siento en el borde de la cama, en el lado donde normalmente duermo, y abro la gaveta de la mesita de noche.

El papel arrugado que metí esta mañana sigue ahí. El que escribí con la dirección que apareció cuando busqué a Debbie con la aplicación de Findly. Y ahora me saco el teléfono del bolsillo.

No sé el nombre completo del entrenador de fútbol de Izzy que la echó del equipo. Sin embargo, tras escribir algunas palabras clave en Google, aparece rápidamente el artículo sobre un entrenador de deportes de una secundaria llamada Robert Pike que ha sido detenido por grabar a menores en el vestidor de chicas de la secundaria.

Dice que él no ha sido, pero, tal y como ha comentado Izzy, han encontrado en su teléfono un programa que estaba conectado a la cámara.

Salgo del artículo y lo siguiente que busco en el móvil es «domicilio de Robert Pike». Al instante, la dirección de la casa de la que es propietario en Weymouth aparece en la pantalla.

Me cuesta entender mi letra de anoche, pero no me cabe duda de que el nombre de la calle es el mismo.

Debbie estuvo en la casa del entrenador Pike en mitad de la madrugada. Y luego, a la mañana siguiente, lo han detenido por tener un programa incriminatorio en su teléfono.

No puede ser una coincidencia.

Pero también me parece imposible. ¿Mi dulce y recatada esposa ha entrado de verdad en la casa del entrenador mientras dormía y le ha instalado algo en el teléfono? Las amas de casa respetables no hacen esas cosas.

Como tampoco entran a escondidas en el sótano del vecino para destrozarle la caja de fusibles. Ni publican en internet videos pornográficos de su jefe.

Me quedo mirando el trozo de papel con la dirección de Pike

mientras trato de decidir qué hacer con esta información. Si mi mujer ha hecho todas esas cosas, es una persona tremendamente trastornada, alguien que necesita seriamente ayuda psiquiátrica. Porque, si ha podido hacer todo eso, ¿quién sabe qué más es capaz de hacer?

Podría ser peligrosa.

42

DEBBIE

Parece que Lexi ha roto con Zane.

En circunstancias normales, esto sería motivo de una gran celebración. No me gusta ese chico, y doy gracias porque no va a volver a mi casa ni a hacer sonar su claxon en nuestro camino de entrada. Lexi puede optar por alguien mucho mejor. Un don nadie sería mucho mejor.

Pero cuesta celebrar nada cuando es evidente que Lexi está alterada. Apenas ha pronunciado cinco palabras durante la cena y solo ha dado unos bocados a la pasta que he preparado. No era precisamente una comida de alta cocina, pero, por lo general, se come lo que le pongo delante. Esta noche no ha mostrado ningún interés.

También Cooper parece distraído. Ha subido con la excusa de mirar una cosa del trabajo, pero su portátil está sobre nuestra mesita de centro. Entonces, ¿qué estaba mirando? Lo único que sé es que, cuando ha vuelto a bajar, estaba pálido.

Solo Izzy ha devorado feliz su comida. Una de tres no está mal, pero podría haber sido mejor.

—Tengo tarea —murmura Lexi mientras aparta su silla.

—Apenas has comido nada —comento—. ¿No te ha gustado la cena?

Levanta un hombro.

—No tengo hambre.

—¿Quieres que te prepare otra cosa?

—Dios santo, mamá. —Lexi me lanza una mirada asesina—. Ya te he dicho que no tengo hambre. Deja de preguntarme un millón de veces si quiero comer otra cosa.

Me muerdo el labio para no puntualizar que, en realidad, solo se lo he preguntado una vez.

—Muy bien. Vete a hacer la tarea.

Izzy anuncia que también tiene tarea, aunque, al menos, su plato lo ha dejado prácticamente limpio. Me entusiasma ver que vuelve a comer con normalidad, pero cuesta celebrarlo cuando Cooper está en la mesa, empujando unos cuantos espaguetis por el plato.

—¿Tampoco tienes hambre? —le pregunto cuando las chicas están subiendo las escaleras para ir a sus respectivos dormitorios.

Cooper levanta los ojos y parpadea, como si se sorprendiera de verme todavía sentada en la mesa con él.

—Ah —dice—. Yo…, eh…, supongo que no.

—¿Estás bien?

Por supuesto que no está bien. En lugar de conseguir un ascenso, acaba de quedarse sin trabajo. Debe de estar preocupadísimo por cómo vamos a pagar la hipoteca y enfrentarnos a los gastos de la universidad de Lexi. Pero hay en sus ojos una mirada que me hace pensar que pasa algo más. Algo que no me ha contado.

Abre la boca como si fuera a contestar, pero, antes de poder hacerlo, el familiar tono de llamada de su teléfono inunda la habitación. Es el mismo tono con el que venía el móvil porque no sabe cómo cambiarlo. Se lo saca del bolsillo girando la pantalla para que yo no pueda verla. Toma aire.

¿Quién le llama? ¿Qué me está ocultando?

—Yo…, eh… —Da un salto de su asiento con una sonrisa de incomodidad en la cara—. Más vale que conteste.

Se aleja rápidamente de la mesa con el teléfono apretado contra la oreja. Mientras sale de la habitación, apenas puedo distinguir el sonido de una voz al otro lado de la línea. Una voz de mujer. Unos segundos después, la puerta de nuestro dormitorio se cierra con un golpe.

Hum.

Me levanto de la silla para recoger la mesa. A ni una sola persona de esta familia se le ha ocurrido llevar su plato al fregadero. Cooper carga y descarga de vez en cuando el lavavajillas, pero las niñas jamás lo hacen. ¿Creen que hay gases venenosos en su interior y que, si lo abren para meter un plato, esos gases saldrán y nos matarán a todos? En vista de su comportamiento, tengo que suponer que sí, que eso es lo que piensan.

Raspo la pasta sin comer de sus platos para echarla a la basura mientras me pregunto qué le pasa a Lexi. Nunca está de buen humor, pero esta noche parecía más alterada de lo habitual. ¿Debería tratar de hablar con ella? Por desgracia, cuando inicio alguna conversación con mi hija sobre su vida amorosa, nunca termina bien. Ayer prácticamente me arrancó la cabeza de un mordisco cuando mencioné a Zane.

Además, ya tengo bastantes problemas. Me han despedido del trabajo, aunque no ha sido una gran pérdida. Cooper también ha dejado el suyo después de mucho tiempo y, antes incluso de eso, ya estaba actuando de una forma de lo más extraña. Y esa misteriosa llamada de teléfono que ha hecho que salga corriendo a nuestro dormitorio me ha dejado inquieta. Sí que debería sentarme con él para tener una charla (aunque también creo que sería mejor mantener la boca cerrada en lo que respecta a mi marido. Al menos, hasta que esté preparada para contarle mis secretos).

Hay algo de Lexi que no deja de inquietarme. A veces lo mejor es dejarla en paz, pero mi instinto me dice que ahora mismo está pasando algo más.

Voy a intentar hablar con ella.

Meto los platos en el lavavajillas y, después, atravieso la cocina en dirección a la escalera. Subo a la planta de arriba y, cuando llego a la puerta de la habitación de Lexi y levanto el puño para llamar a su puerta, vacilo. El dormitorio principal está en el otro extremo del pasillo. Probablemente Cooper sigue al teléfono y, si pongo la oreja sobre la puerta, podré oír su parte de la conversación.

A lo mejor debería hacerlo. A mi marido le pasa algo que se niega a contarme, y un poco de labor de espía es el único modo de saber la verdad. Y tampoco es que Lexi vaya a sincerarse conmigo si trato de hablar con ella. Probablemente se enfadará porque habrá decidido que no se me permite dirigirme a ella cuando la luna está en cuarto menguante o algo parecido.

Lo intentaré este fin de semana. Le propondré llevarla de compras e indagaré con suavidad qué ha pasado con Zane. No es que cuente con mucho dinero para ir de tiendas, pero a lo mejor podemos ir a esa de oportunidades que tanto le gusta. Probablemente logre comprarle un armario entero por dos dólares.

Dejo caer el brazo dispuesta a alejarme. Y casi lo hago, pero, en ese momento, algo me detiene. Algo hace que me quede inmóvil.

Es el sonido de unos sollozos que salen de la habitación de Lexi.

Me doy la vuelta y, esta vez, sí llamo a su puerta sin vacilar. El llanto cesa de inmediato y grita:

—¿Qué quieres?

—Lexi, cariño. ¿Puedo entrar? —pregunto.

Hay un largo silencio al otro lado. Sospecho que está pensándose si debería mandarme al carajo. Pero, entonces, grita con una voz teñida de resignación:

—Okey.

Está acurrucada en su cama, con las rodillas apretadas contra el pecho y sus larguiruchos brazos envolviéndolas. Tiene la cara manchada de lágrimas y los ojos enrojecidos. Parece que lleva llorando un rato y que ha estado tratando de hacerlo en silencio hasta ahora.

Si Zane le ha hecho algo, lo mato.

En realidad, no tendré que encargarme yo. Cooper se me adelantaría. Puede que no conozca todos los detalles de la vida de nuestras hijas igual que yo, pero, si alguien supusiera una amenaza para ellas, arriesgaría su vida por salvarlas igual que yo.

Cierro la puerta al entrar y me acerco a ella con cautela, como si fuese un animal asustado que pudiera salir huyendo en cualquier momento. Por fin, me siento en el borde de la cama, con mi nalga izquierda flotando en el aire.

—Cariño —digo con toda la ternura que soy capaz—, ¿qué ha pasado?

Niega con la cabeza y una oleada de nuevas lágrimas cae de sus ojos. Los hombros le tiemblan con los sollozos y yo recorro toda la cama para envolverla entre mis brazos. La mezo igual que hacía cuando era pequeña y, un momento después, se agarra a mí.

—Mamá —solloza—. Mamá...

—Todo saldrá bien —le digo con mi voz más reconfortante—. Todo saldrá bien, te lo prometo.

—¡No va a salir bien! —dice con un jadeo—. ¡Tiene... tiene fotos!

¿Qué?

Me aparto de ella y observo su cara enrojecida e hinchada.

—¿Fotos? —pregunto con una voz que espero que oculte la sensación desagradable que siento en la boca del estómago.

Se tapa los ojos con las dos manos y asiente con la cabeza.

—¿Qué fotos? —le pregunto con el mismo tono de ternura pese a que lo que quiero hacer en realidad es agarrarla de los hombros y sacudirla hasta que me cuente qué rayos está pasando.

—Zane… tiene… tiene… —Traga saliva e intenta recuperar el aliento—. Tiene fotos mías. Fotos en las que yo…

Me estoy esforzando al máximo para no reaccionar con horror.

—¿En las que tú qué?

—Ya sabes… —balbucea.

—Como… —Siento escalofríos—. ¿Fotos sexuales?

—No. —Niega con la cabeza con vehemencia. Gracias a Dios—. Pero…, ya sabes…, se me pueden ver… las tetas.

Ay, no. Bueno, podría ser peor. Desde luego, podría ser mejor, pero también peor.

—¡Ha dicho que se las va a enseñar a todo el mundo! —Se cubre la cara con las manos—. Va a enviárselas a todos sus amigos a menos que yo…

—A menos que tú ¿qué?

—A menos que yo… —No levanta la cara—. A menos que yo…, ya sabes.

Si dice «ya sabes» una vez más voy a terminar gritando.

—A menos que tú ¿qué?

—Mamá. —Por fin, levanta la cara con una mirada de súplica—. No hemos… y él quiere…

El zumbido de la parte posterior de mi cabeza se pone de nuevo en marcha. Quiero matar a ese cabrón.

—¿Estás diciendo… —pregunto intentando que la voz no me tiemble— que, si no te acuestas con él, va a enviarles fotos tuyas desnuda a todos sus amigos?

No contesta, pero otra oleada de lágrimas se desborda. Los hombros le empiezan a temblar.

—¡Me va a destrozar la vida!

Aprieto los dientes. No sé si alguna vez en toda mi vida he estado así de enfadada, y he estado muy enfadada. ¿Cómo se atreve? ¡Es mi niña pequeña! ¿Qué clase de persona haría algo así?

—¿Qué voy a hacer? —gime—. ¡Si se las envía a sus amigos, ellos se las enviarán a otros y, después, las tendrá toda la secundaria! ¿Cómo voy a entrar en la universidad?

—A lo mejor está mintiendo —digo, aunque reconozco que Zane parece del tipo de personas que harían algo así—. Puede que en realidad no las envíe a nadie.

—¡Ya lo hizo antes! —exclama.

¿Qué?

—Se cambió a nuestra secundaria entre el tercer y el cuarto año —explica—. Su familia se mudó aquí desde Florida. Y, al parecer, una chica que salía con él en tercero le envió una foto desnuda y él la hizo circular por todas partes. Incluso me la enseñó a mí.

—¿En serio? ¿Y no le denunciaron por hacer eso?

—Todos sus amigos lo encubrieron. Nadie dijo de dónde salió la foto. Pero, al final, todo el mundo se la fue pasando.

Vaya. Nunca me había gustado Zane, pero esto es mucho peor.

—¡Me va a destrozar la vida! —Lexi extiende los brazos hacia mí y yo la rodeo con los míos y la abrazo con fuerza—. No me puedo creer que haya sido tan estúpida. ¿Cómo he dejado que me hiciera esas fotos?

—No es culpa tuya —aseguro.

Me enfada que haya hecho eso, pero lo que he dicho es verdad. Puedo imaginarme cómo Zane debió de presionarla. No es más que una niña —¡solo tiene diecisiete años!— y deseaba con desesperación gustarle a su novio *cool*. Entiendo exactamente cómo pasó.

—Escúchame, Lexi. Te prometo que lo vamos a solucionar. No vamos a dejar que Zane termine ganando.

Sus ojos inyectados en sangre se abren de par en par.

—No vas a decírselo al director, ¿verdad?

—Lexi...

—¡No puedes! —Me agarra del brazo—. ¡Mamá, si se lo dices, todo el mundo se va a enterar! ¡Y él enviará las fotos de todos modos!

—Lexi…

—¡Prométemelo!

No sé si tiene razón, pero, por la forma en que me agarra, ella sí que está convencida de eso. Y tiene sentido. Si voy a la secundaria, estas cosas terminan dándose la vuelta. Aunque él no haga nada con las fotos, su mera existencia será un rumor que se extenderá como un incendio.

No, tengo que solucionar esto de otro modo.

—Te lo prometo —contesto—. No voy a decírselo a nadie de la secundaria. Pero tú tienes que prometerme una cosa.

Me mira parpadeando con los ojos llorosos.

—Quiero que me prometas que vas a confiar en mí —continúo—. Quiero que confíes en mí cuando te digo que voy a asegurarme bien de que esas fotos tuyas nunca se vean.

—Pero ¿cómo puedes…?

—Confía en mí, Lexi.

Vacila apenas un momento, pero después dice:

—Confío en ti.

Veo esa confianza en sus ojos. Aunque ya no es un bebé, sigue creyendo que yo puedo arreglar las cosas por ella.

Me invade la repentina y casi incontrolable necesidad de contárselo todo. Nunca le he contado a nadie lo que me pasó. Ni a mis padres ni a Cooper ni a nadie. Ojalá pudiera contárselo, aunque sé que no debo.

Solo desearía que supiera que yo era igual que ella. Era una chica despreocupada e inteligente y, sí, linda, aunque en aquella época no lo sabía. Y entonces pasó algo que me destrozó la vida. Por eso me niego a que a ella le pase algo. Porque la quiero más que a nada y deseo que su vida sea igual a lo que prometía ser la mía antes de que me violaran durante mi segundo año en la universidad.

43

Es una historia que nunca antes he contado.

No se preocupen, que no voy a dar ningún detalle gráfico. La verdad es que no recuerdo mucho, lo cual es en parte el motivo por el que no fui a la policía, aunque había muchas razones por las que lo oculté. Lo único que recuerdo es lo que pasó antes y cómo terminó. Así que, si parece enredado o si no puedo dar cuenta de grandes lapsos de tiempo, esa es la razón.

No quiere decir que esté mintiendo.

Estaba en el segundo semestre de mi segundo año universitario en el MIT, el Instituto Tecnológico de Massachusetts, y me encantaba. El primer año solo se evalúa con aprobado o suspenso, así que mi último semestre fue la primera vez que me dieron calificaciones de verdad, y fueron buenas. Okey, estoy siendo modesta: fueron estupendas. Saqué sobresaliente en todo. Y no estaba estudiando un curso de introducción a alguna tontería. Estaba en complicadas clases de informática en las que varios de mis compañeros apenas aprobaban por los pelos.

Como he dicho, no puedo evitar preguntarme cómo podría haber sido.

Fue Selena, mi compañera de habitación, la que me convenció

para que fuéramos a una fiesta en una fraternidad, aunque no la culpo a ella por lo que pasó. Yo había ido a unas cuantas bastante sosas en el último año y medio, pero un gran porcentaje de los chicos de la facultad pertenecían a alguna fraternidad, así que se suponía que esas fiestas eran mucho más interesantes. Para dejarlo claro, no eran interesantes para mí, pero sí en un sentido más objetivo.

Yo tenía grandes planes de hacer esa noche un poco de programación e incluso había comprado una gran botella de bebida energética ante la expectativa. Pero luego, Selena me echó una bronca enorme porque nunca me divertía e iba a terminar graduándome todavía virgen, lo cual sería malo por algún motivo. Al final, accedí a ir a la fiesta para que dejara de insistir, y también porque me dolían un poco las muñecas después de haber pasado doce horas seguidas programando el día de antes.

Me prestó un vestido de su armario y pasó unos quince minutos arreglándome el pelo con una plancha. También se las arregló para maquillarme durante unos diez minutos antes de que yo le ordenara que lo dejara. Cuando terminó todo lo que le permití que me hiciera, me miré en el espejo de cuerpo entero del baño común del pasillo y la verdad es que pensé que estaba bastante atractiva. Iba bien arreglada.

Cuando volví a nuestra habitación, Selena soltó un pequeño silbido.

—Hola, bombón —bromeó.

—No me hagas cambiar de opinión.

Me miró con el ceño fruncido.

—¿Te puedes quitar los lentes?

No podía. Estaba medio ciega sin ellos. Eso fue antes de descubrir el milagro de los lentes de contacto. Cuando estaba en la universidad, la idea de meterme los dedos en los ojos me resultaba demasiado terrible.

Fuimos hasta la fraternidad Zeta Pi, que estaba a casi treinta minutos andando en medio de una fresca noche de marzo. La verdad es que para mí no fue tan mal, porque llevaba unos zapatos bajos, un abrigo y un gorro. Selena, por el contrario, iba con tacones y sin abrigo, lo que implicó que se estuviera quejando amargamente durante todo el camino.

Es curioso lo que recuerdo de aquella noche. Todavía puedo oír cómo resuenan en mis oídos los quejidos de Selena por el frío. «Creo que el sostén de aros se ha congelado y se me ha quedado pegado a la piel, Debbie».

Por fin, llegamos a la fiesta a eso de las diez y ya estaba bien empezada. En contraste absoluto con el aire gélido de la noche, en la casa de la fraternidad hacía muchísimo calor. También había una curiosa humedad, y todo el esfuerzo de Selena por dejarme el pelo liso y brillante quedó arruinado de inmediato. Me quité el abrigo y lo guardé en un dormitorio, al que habían puesto el nombre de «habitación de los abrigos», sin tener ninguna seguridad de que alguna vez lo recuperaría. Sonaba música y los graves eran tan fuertes que sentía un zumbido en la cabeza.

Una hora después, ya quería irme. Lo estaba deseando. Selena y yo habíamos conseguido estar juntas los primeros veinte minutos, pero, luego, un chico empezó a ligar con ella y desapareció. Nadie ligaba conmigo. Me limité a quedarme sentada en un rincón dando sorbos a mi vaso de Coca-Cola, deseando saber cómo volver a casa. Por desgracia, ni el GPS ni el Uber se habían inventado todavía.

Fue entonces cuando él me encontró.

Me alegra haber llevado los lentes, porque pude verle bien la cara. Tenía aspecto de estudiante de algún curso superior. Del penúltimo año o del último. No es que pareciera mucho mayor, pero desprendía una seguridad propia de quien lleva tiempo allí y sabe bien lo que se hace.

—Pareces triste —comentó.

Levanté los ojos hacia él. No tenía un aspecto excepcional,

pero sí un pelo castaño oscuro con unos encantadores rizos en las puntas que le caían sobre los ojos. Era bonito.

—Hay mucho ruido aquí —confesé—. Me está dando dolor de cabeza.

—Lo sé. —Dio un trago al vaso de cartón que llevaba en la mano—. Cuando me gradúe, tendré suerte si todavía conservo el oído.

Sonreí.

—Soy Hutch. —Se llevó el pulgar al pecho—. Creo que nunca te he visto por aquí.

—Yo soy Debbie.

—Encantado, Debbie. —Me sonrió y yo sentí cierto orgullo por que ese chico de una fraternidad y de un curso superior estuviese ligando conmigo—. Parece que casi te has terminado la copa. ¿Te traigo otra de lo que estés tomando?

—Solo es Coca-Cola —contesté.

—Pues no me extraña que no estés pasándotelo bien —dijo, y, en ese momento, tuve que admitir que llevaba razón—. ¿Qué te parece si te traigo otra Coca-Cola pero dejas que te ponga en ella un poco de ron? —Colocó el índice y el pulgar separándolos un centímetro—. Así.

Y como era atractivo y mayor y estaba ligando conmigo, contesté:

—De acuerdo.

Me trajo un ron con Coca-Cola, y era solo la segunda vez que yo había tomado alcohol en la universidad y la tercera en toda mi vida. En su momento, supuse que lo que pasó después de eso fue porque no tenía tolerancia, pero, más tarde, cuando lo pensé bien, estuve bastante segura de que una copa no pudo provocarme aquello.

Hutch me echó algo en la bebida. Puede que no un sedante, pero sí que me puso lo que sea para asegurarse de que yo no podría defenderme ante él.

Nos sentamos un rato en el sofá a charlar. Me preguntó en qué residencia estaba y le dije que en Baker. Me preguntó qué estudiaba y le dije que el curso 6 (Informática). Él estaba estudiando el curso 14 (Económicas). Me hizo otra pregunta que no pude oír porque la música estaba muy alta y fue entonces cuando propuso que subiéramos, porque arriba habría menos ruido. Le dije que sí, y me sentí agradecida porque abajo había demasiado y, desde que había llegado, lo único que había estado deseando era un poco de paz y silencio.

Fue entonces cuando todo empieza a ponerse un poco borroso.

Recuerdo subir las escaleras hasta su dormitorio. Recuerdo un poco su habitación. Había dos camas... No, un momento, era una litera. Había un escritorio. Debía de haber una computadora de mesa sobre él, porque en esa época todos teníamos computadoras de mesa. Creo que le dije que estaba cansada y me propuso que me tumbara en su cama.

Lo siguiente que recuerdo fue sentir que alguien estaba tratando de sacudirme para despertarme. Pero, cuando abrí los ojos, me di cuenta de que no era eso lo que estaba pasando. Hutch estaba encima de mí, con su bonito pelo cayéndole sobre los ojos. Me había levantado el vestido y bajado la ropa interior y estaba...

Mi primer pensamiento fue que me confundía. ¿Me había emborrachado tanto que le había dicho que eso estaba bien? No me parecía posible. Desde luego, no estaba nada bien. Yo era todavía virgen y lo que él estaba haciendo... dolía.

Abrí la boca y sentí la garganta tremendamente seca. Como fuera, conseguí gemir:

—No. Para.

Esperaba que él se quitara de encima de mí y se deshiciera en disculpas. Pero no lo hizo. Siguió embistiendo sin hacer caso a mi súplica.

—Para —repetí, más fuerte esta vez. Traté de apartarle, pero, y esta parte la recuerdo con claridad, sentía los brazos como si se movieran a cámara lenta—. ¡Para, por favor!

Y ahora sí contestó, con un tono de fastidio.

—No te preocupes. Habremos acabado en un minuto.

En realidad, fueron dos minutos. Lo sé porque conté cada segundo.

Y, de repente, terminó. Se quitó de encima de mí, se subió la cremallera de los pantalones como si no hubiese pasado nada. Y después… se fue.

Yo estaba completamente aturdida. Me quedé tumbada en esa litera de abajo entre diez minutos y una hora, tratando de decidir si de verdad había ocurrido o solo había sido una pesadilla. Lo único que me convenció de que había sido real era el escozor que sentía y la sangre de mis pantis cuando llegué a casa.

La cabeza me daba vueltas, pero conseguí levantarme de la cama. Atravesé a tropezones la multitud de abajo sin hablar con nadie. No me molesté en buscar a Selena ni tampoco mi abrigo. Salí por la puerta delantera y, aunque hacía mucho frío en la calle, apenas lo sentía. Hasta el día de hoy, no tengo ni idea de cómo volví. Pero debí hacerlo, porque desperté al día siguiente en mi cama de la residencia.

Traté de convencerme de que no era para tanto. En mi cabeza ni siquiera utilizaba la palabra «violación». Fui a una fiesta, bebí un poco de más y me acosté con un chico al que apenas conocía. Fue un revolcón de una noche. Selena ya lo había hecho antes y no era para tanto. Solo sería importante si yo permitía que lo fuese.

Siempre había sido una persona fuerte. Inteligente, capaz. Al fin y al cabo, había entrado en el MIT, la única persona de mi clase de la secundaria. Era la siguiente Bill Gates. No era para tanto. Lo superaría.

Solo que no lo superé. Tenía pesadillas todas las noches y me despertaba empapada en sudor. Dormía ratos de dos horas e iba por ahí con ojeras permanentes. Allá donde fuera en el campus, siempre creía ver a Hutch. Pero nunca era él. Siempre era algún otro chico con un corte de pelo parecido, pero no importaba. Mis notas empezaron a resentirse. Después, cayeron en picado.

Tras haber sacado todo sobresaliente en el primer semestre, suspendí en todas las clases en el segundo. Ni siquiera me presenté a dos de los exámenes finales.

Una orientadora de la facultad habló conmigo sobre mi bajo rendimiento. Intentó preguntarme qué me pasaba, pero me negué a contárselo. Me limité a decirle que no me sentía motivada y que necesitaba un descanso en los estudios. Me fui a casa a pasar el verano con la esperanza de que un tiempo alejada de allí me curara.

Nunca volví.

Estuve a punto mil veces de contarle a Cooper lo que me había pasado. Él fue el primer chico con el que salí después de dejar la universidad. Fue muy dulce y paciente conmigo, aunque no tenía ni idea de por qué yo sentía tanta angustia en lo relativo al sexo. Incluso sin contarle nada se mostró comprensivo. Al final, sentí miedo de decirle la verdad porque pensé que me respetaría menos. Y luego, después de casarnos, tenía miedo de confesárselo porque creí que se enfadaría conmigo por no haberlo hecho antes.

Y ahora, después de veinte años de matrimonio, es demasiado tarde.

Además, él también tiene secretos. Muchos.

La idea de que Zane pueda tratar de hacerle a mi hija lo que Hutch me hizo a mí me llena de una rabia tan candente que siento que me dan ganas de arrancarle a ese sinvergüenza cada uno de sus miembros. Pero, por supuesto, no puedo hacerlo. No quiero ir a la cárcel. Y físicamente no estoy segura de que lo lograra. No soy ninguna especie de superheroína (¿o supervillana?) capaz de hacer pedazos a una persona con mis propias manos.

De todos modos, lo que sí le voy a hacer va a ser muchísimo peor.

44

Espero hasta que todos se han dormido.

Esta noche debo tener mucho cuidado. Pese a que anoche drogué a Cooper, estoy bastante segura de que se despertó durante mi ausencia. Y como no sabía que iba a salir a escondidas hasta después de la cena, habría resultado complicado volver a darle algo sin que se diera cuenta. Me tendré que limitar a ser muy silenciosa.

Me levanto de la cama a medianoche. Cooper parece dormido, pero soy supercuidadosa mientras salgo de debajo de la manta que compartimos. Antes de acostarme, dejé una muda de ropa en la sala de estar para no despertarlo mientras me visto.

Pero mi primera parada es la habitación de Lexi.

Aquí no tengo por qué ser tan silenciosa. Mi hija mayor duerme como un lirón. El año pasado se disparó la alarma de incendios en la casa en mitad de la noche y tuve que sacudirla para despertarla y asegurarme de que no se quemaba viva.

Entro de puntillas en su dormitorio y cojo su teléfono de la mesita de noche donde está cargándose. Después, salgo en silencio.

No tengo por costumbre espiar el teléfono de Lexi, pero sí le exijo que me dé el código para poder acceder a él si es necesario.

No es una información de la que me haya aprovechado en el pasado, y lo cierto es que no me sorprendería que hubiese cambiado la clave. Pero, cuando introduzco los seis dígitos, el teléfono se desbloquea.

Estoy dentro.

Durante un momento, siento la tentación de revisar sus fotos y tratar de buscar las imágenes de las que me ha hablado, pero luego decido no hacerlo. No estoy aquí para husmear, sino para ocuparme de un problema de mi hija.

Zane es el que está como primer contacto. No lo ha bloqueado, posiblemente porque Lexi está controlando cómo se desarrolla la situación. No quiero leer todos los mensajes de texto entre los dos, pero el último de él me enfurece:

Si no quieres que toda la secundaria vea esas fotos
deberías dejar de ser tan calientaverga.

Dios mío, quiero matarlo.

Tengo que tomar aire varias veces para calmarme. Las manos me tiemblan mientras escribo un mensaje a Zane:

¿Podemos vernos ahora? Saldré a escondidas
y cogeré el carro de mis padres.

Existe la posibilidad de que él esté durmiendo, pero recuerdo haberle oído decir que nunca se acuesta antes de las dos de la madrugada. Como era de esperar, aparecen tres puntos en la pantalla. Está escribiendo.

¿Te lo has pensado mejor?

Matarlo con mis propias manos. Arrancarle miembro a miembro.

Sí. Necesito verte. Haré lo que quieras.

Eres muy lista. Sabía que cambiarías
de opinión.

Sí, Lexi es lista. Por eso le ha contado a su madre lo que pasa.

¿Podemos vernos en el parque infantil
del astillero? Allí estaremos solos.

El Astillero de Hingham era hace muchos años un astillero de verdad, pero ahora es una zona del puerto deportivo con casas, tiendas y actividades recreativas. Yo solía llevar a las niñas al parque infantil que hay allí cuando eran pequeñas y después comíamos en Wahlburgers. Durante el día siempre está concurrido, pero a estas horas de la noche no habrá nadie en absoluto. Y resulta que en una excursión reciente hasta allí me fijé en que no había cámaras junto al parque infantil.

Estaré allí en veinte minutos.

45

Llego quince minutos después.

Zane siempre se retrasa, así que no es necesario correr, pero, por otro lado, conduce como el caos personificado, por lo que es posible que aparezca a tiempo o incluso antes. Tengo que llegar primero.

Tal y como esperaba, el parque infantil está completamente vacío. Oficialmente permanece «cerrado después del anochecer», como si fuera a venir aquí algún niño a la una de la madrugada. Es una zona de juegos de tamaño mediano con columpios de llantas, una estructura con un tobogán de plástico verde y el suelo cubierto de un mantillo de virutas de madera que amenazan con metérseme en los zapatos a cada paso.

Anoche antes de acostarme salí a comprar un paquete de seis cervezas. No es el tipo de cosas que tengamos en casa habitualmente, porque ni a Cooper ni a mí nos gusta la cerveza, pero esta noche la necesito. En cuanto llego al parque, abro una lata.

Después, le añado el opio. Suficiente para dejarlo inconsciente.

Desde luego, yo jamás bebería de una lata misteriosa abandonada en un lugar así, pero no soy Zane, que tiene dieciocho años y es aficionado a meterse en líos. Coloco la cerveza en un lugar visible, sobre uno de los bancos que hay alrededor del recinto. Después, me oculto detrás de unos arbustos. Y espero.

Zane llega diez minutos tarde. Cuando aparece en el parque infantil, mira alrededor con la esperanza de que Lexi esté esperándolo ahí. Desde mi escondite, veo una expresión de fastidio en sus rasgos cadavéricos. Puede ser que no la espere.

Por suerte, he traído el teléfono de mi hija por este mismo motivo. Le escribo otro mensaje a Zane:

Mi madre se ha levantado para ir al baño, así que he salido un poco tarde. Llegaré en quince minutos.

Lo lee con el ceño fruncido. ¿Va a esperarla? Tengo que hacer algo para que acepte el trato, así que, aunque me espante, escribo:

Quiero hacerlo en el banco del parque infantil.

El mensaje cumple con un doble propósito. En primer lugar, asegurarme de que espera a mi hija aunque ella no vaya a venir en realidad. Y, en segundo lugar, hacer que se fije en el banco del parque.

Como era de esperar, se acerca ahí y se sienta. Entrecierro los ojos para verlo bajo la luz de la luna mientras toquetea su teléfono. Imagino que está mirando las fotos de Lexi y quiero retorcerle el cuello.

La mayoría de las veces consigo apartar de mi mente lo que ocurrió aquella noche con Hutch. Pero, ahora mismo, es como si me estuviera susurrando al oído: «No te preocupes. Habremos acabado en un minuto».

No voy a permitir que eso le pase a mi hija.

Zane tarda unos minutos en fijarse en la lata de cerveza. La mira unas cuantas veces y, después, la coge por fin. Parece sorprenderse de que esté casi llena. Después, la huele.

El opio sí tiene olor. Huele un poco dulce, con matiz a tierra. Me recuerda algo al sirope de arce. Espero que el olor a levadura de la cerveza oculte el del opio. Veo cómo Zane contempla la lata. Por suerte, he enseñado a mis hijas que no hay que beber de una lata cualquiera que hayan dejado en el parque, pero tengo la fuerte sensación de que este chico no mostrará ningún reparo si piensa que es alcohol.

«Bébetela. ¡Vamos, bébetela, pedazo de basura!».

Y, entonces, lo hace. Se la está bebiendo. Se acaba la lata entera de cerveza mezclada con opio en lo que parecen cinco tragos.

Permanezco preparada con mi teléfono por si hace amago de irse, pero, después de cinco minutos, no se le ve tan nervioso como antes. Quince minutos después, empieza a bostezar y frotarse los ojos.

A la media hora, está fuera de combate.

Espero otros diez minutos, por si acaso. Mientras tanto, me aseguro de borrar toda la conversación entre Zane y el teléfono de mi hija para que ella no averigüe nunca que nos hemos visto esta noche. Mientras estoy en ello, bloqueo también su número. Meto el móvil de Lexi en el bolso y me acerco al banco donde él se ha despatarrado. Ha estado toqueteando su teléfono, se le ha caído de la mano y está tirado en la hierba, debajo de él. Lo recojo.

Al contrario que el del entrenador Pike, que desbloqueé usando su huella, este es de esos móviles que se desbloquean con reconocimiento facial. Por lo general, eso implica que debes tener los ojos abiertos para abrirlo. Sin embargo, durante el verano, me encontré a Lexi y Zane en mi cocina y él se estaba quejando de que su teléfono no se desbloqueaba si tenía las gafas de sol puestas. Oí la conversación y le dije que se puede apagar la función de «Atención» del teléfono, de modo que no sea necesario estar mirándolo para desbloquearlo. Como parecía confundido, me ofrecí a hacérselo. Me lo pasó y le cambié yo la configuración.

Por eso sé que cuando levante el teléfono delante de su cara se va a desbloquear aunque tenga los ojos cerrados.

Me oculto en la sombra por si Zane se despierta, aunque no parece que eso vaya a ocurrir en un futuro muy próximo. Tras borrar la conversación entre su smartphone y el de Lexi que le ha traído hasta el parque infantil, lo siguiente que hago es buscar entre las fotos que Lexi le envió. Las borro todas. Es muy posible que las tenga guardadas en otro sitio, pero borrar esas no es mi principal objetivo.

A lo que he venido es a otra cosa.

Lexi me ha contado que él ya había hecho esto con anterioridad. Durante su segundo año de secundaria salió con una chica cuya foto envió a todo el centro. Considerando que estaba en segundo, es probable que esa chica tuviera unos quince años. Lo cual quiere decir que legalmente estuvo distribuyendo pornografía infantil.

Ahora debo encontrar la huella digital de lo que hizo.

No es divertido registrar el teléfono de Zane. Tengo que revisar un montón de conversaciones con sus amigos relativas a mi hija, ninguna de ellas halagadora. Encuentro una de ayer que literalmente me eleva la presión arterial.

¿Sigues saliendo con esa Lexi?

Sí, pero no se le da bien hacerme mamadas.
Probablemente la deje pronto.

Necesita que Yvonne le dé clases.

Creo que es demasiado estúpida como para aprender.

En un momento dado, bajo el teléfono y me quedo mirando a Zane, que sigue inconsciente en el banco del parque. Estoy tomándome todas estas molestias para buscar fotos incriminatorias, pero no tiene por qué ser tan difícil. Hay una navaja suiza en la guantera del carro. Puedo ir ahí, cogerla y cortarle la verga. Eso sería lo justo. ¡Y, desde luego, resolvería el problema!

Pero supongo que daría lugar a otros.

Tardo casi media hora en encontrar lo que busco. La foto de esa pobre chica sigue en su galería de fotos, porque, por supuesto, ha sido demasiado ingenuo como para borrarla. Parece tener solo catorce o quince años. Está completamente desnuda y parece tan tremendamente incómoda que casi voy de verdad por esa navaja suiza. Él ha enviado esta foto montones de veces y ahí está la prueba. En su mismo teléfono. No ha borrado nada.

Y ha llamado «estúpida» a mi hija.

Hago pantallazos de todo y creo después una cuenta de correo anónima. Lo envío todo tanto a la dirección de la secundaria como al departamento de policía local indicando la edad aproximada de la chica.

Me permito sonreír. Mañana va a ser un día interesante.

46

Cuando llego a casa después de mi pequeña salida, encuentro a Cooper esperándome en la sala de estar. Va con su camiseta y sus calzoncillos, y solo está encendida la lamparita que tiene al lado, dándole a su cara un inquietante resplandor. Debería haber imaginado que lo encontraría despierto. No está durmiendo bien, y la ausencia de mi cuerpo junto al suyo en la cama debe de haber sido suficiente para hacer que se despierte.

Se queda mirándome, rígido. Debe de haber oído mi carro entrando en el garaje, así que sabe que he salido con él. No puedo fingir que he ido a dar una vuelta por el barrio. Además, no he apagado la aplicación de Findly, lo cual ha sido un descuido terrible. Aunque puede que, en cierto sentido, estuviese deseando que supiera adónde he ido.

—Debbie —dice.

Cuando habla, lo huelo. Debe de haber encontrado el resto de las cervezas que dejé al fondo del refrigerador. Cooper no es muy bebedor, pero supongo que ahora mismo no puedo culparle.

—Hola —respondo tímidamente.

—¿Adónde has ido?

Intento sonreír, aunque siento que resulta artificial en mi cara.

—Solo he ido a dar una vuelta con el carro.

Frunce el ceño.

—¿Has ido al astillero?

Tal y como sospechaba, el rastreador de mi teléfono me ha delatado. Está claro que la próxima vez tendré que apagarlo. Lo mismo que hace él cuando desaparece para ir a algún sitio que no quiere que yo sepa. Se le da mucho mejor que a mí guardar secretos.

—No podía dormir —contesto—. Solo he estado dando vueltas por ahí. He pensado que así me cansaría.

Intenta ponerse de pie. Tiene el pelo revuelto tras haber dormido y barba de un día en la cara. Cuando lo conocí, yo llevaba mucho tiempo sin tener una cita, pero él me pareció muy dulce y sincero cuando me lo pidió. Durante mucho tiempo, los hombres me dieron miedo por culpa de Hutch, pero, por alguna razón, no me sucedió con Cooper. De hecho, fue el primer hombre que no me provocó ese desagradable pellizco en la boca del estómago. No me pareció que fuera a hacerme daño.

¿Cuándo cambió eso?

—Debbie —dice con voz áspera y tono de súplica.

Sé lo que quiere. Quiere que le cuente la verdad de todo. Pero bajo ningún concepto pienso hacerlo. Ya es demasiado tarde.

—¿Adónde fuiste anoche? —respondo—. Cuando me dijiste que ibas por cena y estuviste fuera dos horas.

Sus ojos se abren con expresión de alarma.

—Yo... ya te lo dije. Solo fui a dar una vuelta con el carro.

—¿Una vuelta?

—Sí, claro. —Su voz tiene un tono defensivo—. ¿Qué crees que estuve haciendo?

¿Por qué debería decirle yo la verdad cuando él me miente a la cara?

Cuando todo haya terminado, se lo contaré. Y puede que haya algún modo de que lo pueda entender.

—Estoy cansada —digo—. Me voy a la cama.

Paso junto a él, atravieso la sala de estar y voy a las escaleras. Espero que él suba detrás de mí hasta el dormitorio, pero no lo hace. Se queda en la sala de estar y es ahí donde pasa el resto de la noche.

47

DE LA CARPETA DE BORRADORES DE «QUERIDA DEBBIE»

Querida Debbie:

Creo que mi marido me engaña.

No puedo estar del todo segura, pero no dejo de ver todas las señales de alarma. No muestra ningún interés en tener relaciones sexuales conmigo y ya han pasado varios meses, incluso cuando yo intento empezar. A veces, le llamo a lo largo del día y no puedo dar con él en horarios en los que debería estar disponible. En otra ocasión, me dijo que iba a salir con unos amigos, pero, cuando envié un mensaje a la mujer de uno de esos amigos, me dijo que su marido estaba en casa con ella. ¡Y lo peor de todo es que he olido en él un perfume que desde luego no es el mío!

Cuando le pregunto por eso se pone muy a la defensiva. Dice que le duele que yo piense que podría hacer algo así.

¿Qué opinas? ¿Crees que mi marido me está engañando o que yo estoy siendo una «esposa celosa»?

Atentamente,

Esposa preocupada

Querida Esposa preocupada:

Estoy de acuerdo en que buena parte del comportamiento de tu marido es síntoma alarmante de infidelidad. Por desgracia, cuando un hombre es infiel, lo común es que se ponga muy a la defensiva cuando se le echa en cara.

Si tienes muchas sospechas de que te está engañando, una cosa que puedes hacer es buscar si hay otro teléfono que esté usando. Del mismo modo, puede que esté utilizando una dirección de correo electrónico alternativa. Si no encuentras nada pero sigues teniendo sospechas, es posible que quieras plantearte contratar a un investigador privado. Si tu investigador privado da con rastros de infidelidad, puede que entonces te plantees contratar a un abogado. O a un sicario.

Así que, como ves, tienes muchas opciones.

Debbie

48

DEBBIE

A la mañana siguiente, me aseguro de despertar a Cooper antes de que las niñas bajen. No va a mejorar las cosas que descubran que su padre ha dormido en el sofá. Me mira con ojos adormilados y, después, sube a tropezones para darse una ducha o recuperar el sueño que ha perdido durante la noche. Se lleva la mano a la espalda. El sofá no es el sitio más cómodo en el que dormir.

Lexi parece ligeramente de mejor ánimo que ayer. Al menos, no está llorando. Pero, al igual que Cooper, parece cansada. Probablemente haya dado muchas vueltas en la cama durante la noche, pero, por suerte, no ha descubierto que su móvil había desaparecido. Me las arreglé para dejárselo de nuevo en su mesita de noche sin despertarla.

Izzy, por el contrario, está de muy buen humor. Ha vuelto al equipo de fútbol y no tiene que enfrentarse a un entrenador que siempre la está ninguneando. Debería haberme deshecho del entrenador Pike hace muchísimo tiempo.

Hago unos huevos revueltos y los pongo sobre unos panecillos tostados. He estado preparándome cereales con fibra todas las mañanas, pero me lanzo a la piscina y me preparo también un panecillo con huevos.

—¿Quieren que las lleve de nuevo a la secundaria? —pregunto a las chicas mientras coloco los platos de comida sobre la mesa de la cocina.

—Sí —responde Izzy con entusiasmo. Nunca dice no a que la lleven en carro.

Lexi, que esta mañana no lleva puestos sus auriculares, asiente también.

—Okey. Pero tengo un examen de Física a primera hora, así que no puedo llegar tarde.

—¿Alguna vez te he llevado tarde? —le pregunto.

Me mira con una sonrisa reticente.

—No muchas.

—Mejor di que nunca. —Le devuelvo la sonrisa mientras me siento con ellas en la mesa. De hecho, normalmente soy puntual—. Bueno, terminen de comer y nos vamos.

Lexi mira los tres platos que tenemos delante y, después, se gira hacia los fogones.

—¿No preparas un plato para papá?

Vaya, esa ha sido una pregunta capciosa. Abro la boca sin estar del todo segura de qué voy a contestar y es entonces cuando suena el timbre.

El sonido me sobresalta. No puede haber nadie en la puerta de casa que traiga buenas noticias. ¿Es Jo Dolan, que quiere que le pague su factura de la exterminación de la plaga? ¿Brett Carlson, que me busca para que le pague su cuadro eléctrico roto? ¿Garrett Meers, que no consigue quitar su desternillante video pornográfico de la página web del periódico?

—Ya abro yo —digo.

Dejo los huevos y voy rápidamente a la puerta, donde parece que nuestro visitante está dispuesto a usar todo su peso para pulsar el timbre. Y cuando llego, se me cae el alma a los pies. Es alguien mucho peor que Jo, Brett o Garrett. Es Zane.

Y parece molesto.

Supongo que no me sorprende. Le saqué de su casa en mitad de la noche y después le dio plantón su novia, con la que pensaba que iba a hacer Dios sabe qué en un parque infantil público. Me pregunto a qué hora se despertó en ese banco. Tiene suerte de que es un lugar seguro, incluso en plena noche.

Sinceramente, tiene valor viniendo aquí después del modo en que la ha amenazado, pero debo fingir que no sé nada de eso. Lexi me mataría si tuviera la menor idea de lo que he hecho.

—¿Dónde está Lexi? —pregunta Zane.

Me cruzo los brazos sobre el pecho.

—Ahora mismo está desayunando. ¿Te puedo ayudar yo?

Parece que no está muy seguro de qué decir. No puede contarme precisamente que mi hija le dejó plantado en mitad de la noche. Así que responde con lo único que puede decir:

—¡Me ha bloqueado en el teléfono!

Para ser justos, he sido yo quien le ha bloqueado. Porque se lo merece y, además, si no lo hubiese hecho, iba a hacer estallar el móvil de Lexi con mensajes preguntándole dónde estuvo anoche. Con el fin de que ella nunca sepa lo que he hecho, no podía permitir que él le enviara ningún mensaje.

—Eso es asunto de ella —respondo con firmeza—. ¿Tienes algún mensaje que quieras que le transmita?

—Sí. —Tuerce el gesto—. Dígale que es una zorra.

Debo confesar que eso me sorprende. No creía que tuviera las agallas de soltarme eso a la cara. Pero hace que lo que yo tengo que responderle me resulte mucho más fácil.

—Me aseguraré de decírselo —contesto con sarcasmo—. Además, tengo también un mensaje para ti.

Pone los ojos en blanco.

—¿Sí?

—Así es. —Lo miro con una amplia sonrisa—. Solo quería asegurarme de que eres consciente de lo que les hacen a los agresores sexuales en la cárcel.

Eso hace que desaparezca de su cara la expresión de engreído.

—¿Qué?

—A los agresores sexuales —repito—. Como, por ejemplo, a alguien que haya estado distribuyendo fotos de una chica de quince años desnuda, lo cual está considerado legalmente como pornografía infantil.

Por un momento, veo un destello de miedo en sus ojos.

—No sé de qué habla.

—Ah, yo creo que sí. —Levanto las cejas—. En fin, si esa persona tuviera dieciocho años o más y lo arrestaran, y hoy en día las huellas digitales hacen que eso resulte muy fácil, lo pasaría fatal en la cárcel. Es un lugar especialmente complicado para los agresores sexuales. A menudo son atacados por otros reclusos para castigarlos y elevar su estatus social.

Zane da un paso atrás y casi se tropieza con sus propios pies.

—¿Qué?

—Y, cuando por fin salen —continúo—, tienen que inscribirse en el registro de agresores sexuales allá donde vivan durante el resto de su vida. Deben advertírselo a sus jefes. Y cualquier mujer con la que quieran salir puede buscarlos en internet y…, en fin, cancelar la cita. Y solo con mucha suerte encontrarán un sitio en el que vivir, ya que tienen que decirles a sus caseros que son agresores sexuales.

—Okey… —Zane niega con la cabeza y de su rostro ha desaparecido toda la rabia. Parece claramente asustado—. Oiga, dígale a Lexi simplemente que ya no puedo llevarla a la secundaria.

—¡Lo haré! —contesto con alegría.

Le cierro la puerta en la cara y vuelvo a la cocina, donde mi tostada sigue esperándome. Me siento y cojo mi panecillo con huevos.

—¿Quién era, mamá? —pregunta Lexi.

—Nadie importante.

Doy un bocado al panecillo. Está delicioso.

49

COOPER

He pasado toda la mañana en medio de una neblina. No sé adónde fue Debbie anoche. Es decir, geográficamente sí sé adónde fue. Pero no sé por qué iría al astillero en mitad de la noche ni qué estuvo haciendo allí.

No creo que fuera allí a tener un encuentro con su amante. Debbie no haría eso. Sencillamente... no lo haría. Pero si no es eso lo que estuvo haciendo, ¿qué rayos fue?

Una parte de mí deseaba enfrentarse a ella por la mañana, pero terminé evitándola. Estoy muerto de cansancio y no me siento en condiciones de tener una conversación seria ahora mismo. Y estoy seguro de que va a ser una conversación muy seria.

Pero debemos hablar. Pondré todas las cartas sobre la mesa, todo lo que le he estado ocultando. ¿Y si me odia? Bueno, espero que no me odie. Espero que podamos encontrar el modo de solucionarlo. Iré a terapia, haré lo que ella quiera.

Pero esto tiene que terminar. Las mentiras y las salidas a escondidas se tienen que acabar.

Es un milagro que haya conseguido llegar a tiempo al trabajo. Puede que Ken siga todavía de pesca, pero la señora McCauley lleva un registro al milisegundo de cuándo llega cada uno y le informará de ello cuando vuelva. No es que me importe, teniendo en cuenta que ya he presentado mi aviso de dos semanas de antelación. Pero no quiero darle una excusa para que me eche antes. Necesito con desesperación ese último sueldo.

(¿A quién quiero engañar? Probablemente termine poniéndome de rodillas para suplicarle a Ken que me devuelva mi puesto de trabajo en cuanto regrese a la oficina).

Cuando llego a la oficina, Jesse se encuentra detrás de la mesa de la señora McCauley. Los dos están mirando su pantalla de la computadora con una idéntica expresión de preocupación.

—¿Qué pasa? —pregunto.

Jesse levanta la vista de la pantalla.

—Parece que falta dinero de la cuenta de la empresa.

¿Qué?

—¿Que falta dinero? —repito aturdido.

La señora McCauley me mira a través de sus lentes.

—He notado el desfase esta mañana. Ha desaparecido bastante y parece que lleva pasando desde hace meses.

—¿Está... está segura? —tartamudeo.

—¡Claro que estoy segura! —La señora McCauley parece ofendida ante la sugerencia de que pueda haber algún error—. Supongo que es posible que el dinero lo haya sacado el mismo señor Bryant. He intentado ponerme en contacto con él por teléfono desde que he llegado, pero no contesta.

—Bueno, está pescando —comento.

—Normalmente, responde al teléfono cuando está de pesca —dice ella—. Ya sabe cómo se pone con las llamadas perdidas.

Eso es verdad.

—Probablemente habrá sido él quien haya sacado el dinero —continúa con tono pensativo—. Al menos, eso espero. Parece que ha sido desde dentro.

—¿Desde dentro? —repito—. ¿Se refiere a que ha sido alguien que trabaja aquí?

Jesse levanta los ojos y me sonríe.

—¿Has cogido tú el dinero, Coop? ¡Confiesa!

Está de broma, pero tengo una terrible sensación en el estómago. No creo que nada de esto sea una coincidencia. Ken Bryant desaparece de repente para irse de pesca en mitad de la semana y nadie puede localizarlo. Y, luego, desaparece un montón de dinero de la cuenta de la empresa y parece que ha sido «desde dentro».

¿Y adónde está yendo Debbie en plena noche?

—Supongo que tendrá que seguir intentando dar con él —balbuceo—. Querrá estar al tanto de todo esto enseguida.

A lo mejor mis recelos son infundados. Pero no consigo quitarme la sensación de que tengo una soga que va apretándose alrededor de mi cuello.

50

DEBBIE

Se me ha ocurrido una nueva idea para una aplicación de teléfono.

Fue mientras volvía anoche en el carro desde el astillero. Se llama Castiga a tu marido.

Me paso toda la mañana trabajando en ella, aunque es un poco más enredada de lo que pretendía en un principio. He programado media docena de aplicaciones durante la última década, pero esta parece del tipo que de verdad podría levantar el vuelo. Y, ahora que ya no trabajo, dispongo de bastante tiempo para desarrollar Castiga a tu marido. No puedo dedicar cada momento del día a trabajar en el jardín, atendiendo a mis adormideras.

Si termino la aplicación y la vendo, apuesto a que puedo sacar un dineral. Desde luego, nos vendría muy bien ahora mismo.

Me pregunto qué le parecerá a Cooper.

Acabo de terminar de anotar más ideas cuando empieza a sonar mi teléfono. Cuando veo el nombre de Izzy en la pantalla, casi se me cae al tratar de contestar. Nunca me llama durante el día.

—¿Izzy?

—¡Mamá! —Su voz suena sin aliento—. ¡Tienes que venir a recogernos ahora mismo!

—¿Qué? —¿Es que hoy es un día de media jornada y yo no me había dado cuenta? Parece que hay días de media jornada con una alarmante frecuencia—. ¿Por qué?

—¡Porque un chico ha estrellado su carro contra la secundaria!

—¿Qué? —Es lo último que me esperaba que dijera—. ¿Cómo ha pasado?

—No tengo ni idea —contesta Izzy—. Parece que ha sido uno de último curso, y he oído que seguramente iba muy borracho. No sé realmente cómo ha sucedido, pero están mandándonos a todos a casa. En plan que han aparecido una ambulancia y un camión de bomberos y todo eso.

—¿Se encuentra bien?

—No lo creo. Me han dicho que ha sido bastante grave.

—¿Dónde está Lexi?

—En su clase —responde Izzy—. Todos estamos en clase. No nos van a dejar salir del aula hasta que alguien venga por nosotros. Así que tienes que venir.

—Voy para allá. No te muevas.

—¡No puedo, mamá! ¡No nos dejan!

Me pongo en modo emergencia. Envío a Lexi un mensaje para avisarla de que voy de camino, porque estoy segura de que va a llamarme a continuación. Después, cojo las llaves y voy por mi carro. Durante todo ese tiempo trato de convencerme de que no es lo que creo que es, aunque la evidencia es preocupante.

Un chico ha estrellado su carro contra la secundaria, borracho a las nueve de la mañana. Un chico que evidentemente no estaba en sus cabales. Era de último curso.

¿Es posible que el alumno de último curso que se ha estrellado con el carro sea…?

No, no puede ser.

Aunque…

Subo al carro y conduzco todo lo rápido que puedo en dirección a la secundaria.

51

Conduzco hasta la secundaria en tiempo récord, pero, en cuanto llego, todo es un lío. Hay carros atascados a varias cuadras de distancia y da la sensación de que la cosa se va poniendo peor. Podría haber ido caminando a la secundaria diez veces en el tiempo que tardo en llegar.

Parece que han evacuado a los chicos del edificio, pero ahora están en grupos en la puerta de la secundaria con sus profesores. Cuando por fin llego a la zona de recogida, una profesora se acerca a la ventanilla de mi carro y me pregunta el nombre de mis hijas y su curso.

—Isabel Mullen, décimo curso, y Alexa Mullen, duodécimo —le digo.

La mujer tiene un portapapeles en la mano, y el proceso sucede con más rapidez y eficacia de lo que me esperaba. Creía que me traerían a otras chicas por error antes de que aparecieran las mías, pero, apenas unos minutos después, están trayendo a Lexi e Izzy en dirección a mi carro.

Me espero la habitual pelea por el asiento de delante, pero Lexi va directa al asiento trasero sin decir nada. Izzy sube al que está a mi lado.

Miro por el espejo retrovisor a mi hija mayor. Igual que anoche, tiene los párpados hinchados.

—¡Ha sido Zane! —anuncia Izzy con los ojos abiertos de par en par—. ¡Zane ha sido el chico que ha estrellado el carro!

—¿Ha... ha sido él?

A pesar de todo, me quedo atónita. Tras mi conversación con Zane, ha debido de encontrar algo para beberse y se ha emborrachado.

—Me han contado que ha recibido un correo electrónico diciéndole que fuera a la oficina del director —continúa Izzy su relato sin vacilar—. Supongo que se ha metido en algún lío, no sé qué. Pero todos hemos oído el golpe cuando se ha estrellado su carro. Toda la secundaria ha temblado.

Vaya, debe de haberse asustado de verdad con mi historia sobre lo que es ser un agresor sexual.

—¿Está muerto? —pregunto.

Izzy se limita a negar con la cabeza y oigo los sollozos silenciosos de Lexi en el asiento trasero. Supongo que nadie lo sabe, pero el hecho de que haya llegado una ambulancia parece indicar que probablemente siga vivo. Por ahora.

—Lexi, cariño —digo—. ¿Estás bien?

No me contesta. En lugar de eso, se limita a sorberse la nariz acurrucada y hecha una bola. No entiendo por qué llora. Ese sinvergüenza la estaba chantajeando. La estaba amenazando con destrozarle la vida.

Recorremos en silencio el resto del trayecto hasta casa, solo interrumpido por el sonido de los sollozos de Lexi. No sé qué decir y, según mi experiencia como madre de hijas adolescentes, cualquier cosa va a estar mal, así que es mejor mantener la boca cerrada. Como es sabido, mejor quedarse callada y dejar que tus hijos piensen que eres idiota a abrir la boca y soltar algo que puedan contar por mensaje a sus amigos.

Cuando entramos en casa, Izzy hace eso de cruzar la puerta

mirando el teléfono a la vez. Un momento después, levanta la vista.

—Está vivo —dice apoyándose en el borde del sofá—. Lo han llevado al hospital.

—Eso es bueno —respondo, y hablo en serio. Bueno, más o menos.

—Pero está grave —anuncia—. Jana dice que se ha roto el cuello.

Ante esta nueva información, Lexi rompe a llorar, histérica. Curiosamente, está aún más afectada que anoche. Se ha tapado la cara con las manos y todo el cuerpo se le mueve con los sollozos.

No lo comprendo. Zane era terrible. La engañó para que le enviara fotos desnuda y la amenazó con enseñárselas a toda la secundaria. La estaba chantajeando para que se acostara con él. ¿Qué parte de todo esto hace que sienta pena porque está herido?

—Lexi, cariño. —Le paso un brazo por los hombros para tratar de consolarla—. ¿Por qué lloras?

—¿Que por qué lloro? —repite incrédula—. ¡Mi novio se ha roto el cuello!

—Pero anoche tenías un problema —le recuerdo— y ya se ha arreglado.

Lexi levanta los ojos para mirarme con la cara manchada de lágrimas y con una expresión de horror.

—Así no —jadea.

Y dicho eso, se aparta de mi brazo y sube corriendo las escaleras de dos en dos. Lo último que oigo es la puerta de su dormitorio cerrándose con un golpe tan fuerte que las ventanas traquetean.

Pues no lo entiendo. Tenía un problema y ya lo he arreglado. Ojalá alguien hubiese hecho eso por mí cuando tuve problemas. Quizá toda mi vida hubiese sido distinta.

En cualquier caso, no me arrepiento de nada. Nunca le dije a Zane que se emborrachara y estrellara su carro contra la secundaria, por el amor de Dios. Sí, le dejé claro lo grave que sería que le etiquetaran como agresor sexual y estoy segura de que, cuando ha recibido el correo del director, se ha asustado. Pero ha sido él quien ha estrellado el carro. Yo no he puesto mi pie en el acelerador. Todo lo que ha pasado es sencillamente… karma.

52

Lexi no sale de su habitación durante el resto de la mañana y las primeras horas de la tarde.

Voy varias veces a ver cómo está. Llamo a la puerta y, cuando me ruge que me largue, me siento mejor. Si está enfadada conmigo, es una emoción más sana que sentirse triste por ese fracasado con el que, para empezar, jamás debió salir. Nunca ha sido bueno para ella. ¡Lexi es una estudiante sobresaliente que está asistiendo a cuatro clases de nivel avanzado universitario! Por lo que sé, él apenas se molesta siquiera en asistir a clase, y oí cómo se burlaba de ella por querer quedarse en casa para estudiar.

Que se pudra.

Miro de manera intermitente las noticias para ver si dicen algo nuevo sobre Zane. En la web del *Hingham Household* sigue habiendo solamente porno, pero hay varios artículos más sobre el accidente. Todos los que encuentro confirman la versión que me ha contado Izzy. No mencionan que a Zane lo hubiesen convocado a la oficina del director por algún asunto disciplinario, pero imagino que es algo que han intentado mantener en secreto.

Los artículos confirman también que está bien vivo, aunque

sus heridas parecen graves. En uno de ellos mencionan lo del cuello roto y dicen que le han operado de urgencia.

A eso de las dos, subo a ver cómo están mis hijas.

Encuentro a Izzy estudiando en su habitación. Está sentada con las piernas cruzadas en la cama con un lápiz en la boca. La verdad es que es una cosa que hace Cooper y me parece curiosamente encantador que ella haya heredado esa costumbre de él, ya sea por verlo en casa o por genética.

—Izzy —le digo—, tengo que salir a un recado. Estaré de vuelta como dentro de dos horas.

—Okey —contesta sin levantar la vista.

—¿Podrías echar un vistazo a tu hermana?

—Claro, mamá.

—Gracias, cariño. Eres la mejor.

Izzy siempre ha sido la hija más fácil. Arreglé su pequeño problema y se mostró agradecida. No corrió a su habitación a llorar durante horas porque al entrenador Pike lo habían arrestado.

Me detengo en la puerta de Lexi. Sigue estando cerrada y llamo con suavidad. No contesta, así que vuelvo a llamar.

—Vete —refunfuña Lexi. Parece como si tuviera la cara metida entre un montón de almohadas, lo cual es muy posible.

—Voy a salir un rato —le digo—. Solo quería que lo supieras.

—Okey —contesta desde el otro lado—. Intenta no matar a nadie.

Sofoco una sonrisa. No tiene ni idea.

Hay un problema muy grande que tengo que arreglar y, después, a lo mejor podré dormir de nuevo durante toda la noche. Tras casi medio siglo de vida, me he dado cuenta de que la única persona que de verdad va a cuidar de mis propios intereses soy yo.

53

El viaje dura una hora y pico, conduciendo por la interestatal 95 en dirección norte por la costa sur. El camino de vuelta durará más, pero, si puedo terminar antes de la hora punta, puede que no sea tan malo. Si me quedo atascada con el tráfico de entonces voy a tardar una eternidad.

Pero no tengo prisa.

No he hecho este viaje en todo el tiempo que llevo viviendo en la región de la costa sur. Estamos lo bastante lejos de Cambridge como para no haber tenido motivos para hacerlo. Y, aunque Cooper no sabe por qué dejé el MIT, se imagina que hay una razón por la que no quiero volver, y nunca ha sugerido que lo hagamos.

Pero hoy estoy en la autopista dirigiéndome hacia Cambridge. Solo que no voy al campus del MIT. Voy a una casa que está fuera del campus. Una casa a la que jamás pensé que regresaría.

Zeta Pi. La casa de la fraternidad que se me ha estado apareciendo en sueños desde aquella noche de mi primer año.

Se me ha dado muy bien fingir que la noche que me destrozó la vida nunca ocurrió. Pero, desde el año pasado, no puedo dejar de pensar en ella. Se ha convertido para mí en una obsesión. Siento como si estuviese perdiendo el juicio.

Necesito hacer esto. Nunca me sentiré en paz mientras esta casa siga en pie.

Son las tres pasadas cuando me detengo delante de la gran vivienda en el límite entre Brookline y Cambridge. Encuentro un sitio para estacionar en la misma calle y lo ocupo antes de que pueda hacerlo nadie más o decida cambiar de idea. Paro el motor y, después, me quedo sentada en el carro, reuniendo todo mi valor.

Soy más valiente que a los diecinueve años. También soy más fuerte. Puedo hacerlo.

Así que cojo el bolso y salgo del carro.

La casa está diferente de como yo la recordaba. Para empezar, es más pequeña. Cuando entré en ella la noche de la fiesta hace tantos años, parecía gigantesca. Pero ahora no parece mucho más grande que cualquier otra de la misma calle. Está hecha de ladrillos marrones grisáceos con columnas blancas a lo largo de la entrada. Las puertas son de un color blanco puro y hay un cartel sobre la entrada con las palabras ZETA PI en caligrafía con las letras griegas debajo. Hay cinco escalones que llevan hasta la puerta principal y las piernas me pesan mientras los subo.

Cuando llego arriba, aprieto el timbre con el dedo índice. El sonido resuena en toda la casa. Y espero.

Por fin, abre la puerta un hombre joven y bien arreglado vestido con una camiseta azul marino del MIT y unos jeans azules. El pelo le cae un poco sobre los ojos, igual que el de Hutch aquella noche que no puedo olvidar. Odio a este chico al instante.

—Hola —dice—. ¿La puedo ayudar en algo?

—Eso espero —contesto con voz alegre—. Me llamo Nicole Quint y estoy escribiendo un artículo para el *Cambridge Chronicle* sobre las casas de fraternidad del MIT. ¿Te importa que entre y hablemos un poco?

El *Chronicle* es un periódico semanal que principalmente publica artículos propagandísticos y, desde luego, no hace ningún periodismo crítico. Me había preocupado un poco que el chico pudiera hacerme preguntas sobre el artículo antes de franquearme la entrada y me había preparado algunas respuestas mientras venía, pero su cara se arruga con una sonrisa entusiasta.

—¡Claro! —Se hace a un lado para dejarme pasar a la fraternidad—. ¡Adelante!

Le sonrío mientras entro en la casa donde sufrí la peor noche de mi vida.

—Muchas gracias.

54

COOPER

El día transcurre despacio.

Parece que nunca van a llegar las cinco de la tarde. La señora McCauley suele irse a las tres los viernes, pero, quizá por lo del dinero desaparecido, se queda hasta más tarde, así que no hay posibilidad de escaparse.

Y lo que es peor: no deja de lanzarme miradas como si no se fiara de mí. En un momento dado, me ha seguido hasta la sala de descanso y se ha quedado mirándome mientras me calentaba pasta en el microondas. Había pensado comérmela ahí, pero he terminado llevándomela de vuelta a mi oficina y he cerrado la puerta al entrar.

Son alrededor de las tres y media cuando el teléfono empieza a sonar sobre mi mesa. Cuando veo el nombre de Lexi en la pantalla, siento una sacudida de sorpresa seguida de preocupación. Lexi jamás me llama. Parece que, en general, los de su generación no hacen muchas llamadas, pero ni siquiera puedo recordar la última vez que ella en particular me hiciera una. Si necesitara algo, casi seguro que llamaría a Debbie antes que a mí.

Aunque es verdad que Debbie ha estado actuando de forma

muy extraña últimamente. Puede que Lexi se sienta incómoda acudiendo a ella con un problema. Conozco esa sensación.

Cojo el teléfono y pulso el botón verde para aceptar la llamada.

—¿Lexi?

—Papá. —Hay temblor en su voz—. ¿Dónde estás?

Es una pregunta rara. Son las tres de la tarde del viernes. ¿Dónde cree que puedo estar?

—En el trabajo. ¿Por qué?

—¿Crees... crees que puedes venir a casa? En plan, ahora mismo.

Miro mi reloj de pulsera, consciente de que es demasiado pronto para irme bajo la atenta vigilancia de la señora McCauley.

—¿Es una emergencia?

—Algo así. —Por su voz parece tener muchos menos que sus diecisiete años. Mis dos hijas son adolescentes, pero suenan como bebés al teléfono—. Creo que a mamá le pasa algo.

¿Qué?

Me aclaro la garganta mientras intento no sacar conclusiones antes de tiempo. Debbie y yo siempre hemos formado un frente unido en lo que respecta a la paternidad. No quiero traicionarla.

—¿A qué te refieres?

—Es por varias cosas que han pasado —contesta—. Y todo eso... nos hace pensar que se ha convertido en una especie de justiciera.

—¿Justiciera?

—A Izzy la echaron del equipo de fútbol —me explica—. Y luego, al día siguiente mismo, detienen al entrenador Pike.

Ahogo un grito sin querer confesar mis propias sospechas de esa noche.

—Bueno, estoy seguro de que ha sido una casualidad.

—Sí —continúa—. Pero es que anoche le estuve contando a mamá unos... problemas que estaba teniendo con Zane. Y, esta mañana, él... ha estrellado su carro contra la secundaria. —Su voz se rompe—. Ahora está en el hospital.

Casi me atraganto.

—¿Qué?

—¿No te lo ha contado? —Lexi está realmente sorprendida—. Ha ocurrido esta mañana. Ha tenido que recogernos a Izzy y a mí de la secundaria.

No, a Debbie no se le ha ocurrido mencionarme que el novio de nuestra hija ha tenido un grave accidente de carro. Al parecer, no le ha parecido lo bastante importante como para contármelo.

Dios, ¿qué nos ha pasado?

—Y luego... —continúa Lexi.

Cielo santo, ¿hay más?

—Yo tenía que imprimir una cosa para clase y mi impresora no funcionaba. Así que he bajado a usar la computadora de mesa de mamá. Y tenía abierto en la pantalla un documento y era... de lo más raro.

—¿Qué quieres decir con «de lo más raro»?

—Pues creo que será mejor que vengas a casa a echarle un vistazo, papá.

Siento que se me revuelve el estómago. No estoy seguro de querer saberlo. Pero está bastante claro que no voy a poder trabajar.

—¿Dónde está tu madre? —pregunto.

—No lo sé —confiesa Lexi—. Ha dicho que iba a hacer un recado y eso ha sido como hace hora y media. Todavía no ha vuelto.

¿Un recado? ¿Como los recados que ha salido a hacer durante las dos últimas noches?

Abro la aplicación de Findly en mi teléfono para ver adónde ha ido. Pero, cuando pulso sobre ella, la última localización de Debbie es de hace dos horas. Debe de haber desconectado su rastreo.

No quiere que yo sepa adónde ha ido y eso hace que me muera de miedo.

—Estaré en casa en un minuto —le digo a Lexi—. No te preocupes. No va a pasar nada.

Al parecer, también sé mentir a mis hijas.

55

Conduzco treinta kilómetros por encima del límite de velocidad hasta casa.

No sé qué hay en ese documento de la computadora de Debbie, pero no puedo seguir fingiendo que a mi mujer no le pasa algo grave. Estoy de acuerdo con Lexi. Parece que se está convirtiendo en una justiciera con todo el mundo que le ha hecho daño a ella o a su familia.

Y me preocupa que yo pueda haber sido el que ha elaborado la lista.

Estaciono en el camino de entrada en un ángulo extraño, pero no me molesto en rectificarlo. Salgo del carro de un salto y voy hacia la puerta de casa. Apenas he metido la llave en la cerradura cuando Lexi la abre.

Tanto ella como Izzy me están esperando con una idéntica expresión de preocupación en sus rostros. No solo de preocupación, sino de algo más. Como si estuviesen contando conmigo para arreglar todo lo malo que pasa en nuestra vida. No me han mirado así desde que eran pequeñas, lo cual no me ayuda a tranquilizarme.

Y está claro que sigue sin haber rastro de Debbie. He mirado mi teléfono para ver si aparecía su ubicación antes de salir de camino a casa, pero no ha habido suerte.

¿Qué puede estar haciendo? Sospecho que ese documento de su computadora será otra pieza inquietante del rompecabezas.

—No sé qué le ha hecho a Zane —me dice Lexi mientras cierro la puerta al entrar—. Pero sí sé que algo ha hecho.

—¿Cómo lo sabes?

—Porque prácticamente me lo ha dicho. —Junta los puños y los aprieta con fuerza—. Cuando volvimos a casa de la secundaria me dijo que había «arreglado» mi problema. —Unas lágrimas salen de sus ojos marrones, que ahora me doy cuenta de que están enrojecidos—. ¡Pero yo no quería que hiciera eso! Nunca he querido que a Zane le pasara nada malo.

Miro después a Izzy.

—Yo también estoy preocupada por mamá —dice—. Pero me parece bien que el entrenador Pike esté en la cárcel. Era un cretino.

Me alegra saberlo.

—Dejen que le eche un vistazo a la computadora —digo tratando de parecer sereno.

La computadora de mi mujer está en la sala de estar. Mis dos hijas tienen laptop, pero Debbie quiso comprar una de mesa con una elaborada explicación de que pensaba que se podía tener más potencia con un precio similar. Yo no discuto con ella en lo que respecta a la tecnología, así que siguió adelante y se compró una.

Me siento en el sillón ergonómico delante de la computadora. Muevo el ratón y la pantalla se enciende. Aparece un mensaje pidiéndome una contraseña y miro a Lexi.

—Es la fecha del cumpleaños de Izzy y luego la mía —me explica.

Vaya, mierda. La miro con expresión de desesperación.

—¡Papá! —exclama ella.

—Okey, okey.

Sí que lo sé. Se supone que se me dan bien los números, pero, por lo que sea, nunca consigo acordarme de los cumpleaños. Por fin, escribo 1523 y, gracias a Dios, consigo acceder, porque estoy bastante seguro de que ninguna de las dos me habría hablado durante la semana siguiente si me hubiese equivocado.

Hay una carpeta con el nombre «Querida Debbie» en el escritorio. Pulso sobre ella y está llena de documentos de Word. Abro uno de ellos. Parece una carta dirigida a «Querida Debbie» seguida de su respuesta.

—Es su columna —digo—. ¿Qué problema hay?

—Es su columna —confirma Lexi—. Pero lee las respuestas a las cartas. Son de lo más raro.

Miro la pregunta que aparece en la pantalla.

> Querida Debbie:
>
> Ay, me encanta tejer. Es muy tranquilizador sentarse en una mecedora en mi porche con el hilo y las agujas y un vaso de té helado a mi vera. A mi hija le encantan los pequeños regalos que le hago para mis nietecitos y todas mis amigas agradecen las bufandas que les regalo en las fiestas. Pero mi marido no ve dónde está el encanto.
>
> El invierno pasado le hice una preciosa bufanda azul que no podía ser más suave y abrigada. ¡Pero este hombre no se la ha puesto ni una sola vez! ¡Ni siquiera por complacerme! Pero se pone bufandas de grandes almacenes como si estuviesen hechas de oro. No suelo ser muy protestona, pero me daría consuelo verle llevar con alegría los regalos que le hago.
>
> ¿Alguna sugerencia para convencer a mi marido de que mi bufanda tejida a mano y con amor es igual de buena, si no mejor, que la que se compra en una tienda?
>
> Tejedora Nancy

Querida Tejedora Nancy:

La próxima vez que los dos salgan juntos un día de frío, ¿por qué no le propones que se ponga tu bufanda? Si se muestra reticente, puedes sacarla y ponérsela tú misma en el cuello. Si se la envuelves con suficiente fuerza, probablemente no podrá quitársela. Y, si se la aprietas aún más, no podrá volver a quejarse. ¡Siéntete libre de apretarle esa bufanda en el cuello todo lo que sea necesario!

Debbie

Me quedo boquiabierto. Confieso que no leo la columna de Debbie cada semana, pero estoy bastante seguro de que nunca he visto nada parecido publicado. Normalmente, sus consejos tratan de cómo quitar manchas y sugerencias para una noche de cine. Es bastante anodina.

Por lo general, no habla de estrangulamientos.

Está claro que esto nunca se ha publicado. Es un borrador que escribió y guardó en el disco duro, solo que no sé bien el motivo. ¿Contestó personalmente a Tejedora Nancy? ¿Están ahora las dos intercambiando consejos sobre asfixias?

—He leído la mayoría de los archivos —me dice Lexi—. Como el ochenta por ciento son instrucciones sobre cómo matar a tu marido. —Hace una pausa—. ¿Has hecho algo para enfadar a mamá?

Mierda.

—No —miento.

—Papá, ¿crees que mamá se ha vuelto loca? —pregunta Izzy en voz baja.

—Yo... no lo sé. —Al ver su expresión alicaída, me apresuro

a añadir—: Estoy seguro de que se encuentra bien. Solo está pasando por una mala racha.

Abro los archivos de uno en uno. No mejoran. De hecho, van a peor. A Debbie se le han ocurrido formas muy creativas de aconsejar a mujeres sobre cómo matar a sus maridos.

Cojo mi teléfono. Miro de nuevo la aplicación de Findly, pero sigue sin haber actualización desde que salió de casa. Pulso su nombre en mis contactos y espero mientras el teléfono suena. Y suena.

—¿Contesta? —me pregunta Izzy.

—¿Te parece que estoy hablando con alguien? —De inmediato, me arrepiento de haberle respondido así. Esto no es culpa de ella—. No, no contesta.

Su expresión se viene abajo.

La llamada pasa al buzón de voz y dejo un mensaje: «Debbie, soy yo. Soy Cooper». ¿Por qué creo que no va a saber quién es «yo»? Pero la verdad es que ahora mismo no sé qué está pasándole por la cabeza. «Tengo que hablar contigo con urgencia. He encontrado… En fin, haz el favor de llamarme en cuanto oigas esto. Por favor». Tomo aire. «Y no… no cometas ninguna estupidez».

Cuelgo y mis dos hijas siguen detrás de la computadora, mirándome con preocupación. Probablemente debería haber hablado con más serenidad en el mensaje de voz y haberme guardado el pánico para los mensajes escritos. Pero no puedo evitarlo. ¿Qué rayos está haciendo Debbie? ¿Dónde anda?

—Quizá deberías mirar dónde ha estado antes mamá —sugiere Lexi.

Niego con la cabeza.

—¿A qué te refieres?

—En la aplicación de Findly que ha programado —explica—. Mira dónde estuvo ayer y el día antes.

—Un momento, yo creía que solo se podía ver su ubicación actual.

—Vamos, papá —resopla Lexi—. Eres un *boomer*.

¿Qué? No tengo tiempo para averiguar qué significa su insulto de Generación Z. Lanzo el teléfono hacia ella.

—Enséñame qué quieres decir.

Lexi coge el teléfono y me muestra que, si pulsas en el icono con la cara de Debbie, aparecen tres puntos. Pulsa en ellos y salen varias ubicaciones.

—¿Ves? —dice—. Muestra todos los sitios en los que ha estado la última semana si ha permanecido en ellos al menos diez minutos.

Maldición. No sabía que esta aplicación puede hacer eso. Mi mujer tiene mucho talento.

Reviso la lista de lugares en los que estuvo antes de apagar la comunicación de su ubicación. La mayoría son fácilmente reconocibles y nada preocupantes. Está la secundaria. El vivero. El supermercado. El gimnasio Titan Fitness. Esa casa de Weymouth donde vive Robert Pike. El Astillero de Hingham.

Y, luego, otras dos ubicaciones que no encajan con ninguna de esas categorías.

Ay, mierda. Ay, no.

—Papá —dice Lexi al verme la cara.

Me voy a mi lista de contactos del teléfono y pulso en uno de mis favoritos. Rezo en silencio para oír que alguien responde al otro lado de la línea, pero no me sorprende cuando salta el buzón de voz. Aun así, llamo una vez más por si acaso.

Esto no huele bien.

Me levanto de repente del sillón y se desliza con las ruedas unos metros hasta chocar con el sofá.

—Tengo que irme.

Lexi e Izzy intercambian una mirada.

—¿Irte adónde? —pregunta Lexi.

—Volveré en cuanto pueda. —Me toco los bolsillos para confirmar que llevo las llaves y el teléfono—. Y si su madre telefonea o vuelve a casa, llámenme de inmediato.

—Papá, ¿adónde vas? —insiste Lexi.

Pero no puedo decírselo. Lo que sospecho es demasiado espantoso como para expresarlo con palabras.

—Volveré pronto —es lo único que logro decir.

Solo puedo rezar por que esté equivocado.

56

DEBBIE

El chico se aparta para dejarme entrar en la casa de la fraternidad. Luce en la cara una expresión abierta y simpática, porque no sabe ni por asomo lo que tengo pensado hacer. Si lo supiera, no me dejaría atravesar la puerta. En realidad, probablemente estaría llamando a la policía.

—Me llamo Lennox —me dice—. Soy el presidente de la fraternidad.

—¿Lennox es tu nombre o tu apellido?

Se ríe. Parece dulce y serio, pero también lo parecía Hutch.

—Mi nombre. Mi apellido es Newberry.

—Como la tienda de cómics.

Asiente.

—Pero no tengo nada que ver.

Paseo la mirada por el pequeño espacio de la zona de estar. Contiene unos cuantos sofás raídos que parecen proceder de la calle y una mesa de centro con libros apilados sobre ella. El de arriba lleva el nombre de *Termodinámica estadística*. Este lugar parecía muy distinto aquella noche que mi vida cambió. Si alguien me trajera aquí sin decirme dónde estoy, jamás lo habría sabido. Supongo que tiene un aspecto distinto de noche, invadido por la música alta y el hedor del alcohol y el tabaco en el ambiente.

—¿Y sobre qué es el artículo? —me pregunta.

—No es más que un perfil sobre el día a día en las fraternidades —le explico—. Hemos elegido la de Zeta Pi al azar y solo queremos saber cómo es la vida aquí.

Espero que me haga una observación de que le parece un artículo muy aburrido, pero, en lugar de eso, asiente como si fuese de lo más lógico.

—¿Quiere que le enseñe la casa? —se ofrece Lennox.

Vacilo. Sí que quiero. Es una de las razones por las que estoy aquí, pero una parte de mí teme que pueda alterarme al recordar lo que me pasó aquella noche. Lo último que deseo es tener un ataque de pánico en esta fraternidad.

Pero he venido con un propósito. Y no voy a marcharme hasta haber cumplido con mi cometido.

—Me encantaría —le digo.

Lennox sonríe con entusiasmo y señala la sala en la que estamos.

—Esta es nuestra sala de estar —explica—. Pasamos mucho tiempo aquí, sobre todo charlando. Las reuniones las tenemos en el sótano.

—¿El sótano es donde celebran las fiestas? —pregunto tratando de ocultar la aspereza en mi voz.

Si Lennox se ha dado cuenta, no se le nota.

—Sí. Es un espacio diáfano y grande, así que es perfecto para esas cosas. Pero no nos volvemos muy locos. Al fin y al cabo, esto es el MIT.

Se ríe de su propia broma, pero yo no le sigo la corriente.

—Todos los miembros de esta fraternidad somos amigos —me cuenta—. Evidentemente, unos lo son más que otros, pero considero como mi hermano a cada miembro de la Zeta Pi. Cuidamos unos de otros.

—Y si alguno hiciera algo malo, por ejemplo —apoyo mi bolígrafo en el cuaderno que astutamente he comprado en una tienda de camino aquí—, ¿todos los hermanos se harían responsables?

Se toma un momento para pensar en la pregunta.

—Sí, yo creo que sí. Cada miembro de Zeta Pi nos representa a todos. Si uno de nosotros hace algo malo, es un reflejo de toda la fraternidad.

Me pregunto si los demás miembros sabían lo que Hutch se disponía a hacer. Dudo mucho que fuera la primera vez que hacía algo así. Fue muy fluido. Al recordarlo ahora veo que todo estaba muy ensayado.

«Si uno de nosotros hace algo malo, es un reflejo de toda la fraternidad». Si los demás miembros sabían que Hutch estaba haciendo algo malo, lo habrían encubierto. No querrían que sus actos fueran un mal reflejo de todos ellos. Una fraternidad podría ver revocados sus privilegios por algo así.

Lennox me lleva por la planta baja de la casa. Me enseña la cocina y un pequeño jardín trasero. Es todo absolutamente soso, pero yo finjo maravillarme con todo lo que me muestra. El recorrido de esta planta termina en la base de unas escaleras.

—La mayoría de nuestros miembros viven en la casa —me explica—. ¿Quiere ver las habitaciones? Probablemente estarán vacías porque ahora se encuentran todos en clase.

Preferiría tirarme por un barranco, pero sé que tengo que ir con él. No podré hacer esto si no subo.

—Sería genial, gracias.

Sigo a Lennox escaleras arriba hasta la siguiente planta con una mala sensación en la boca del estómago. La última vez que subí estas mismas escaleras fue hace unos veinticinco años. No sabía qué era lo que estaba a punto de ocurrir ni que toda mi vida iba a cambiar.

—Como le he dicho —continúa él desde lo alto del tramo, sin

darse cuenta de nada—, casi todos nuestros miembros viven en la casa. Tenemos literas, así que no hay mucho espacio, pero merece la pena poder vivir con tus hermanos. ¿Le gustaría ver una de las habitaciones?

—Sí —contesto con voz débil.

Me lleva por el pasillo y el primer cuarto de la izquierda está ya entreabierto. Empuja la puerta para abrirla del todo y aparece una pequeña estancia con una litera y dos escritorios. En cierto modo, parece un dormitorio de universitarios corriente. Nada especial.

Pero es casi idéntico al dormitorio en el que estuve aquella noche. Tanto que la cabeza empieza a darme vueltas.

«¡Para, por favor!».

«No te preocupes. Habremos acabado en un minuto».

El corazón se me dispara. De repente, me siento mareada. Existe una clara posibilidad de que me desmaye. Lennox habla sin parar de la carga de estudios en el MIT y de que todavía sufre estrés postraumático de su clase de sistemas operativos del semestre pasado.

—Ya ni siquiera puedo entrar en ese edificio —bromea.

Respiro hondo varias veces para tratar de recuperar el control. No es más que la habitación de una fraternidad universitaria. Nada más. Ya no me puede afectar.

«Tú puedes, Debbie. Eres más fuerte que cuando tenías diecinueve años».

—Oiga. —Lennox interrumpe su monólogo cuando el cuaderno se me resbala de los dedos y cae abierto en el suelo—. ¿Está bien? Parece un poco pálida.

—Estoy bien. —Tomo aire de nuevo mientras me inclino para recoger el cuaderno con mis garabatos—. Me he saltado el almuerzo. Tonta de mí.

Me sonríe con gesto compasivo.

—Si quiere, podemos dejarlo aquí. En realidad, lo único que

queda por ver es el sótano. Pero podemos saltárnoslo si lo prefiere.

—No. —Recupero la compostura. La sensación de mareo ha pasado y mi determinación ha vuelto. Ya he llegado hasta aquí y no pienso irme—. Terminemos con la visita.

Echo un vistazo más a la habitación. Es como cualquier otra de fraternidad universitaria, pero hay algo que llama mi atención: el mechero que hay en uno de los dos escritorios. No me había esperado ver ninguno, pero, ahora que lo he visto, sé que es aquí a donde tengo que volver.

Lennox me conduce fuera del cuarto, pero, antes de marcharme, dejo caer el bolso sobre el escritorio que está más cerca de la puerta. Él no me ve hacerlo, pero cuando termine la visita le explicaré que me lo he dejado sin querer y me permitirá subir de nuevo para cogerlo.

Es entonces cuando reduciré a cenizas Zeta Pi.

Hoy terminaré con esto.

57

COOPER

Debbie fue a la casa de Ken Bryant.

No sé por qué, pero Debbie fue ayer a la casa de Ken. Findly no dice la hora exacta en la que estuvo, pero reconozco la dirección. Estoy tratando de pensar en alguna razón benévola por la que pudo estar en el domicilio de mi futuro antiguo jefe, que se supone que está ahora mismo de pesca.

No se me ocurre ninguna.

Mis hijas me están mirando con gesto de preocupación mientras vuelvo a salir por la puerta de casa y subo al carro. Quiero tranquilizarlas diciendo que todo va a salir bien, pero a cada momento que pasa estoy menos seguro de que vaya a ser así.

Pero podría salir bien. Puede que Debbie solo fuera allí para hablar con él del trabajo y pedirle que reconsiderara que yo me quedara. Estoy seguro de que eso fue todo.

La verdad es que no. No estoy nada seguro de eso.

Ken vive en una bonita casa de Hingham a unos diez minutos en carro desde la nuestra. Tiene hijos, aunque los dos están ya en la universidad. También está casado, aunque rara vez habla de su mujer, y me da la impresión de que pueden haberse separado en algún momento. Así que es del todo posible que ahora viva solo en esa casa grande.

Cuando llego, la vivienda parece estar en silencio. Veo que todas las luces están apagadas y no hay ningún carro en la entrada, pero eso no significa que no lo tenga estacionado en el garaje. En definitiva, no parece que haya ningún rastro de vida.

Estaciono en la calle y salgo del carro conteniendo la respiración en todo momento. La explicación más probable de que todo esté a oscuras es que Ken se ha ido de pesca. Es posible que Debbie viniera aquí para defender mi caso, viera que no estaba en casa y, después, se fuera.

Pero Lexi me ha dicho que la aplicación solo registra direcciones en las que se ha permanecido más de diez minutos. Así que, si mi jefe no se encontraba en casa, ¿qué estuvo haciendo diez minutos enteros?

Me detengo en la puerta y llamo al timbre. El repique resuena en el interior, pero, cuando termina, todo está en absoluto silencio. Es evidente que nadie va a venir a abrir.

Sé de cuando vine a regarle las plantas a Ken que esconde una llave en el exterior. Mucha gente de nuestro barrio lo hace, pero Debbie no nos permite hacerlo. Insiste en que es muy fácil de encontrar y que alguien podría entrar en nuestra casa sin dificultad. Cuando busco debajo de las macetas de su porche delantero y encuentro la pequeña llave de bronce, tengo que darle la razón.

Vuelvo a la puerta, esta vez armado con una llave. Cuando la estoy metiendo en la cerradura, me pregunto qué estoy haciendo. Prácticamente estoy asaltando la casa de mi jefe. No me ha dicho que le riegue las plantas y, sin ninguna duda, no me daría permiso para que entrara. Aunque tengo la llave, esto es allanamiento de morada.

Pero, después de ver esta ubicación en el historial de Debbie, no puedo marcharme sin registrar la casa. Tengo un motivo razonable para entrar, aunque soy consciente de que legalmente esa excusa solo se aplica a la policía.

Al igual que el exterior, el interior de la casa de Ken está inquietantemente tranquilo. Las luces están apagadas y hay tanto silencio que se podría oír el vuelo de una mosca. Todavía hay suficiente luz exterior como para poder echar un vistazo en su sala de estar, que es muy bonita. Se puede permitir los mejores muebles y una televisión que parece del doble de tamaño que la mía.

—¡Ken! —grito.

Como es de esperar, no hay respuesta.

No sé qué esperaba encontrar aquí. ¿El cadáver de mi jefe apaleado en medio de la sala de estar? Es evidente que no está aquí. Probablemente esté pescando, como dijo que estaría.

En cuanto a Debbie, no sé qué estuvo haciendo aquí, pero está claro que no vino a destrozar la casa. La sala de estar está inmaculada.

Por primera vez desde que he visto esta dirección en la pantalla de mi teléfono, siento que me tranquilizo. Okey, puede que últimamente mi mujer haya estado actuando de forma extraña, y parece que por ahora no somos capaces de localizarla. Pero no ha hecho daño a nadie. No ha hecho ninguna locura.

Todo va a salir bien.

Y debería haber seguido pensando lo mismo. Debería haberme dado la vuelta y regresado a casa, tranquilo al saber que todo estaba en orden en casa de Ken Bryant, solo que, en ese mismo momento, oigo un teléfono que suena.

Y no es un teléfono fijo. Es un timbre de smartphone muy característico. Viene de la zona donde está el sofá.

Me acerco al sofá de piel del rincón de la habitación, que parece que es el origen del sonido. Y cuando me aproximo es cuando veo un móvil casi escondido bajo uno de los cojines. Lo cojo y veo el nombre de la señora McCauley en la pantalla.

Un segundo después, la llamada pasa al buzón de voz. Me alerta ver en la pantalla bloqueada la multitud de mensajes y llamadas perdidas —la mayoría de la señora McCauley— que ha recibido durante los últimos dos días.

¿Se habría ido Ken a una excursión de pesca sin su móvil? Supongo que es posible. A lo mejor quería desconectar unos días. Pero, siendo sinceros, no me parece muy propio de él. Nunca va sin su teléfono. Y, aunque sí hubiera decidido no llevárselo, ¿no lo habría dejado cargándose?

Aquí pasa algo.

Mis ojos se detienen en la escalera que va a la planta de arriba. Había pensado marcharme sin investigar más, pero ahora siento curiosidad. Ya estoy dentro de la casa. Tengo que ir a ver la otra planta.

Dejo el teléfono de Ken en la mesa de centro y voy en dirección a la escalera.

58

DEBBIE

Nunca antes he provocado un incendio.

Ni siquiera se me había ocurrido. Me angustio cuando la llama de la cocina es demasiado alta. No me gusta ni encender una barbacoa para unos filetes, mucho menos para quemar toda una fraternidad.

Creía que dejar las cosas claras con Zane me haría sentir mejor. Creía que aliviaría la presión que ha ido aumentando dentro de mi cabeza. Pero no ha arreglado nada. Me alegré de haber sido capaz de ayudar a mi hija con su problema, pero los míos seguían ahí. La casa en la que mi vida quedó destrozada seguía estando ahí, literalmente.

Y entonces se me ocurrió la idea de que podía prender fuego a Zeta Pi. Podía incendiar esa casa y dejar que ardiera entera.

Me dio una sensación de paz que no había sentido en más de veinticinco años.

No quiero que nadie salga herido. Por eso he venido aquí en mitad de la tarde, cuando probablemente la mayoría de los estudiantes están en clase. Una parte de mí piensa que los chicos de esta fraternidad se merecen cualquier cosa que les pase, pero no estoy segura del todo. Hutch se licenció hace mucho tiempo, y también cualquiera de los miembros de la fraternidad que le estuvieron protegiendo. No quiero matar a ningún inocente.

Escondido en mi bolso llevo un cigarro pegado con cinta adhesiva a una caja de fósforos. Antes de salir de la casa de la fraternidad, le diré a Lennox que me he olvidado el bolso arriba. Iré corriendo por él, usaré el mechero del escritorio para encender el cigarro y lo dejaré en la cama del chico propietario del mechero. Es la mejor posibilidad de que parezca un accidente.

También dejaré el cigarro y los fósforos sobre un par de papeles. Tenía algunos en el bolso por si acaso, pero he visto también unos cuantos sobre el escritorio y, si los uso, parecerá más veraz. Cuando el cigarro se vaya quemando, encenderá los fósforos y estos, a su vez, prenderán el papel y eso prenderá las sábanas. Y, en ese momento, el fuego se extenderá rápidamente.

Para entonces, hará rato que me habré ido.

Lennox me lleva de nuevo a la planta baja y, a continuación, abre la puerta del sótano. Se ha referido a él como la sala donde llevan a cabo sus reuniones, pero claramente es también la estancia donde celebran sus fiestas. Me daría cuenta aunque no hubiese estado nunca en esta misma sala.

—Como ve, es un espacio diáfano. —Señala los sofás pegados contra la pared; hay incluso un pequeño escenario en la parte delantera de la sala—. Celebramos aquí varias veladas con micrófono abierto. Es bastante divertido.

—Eso parece —contesto sin apenas escucharle.

Ladea la cabeza.

—¿Quiere hacer fotos o algo?

No quiero levantar sospechas. Me está haciendo un recorrido entero y probablemente le parezca raro que no esté haciendo ninguna foto.

—Por supuesto —respondo—. Primero voy a terminar de escribir el artículo, pero nuestro fotógrafo se pondrá en contacto la semana que viene para hacer una sesión.

Lennox acepta la explicación sin preguntas.

—Ah, genial.

Miro de nuevo por la sala y hay varios carteles pegados a las paredes. Mis ojos se fijan en el que tengo más cerca. En grandes letras, pone: NO DESCUIDES TU COPA.

Lennox se fija en que estoy mirando el cartel.

—Lo tenemos para las fiestas —me explica.

Arqueo una ceja.

—¿Sí?

—Por todo el país, el peligro de agresiones sexuales es mayor en las fiestas de las fraternidades y las sororidades. —Para mi sorpresa, parece muy dispuesto a hablar de este asunto tan espinoso. Yo habría pensado que un miembro de una fraternidad evitaría el tema a toda costa—. Aquí nos lo tomamos muy en serio. No ponemos fuentes de ponche y animamos a las invitadas a beber de latas o botellas que aún no hayan sido abiertas. Y, durante las fiestas, cerramos las plantas superiores para que nadie suba a los dormitorios. Todos los asistentes permanecen en un lugar donde podamos verlos.

—Pero no se pueden evitar del todo las agresiones sexuales —comento.

—Puede que no. —Los ojos de Lennox se iluminan—. Pero soy el presidente de Zeta Pi y nada de eso va a pasar en esta casa mientras yo esté al cargo. Si alguna vez he tenido sospechas de que alguno de nuestros miembros estaba tratando de drogar a una chica o aprovecharse de ella, lo hemos investigado. Cualquiera que lo haga… terminará en la calle.

Parece que lo dice en serio. Por supuesto, cree que yo soy una periodista y que todo esto va a aparecer en un artículo. ¿Qué se supone que iba a decir? «¡Nuestros miembros drogan siempre a las chicas para violarlas! ¡Es muy divertido!». Cuesta imaginar que hayan cambiado mucho las cosas desde que yo estudiaba aquí. Los chicos siguen siendo chicos.

Pero sí que tiene ese cartel en la pared. Y lo ha sacado a colación sin que yo haya tenido que preguntar siquiera, dejando claras unas normas que parecen..., en fin, reales. Se le veía furioso ante la idea de que pudiera ocurrir cualquier tipo de agresión sexual bajo este tejado.

—Bueno —dice Lennox—, aquí termina nuestro gran recorrido. Creo que no hay nada más que le pueda enseñar, pero estaré encantado de responder a cualquier pregunta que quiera hacer.

—No —contesto—. He visto suficiente.

Volvemos a la planta de la calle y me acompaña a la salida. Me mira con una sonrisa adorable.

—Me encantaría ver el artículo cuando salga —dice—. ¿Nos enviará un ejemplar?

—Por supuesto —respondo—. Lo enviaré a Zeta Pi, a nombre de Lennox Newberry, como la tienda de cómics.

Se ríe.

—Perfecto.

Entonces llegamos a la puerta de la casa. Es ahora o nunca. He venido en busca de justicia y esta podría ser mi única oportunidad.

—Ay, maldita sea. —Bajo la mirada a mi brazo derecho y niego con la cabeza—. Qué tonta soy. He olvidado el bolso arriba. Creo que lo he dejado en un escritorio cuando he empezado a sentirme un poco mareada.

—Vaya —dice Lennox—. Será mejor que suba por él. ¿Necesita que la acompañe arriba de nuevo?

Todo un caballero. Pero no será necesario.

—No. Sé exactamente dónde lo he dejado. Serán solo dos minutos.

—Okey —contesta sin ningún ápice de sospecha—. Tengo muchísimo que estudiar para mi examen de termodinámica del lunes, así que me pondré con ello en este sofá de aquí.

Lennox se deja caer en el sofá y coge el pesado libro de texto y un paquete de marcadores fluorescentes. Ya no parece preocupado en absoluto por mí. Al fin y al cabo, mi aspecto es completamente inocente. Es probable que le recuerde a su madre.

Ni siquiera me mira mientras subo las escaleras a la planta de arriba.

59

COOPER

Subo las escaleras a la planta de arriba.

Nunca he estado en la planta superior de la casa de Ken. De hecho, solo he estado aquí dos veces con anterioridad y las dos para regar las plantas en su ausencia. No recibe visitas, al menos de los compañeros de trabajo, y sospecho que de nadie en absoluto. Nunca he conocido a su mujer ni él ha conocido a Debbie.

Cuando llego a lo alto de las escaleras veo cinco puertas, una de ellas ligeramente entornada. Las demás están cerradas. Empiezo por la que está abierta y rápidamente veo que es un baño. Enciendo las luces y está vacío. Ni sangre en el lavabo ni cadáveres en la bañera, solo un baño normal y corriente que no parece que haya sido usado recientemente. Puede que Ken sí haya salido de la ciudad unos días y se haya dejado el teléfono.

Sigo después por el pasillo. Miro en la primera habitación, que es un dormitorio pequeño con una cama individual y carteles en la pared de un grupo de música del que nunca he oído hablar y que se llama Glass Animals. Supongo que es la habitación de uno de sus hijos que se ha ido a la universidad. La siguiente habitación que veo tiene también un aire adolescente y rápidamente salgo de ella.

La siguiente tiene una cama doble bien hecha y una pequeña cómoda. Si tuviese que adivinar, diría que es un dormitorio de invitados. No parece que se haya alojado nadie en esta habitación en mucho tiempo. Ken no recibe visitas.

Solo queda una más. Dadas las últimas tres habitaciones que he mirado, por lógica este debe de ser el dormitorio principal. Si miro en su interior y está vacío, podré decir tranquilo que dondequiera que esté Ken no es en esta casa.

(En realidad, aún queda el desván. Pero no voy a subir ahí a menos que oiga gritos o algo parecido).

Giro la manija de la última puerta con la mano derecha. Me doy cuenta de inmediato de que esta habitación está más oscura que las demás porque todas las cortinas están corridas. En sí, eso no tiene nada de sospechoso, pero me invade una repentina sensación de miedo. Empujo la puerta para abrirla del todo.

Y caigo de rodillas.

Creía que, si veía algo terrible de verdad, gritaría. Pero en este momento no sale ningún sonido de mi boca. Solo puedo mirar fijamente el cuerpo inmóvil de mi jefe sobre la cama, con los ojos abiertos, la boca torcida y un agujero de bala en el centro de la frente.

Está muerto. Y probablemente lleve muerto un tiempo. Al menos, desde ayer por la mañana, cuando no apareció en el trabajo.

Parece que no consigo volver a ponerme de pie. Una sensación de náuseas me invade y necesito toda mi fuerza de voluntad para no vomitar. Coloco la cabeza entre las piernas mientras tomo bocanadas de aire.

Ken está muerto. Alguien le ha disparado. Alguien le ha asesinado.

Y no puedo olvidar el motivo por el que he venido. Porque por mi teléfono he sabido que Debbie había estado aquí.

Pero eso no quiere decir que mi mujer sea la responsable de esto. Parece que Ken ha pasado por un divorcio, a juzgar por la completa ausencia de su esposa y por algunos comentarios que le oí a la señora McCauley. Podría ser ella la responsable. O... ¡un ladrón! Podría haberle disparado un ladrón. Cualquier cosa tendría más sentido que el hecho de que Debbie lo hubiera asesinado por no haberme ascendido. ¡Ni siquiera tiene una pistola!

Okey, necesito tranquilizarme. Debo recuperar la compostura y llamar a la policía para contar lo que ha pasado.

Pero entonces, justo cuando estoy cogiendo el teléfono, otro pensamiento me viene a la mente. Una idea que me detiene en seco.

Es verdad que Debbie no tiene una pistola. Pero yo sí. Está registrada a mi nombre. Y mis huellas están por toda su superficie.

Contengo la respiración.

Creía que mi mujer podría haber venido a pedirle a Ken que me devolviera mi puesto de trabajo. Y creía que había una posibilidad de que, cuando él se negó, ella se hubiese enfadado y hubiese hecho algo terrible. Pero ahora que lo pienso con más claridad, me doy cuenta de que, en vista de que a este hombre le han disparado en su dormitorio, parece poco probable que Debbie estuviese teniendo una conversación con él que terminara torciéndose. Si ella es la culpable de esto, sus motivos eran muy diferentes a los que en un principio yo había pensado.

Mierda.

Tengo que salir de aquí. Tengo que mirar en mi garaje.

60
DEBBIE

Voy a toda velocidad por la interestatal 95 en dirección sur, camino de casa, con una emisora de música pop sonando a todo volumen en la radio. He pasado más tiempo del que pensaba en la casa de la fraternidad, pero he terminado mi tarea y ahora estoy preparada para el siguiente paso de mi sanación.

Tengo que darle a una persona una lección que no olvidará jamás.

Apagué el teléfono al aproximarme a la fraternidad porque no quería que hubiese ninguna posibilidad de que nadie pudiera demostrar que estaba ahí en el momento del incendio. Al volver a encenderlo después de marcharme, había docenas de llamadas y mensajes de Cooper. Está desesperado por dar conmigo. El último mensaje era todo con mayúsculas.

DEBBIE, LLÁMAME, POR FAVOR!!! LO SIENTO MUCHO!!!!!

Eh…, un poco tarde para eso, ¿no? Pero bueno. Lo siente muchísimo. Pronto me encargaré de él.

Unos minutos después de entrar en la autopista, la pantalla

del carro me anuncia una llamada de Harley. Es toda una coincidencia, porque tenía pensado llamarla yo, así que esto me ahorra la molestia.

—Hola, Harley —le digo.

—¡Debbie! —Probablemente estará en casa, por la falta de ruido de fondo—. Sé que es un poco improvisado, pero ¿te apetecería venir a cenar esta noche?

Sonrío. Cooper y las niñas pueden pedir pizza esta noche.

—Me parece genial. ¿Vas a cocinar?

—¡Por supuesto! ¿Alguna alergia?

Me río.

—No, me comeré cualquier cosa que prepares.

—¡Estupendo! ¿Puedes estar aquí sobre las seis?

Con el tráfico que hay en la carretera, me parece buena hora. Va a ser un lento trayecto de vuelta a la costa sur.

—Claro.

—¡Maravilloso! ¡Lo estoy deseando!

Apuesto a que sí.

Esa chica tiene valor. Piensa de verdad que ni me imagino lo que está haciendo. Cuando la conocí me pareció que era *cool* y me emocioné como una estúpida por haber hecho una nueva amiga. Creía que quizá después de todos estos años había encontrado a alguien en quien confiar.

¿Cómo pude equivocarme tanto?

Harley no es mi amiga. Es una persona horrible.

Miro hacia la guantera del carro, donde está la pistola que he estado llevando a todos sitios durante el último par de días desde que la cogí de su escondite. Cada vez que la toco, me pongo unos guantes de piel, con cuidado de que mis dedos no la rocen, y con cuidado también de conservar las huellas que ya tiene.

Esta noche va a ser la última vez que la use. La siguiente ocasión que alguien la coja, será como prueba.

61
COOPER

Debo salir de la casa de Ken lo más rápido posible.

Tiene una valla que rodea toda la propiedad, así que espero que los vecinos no me hayan visto. Son alrededor de las cinco, casi la hora de cenar, y probablemente la gente no esté prestando mucha atención a esta casa. Estarán concentrados en volver con su familia.

Me planteo limpiar todo lo que haya podido tocar dentro de la casa. Pero no recuerdo qué he tocado. Desde luego, la manija y la puerta delantera, pero eso podría tener una fácil explicación. Al fin y al cabo, es mi jefe. No hay nada de sospechoso en que yo haya podido entrar en su casa.

Pero está su teléfono. Me costaría explicar por qué tiene mis huellas.

Busco el móvil en la mesa de centro donde lo he dejado. Quiero salir de aquí, pero tengo que limpiar esto, o me voy a complicar. Entro en su cocina y cojo un papel absorbente. No me debería llevar mucho tiempo.

Por desgracia, limpiar las huellas resulta más difícil de lo que creía. Si tuviera guantes sería fácil, pero tratar de limpiarlo sin tocarlo parece imposible. Estoy tentado de registrar su cocina para ver si hay unos guantes de goma que pueda coger, pero ¿y si dejo en ellos las huellas?

Lo hago lo mejor que está en mi mano. Limpio un lado, después lo sujeto por los bordes para darle la vuelta y limpio el otro mientras está apoyado en la mesa. No puedo asegurar que no haya dejado alguna huella parcial, pero estoy desperdiciando demasiado tiempo. Tengo que salir de aquí... ya.

Me planteo irme por detrás, pero me parece que eso podría ser peor. Alguien saliendo a escondidas por la puerta trasera podría resultar más sospechoso a los vecinos. Mejor salir sin más por la delantera con la mayor tranquilidad que pueda. Es la hora de la cena, y una persona entrando o saliendo de la casa de un vecino no debería llamar mucho la atención.

Pero cuando estoy saliendo de la casa, me fijo en algo que no había visto cuando he entrado. Algo que hace que me dé cuenta de que no debería preocuparme tanto por los vecinos.

Hay una cámara en la puerta.

Hay una cámara instalada por encima de la puerta que me ha grabado entrando en la casa y ahora saliendo. Me habían preocupado los vecinos, pero este dispositivo le dirá a la policía todo lo que necesiten saber. Empiezo a ser consciente de lo jodido que estoy.

Pero espera un momento. A Ken debieron de matarle hace un día por lo menos. La policía comparará las imágenes de la cámara con el periodo de tiempo en que yo estoy aquí y verán que no coincide con la hora de la muerte. A lo mejor esto es para bien. Puedo fingir que he venido a regar las plantas y que no he subido en absoluto.

De nuevo, una voz dentro de mi cabeza me dice que debería llamar a la policía y dejar que ellos se encarguen. Y eso voy a hacer.

Pero, antes, tengo que llegar a casa y mirar en mi garaje.

Camino hasta el carro lo más deprisa que puedo y subo al

asiento del conductor. Agarro el volante con las dos manos y respiro hondo varias veces para tranquilizarme. Necesito calmarme. La situación no va a mejorar si tengo un accidente de tráfico.

Pienso en el entrenador Pike, que se había atrevido a echar a Izzy del equipo de fútbol y ahora está en la cárcel. Pienso después en Zane, el novio de Lexi, que está tumbado en una cama de hospital con el cuello roto.

Saco mi teléfono del bolsillo. Envío un mensaje y empiezo a conducir.

62

HARLEY

Debbie llegará enseguida.

Estoy preparando espaguetis para cenar. Me da la sensación de que no va a tener mucha hambre, pero debo preparar algo. Al fin y al cabo, eso es lo que hace una buena anfitriona.

Esta noche voy a contárselo todo.

Me he hartado de andar a escondidas con Cooper. Prefiero a los hombres más maduros, pero resulta que una gran cantidad de ellos están ya casados. A lo largo de la última década, el único que se mostró dispuesto a dejar a su mujer por mí fue Edgar, y resultó un fracaso tremendo. No lo aguanto más. Cuando eres la otra, siempre eres el segundo plato. Aunque finjan que te prefieren a sus mujeres, siempre serás su pequeño y sucio secreto.

Pues ya estoy harta de ser un pequeño y sucio secreto.

Debbie tiene que saber que su marido la ha estado engañando a sus espaldas. Puede que parezca una crueldad contarlo todo, especialmente porque ella me considera su amiga, pero, en realidad, lo cruel es no hacerlo. Merece saber la verdad.

Desde hace meses, Cooper me ha estado diciendo que ya no la quiere. Dice que son como desconocidos y que apenas hablan. Me confesó que ya no la encuentra atractiva y que ya no siente ningún interés por tener sexo con ella. Dijo que llevaban años sin tenerlo.

Se siente agradecido por que yo haya llegado a su vida. Lo dice cada vez que estamos juntos. Sus hijas casi son ya adultas, así que no hay razón para que siga con Debbie. Tiene que dejarla y empezar de cero conmigo.

Pero nada de eso va a pasar si ella sigue en la ignorancia. Tiene que saber que su matrimonio se ha acabado.

Y voy a ser yo la que se lo diga.

Mientras remuevo la cacerola de espaguetis, me pregunto cómo se lo va a tomar. ¿Llorará? ¿Voy a tener que consolarla mientras llora? Dios mío, la verdad es que no quiero hacerlo.

Preferiría que se enfadara. A lo mejor que lanzara alguna cosa por los aires. Me siento más cómoda con la rabia que con la tristeza.

Pero, al final, tendrá que aceptarlo todo. Y Cooper me estará agradecido por haber puesto las cartas sobre la mesa.

Dejo la salsa haciéndose a fuego lento y vuelvo a la sala de estar. Mi teléfono está en el sofá y veo un nuevo mensaje en la pantalla. Espero que no sea Debbie cancelando su visita. Evidentemente, no es necesario contárselo esta noche, pero ya me he hecho a la idea. Sería una decepción no poder hacerlo.

Pero, cuando cojo el teléfono, no es Debbie. El mensaje es de Cooper.

Tenemos que hablar.

Hum…, ¿a qué se refiere?

«Tenemos que hablar». ¿Se refiere a hablar en el buen sentido, como que quiere dar un paso más y dejar a su mujer? ¿O es hablar en el mal sentido? «Me gustas muchísimo, pero esto ya no funciona. No puedo seguir escondiéndome».

Uf, odio ese tipo de conversaciones.

Le escribo un mensaje de respuesta:

Pero vas a venir a cenar, ¿no?

La conversación con Debbie va a ser difícil y es posible que ella no me crea. Podría pensar que me lo estoy inventando todo o, por lo menos, que estoy exagerando. Pero, si Cooper está aquí, eso forzará la situación. Cuando él aparezca en la puerta, ella lo entenderá todo de inmediato. Probablemente le deje en ese mismo momento. Y lo que sea eso de lo que él quiere hablar pasará de repente a ser irrelevante.

Sonrío al pensarlo.

Sí, estaré ahí a las 18.15. Hasta luego.

63
COOPER

Cuando llego a casa, tengo la tentación de ir directo al garaje. Pero antes debo ver a las niñas.

Para mi sorpresa, están sentadas juntas en el sofá, hablando tranquilamente. Es agradable verlas apoyándose entre sí en un momento complicado. Me alegra que se tengan la una a la otra, porque puede llegar el día en que eso sea lo único que tengan.

Ese día podría llegar antes de lo esperado.

Las dos se ponen de pie de un salto cuando me ven. Lexi sigue con los ojos hinchados, como si hubiese estado llorando de forma intermitente desde que me he ido.

—¿Has hablado con mamá? —pregunta Lexi.

Niego con la cabeza. No porque no lo haya intentado. He estado llamando a Debbie y enviándole mensajes sin parar. No contesta.

—Todavía no —respondo—. Ahora… tengo que mirar una cosa en el garaje.

—¿Qué? —pregunta Izzy.

No puedo decírselo. Ni siquiera sé cómo empezar a advertir a mis hijas de mis sospechas.

—Vuelvo ahora mismo —contesto.

El garaje está vacío porque Debbie se ha llevado su carro y yo he estacionado en la entrada. Aquí tengo una mesa de trabajo, aunque no la uso tanto porque no soy precisamente un manitas. Sí que intento arreglar cosas de la casa para ahorrar dinero en las facturas de reparaciones, pero no es la mejor de mis cualidades. Todo el mundo es bueno en algo. A mí se me dan bien los números y a mi mujer todo lo demás.

Me agacho debajo de la mesa de trabajo. Debbie compró ayer seis latas de cerveza por motivos que aún desconozco y la única que queda todavía en el paquete está en el suelo. Por un momento, tengo la tentación de coger esa cerveza y abrirla. Nunca en mi vida he necesitado tanto una copa.

Pero no. No puedo. Tengo que mantener la lucidez.

Hay también una caja de herramientas ahí debajo y la levanto del objeto sobre el que se encuentra, que está cubierto por una manta. Levanto la manta y aparece una pequeña caja de seguridad para pistolas.

Como he dicho antes, Debbie insistió mucho en no comprar una pistola. Decía que es más probable que termines disparando a un miembro de tu familia que a un ladrón y yo dejé claro que no soy ningún ingenuo y que tomaría precauciones. Al final, no pudo impedírmelo. La pistola está a mi nombre y ella tuvo que aguantarse.

Una de las precauciones que tomé fue guardarla en el garaje, dentro de una caja de seguridad. Hasta ahora, solo la he sacado para ir al campo de tiro. No ha habido robos desde hace tiempo, así que pensé en deshacerme de ella, por tranquilizar a Debbie. Pero me gusta usarla algún que otro fin de semana.

La caja de seguridad es lo bastante pequeña como para poder levantarla del suelo y colocarla sobre la mesa de trabajo. Se abre con una combinación de cuatro números que elegí porque sabía que la recordaría —el aniversario de nuestra boda—, y las manos me tiemblan tanto que me está costando introducirlos. Por fin, oigo el clic que indica que la caja está desbloqueada. La abro y…

Vacía. Tal y como me temía.

Me quedo mirando la caja de seguridad vacía, consciente de que mis peores pesadillas se han hecho realidad. No estaba seguro de lo que pasaba hasta este mismo momento. Pero ahora lo sé.

Ken Bryant y yo tuvimos una discusión y yo renuncié al trabajo en un ataque de rabia.

Falta mucho dinero de la empresa y todos los indicios apuntan a que ha sido alguien de dentro.

A Ken lo han asesinado. Le han pegado un tiro en la cabeza.

El arma del asesinato es casi con toda seguridad mi pistola, registrada a mi nombre.

Ahora la pistola no está, pero sospecho que al final aparecerá llena de huellas mías. Por no mencionar todas las otras huellas que seguramente he dejado en la casa de Ken.

«Maldición». Debbie me está incriminando en el asesinato de mi jefe.

—Papá.

Levanto los ojos y cierro rápidamente la tapa de la caja de seguridad. Izzy está en la puerta del garaje con expresión de preocupación en su pálida cara. Entra vacilante.

Si voy a la cárcel por asesinato, ¿con qué frecuencia veré a mi hija? No mucha. No creo que Debbie vaya a llevarla para que me vea.

—Hola, Iz —respondo a pesar del nudo que se me ha formado en la garganta.

—Papá, ¿qué está pasando? Estoy muy preocupada por mamá.

—Sí. —No sé qué decir para tranquilizarla, pero sí sé lo que tengo que hacer. Es mi deber como padre. Se supone que tengo que mantenerla a salvo—. No va a pasarle nada.

—¿Dónde está?

Solo puedo negar con la cabeza.

—Lo siento, cariño. Estoy haciendo lo que puedo por encontrarla.

—Lo sé —responde en voz baja.

Los dos nos quedamos ahí un momento, en medio del garaje. Estoy tratando de pensar qué debo decir, pero la mente se me queda en blanco. Estas cosas se me dan fatal. Si Debbie estuviera aquí, sabría qué es lo que hay que decir.

—Izzy.

—¿Sí, papá?

Intento sonreír, pero sé que me sale una mueca.

—No quiero que te preocupes, Iz. Te quiero mucho.

Frunce el ceño porque no es algo que yo suela decir a menudo. Sí que la quiero mucho, pero simplemente no se me ocurre decirlo. Pero ahora mismo necesito hacerlo.

Por si es mi última oportunidad.

Su cara se arruga un poco.

—A mamá no le va a pasar nada, ¿verdad?

Está muy preocupada por Debbie. Yo creo que he sido un buen padre o que, al menos, he hecho lo que he podido, pero Debbie lo ha sido todo para ellas. No quiero perderla. Si hay que elegir entre ella o yo..., en fin, deberían quedarse con su madre. Aunque ahora mismo esté un poco rara, su vida quedaría destrozada sin ella.

—A mamá no va a pasarle nada. —Cojo el teléfono del bolsillo y miro la pantalla por última vez—. Tengo que salir de nuevo. Necesito... Quizá sepa dónde encontrar a tu madre. —Vuelvo a guardarme el móvil—. ¿Lexi y tú pueden prepararse algo de comer?

Izzy asiente despacio.

—Sí. Mamá fue ayer a la compra. Hay mucha comida.

Claro que sí. Debbie siempre se asegura de que nuestra casa funcione como un motor bien engrasado.

—Volveré pronto —le prometo.

Espero no tener que incumplir esa promesa.

64
HARLEY

Debbie es puntual. Eso hay que reconocérselo.

Aparece a las seis en punto. Va bien vestida, con una blusa de color crema acompañada de una falda rosa claro y unos zapatos de tacón grueso. Parece lista para ir a una reunión de trabajo, solo que se le ha deshecho un poco el moño que debió de hacerse más temprano. Le caen mechones alrededor de la cara, pero no son mechones bonitos y elegantes. Es demasiado mayor para ir tan despeinada. No puede permitírselo.

—Hola, Debbie —le digo con tono alegre.

—Hola, Harley. —Me mira con una cálida sonrisa—. Siento no haber traído nada. Estaba en la carretera.

—No te preocupes.

Me acerco para darle un breve abrazo y, cuando ella hace lo mismo, parece rígida. Tenemos la costumbre de abrazarnos cuando nos vemos o nos despedimos, pero esta vez me resulta distinto. Es como si no quisiera tocarme.

¿Es posible que lo sepa?

No. No lo sabe. No vendría aquí ni me sonreiría si supiera que me he estado acostando con su marido. ¿Quién haría algo así?

—¿Te puedo ayudar en algo en la cocina? —me pregunta.

Casi le propongo que me ayude a cortar la lechuga, pero, después, pienso que es mejor no darle un cuchillo.

—No, lo tengo todo controlado.

Me sigue a la cocina de modo que yo pueda ocuparme de la pasta y terminar con las verduras. Se queda ahí un momento, observándome.

—Es mucha comida —comenta.

—Lo cierto es que se nos va a unir otro invitado —le digo—. Alguien a quien te va a gustar conocer.

—¿En serio? —Parece intrigada mientras se apoya en la encimera de la cocina—. ¿Quién es?

—Mi novio.

Me mira sorprendida.

—¡Harley! No sabía que salieras con nadie. ¿Quién es?

—Es un tipo estupendo —respondo con sinceridad—. Le conocí en el gimnasio y conectamos enseguida. Como almas gemelas, ¿sabes? Es un poco mayor que yo, pero está muy bueno. —Le guiño un ojo—. No podemos quitarnos las manos de encima cuando estamos juntos.

—Vaya. —Me mira parpadeando—. Eso es estupendo. ¿Cuánto tiempo llevan saliendo?

—Unos meses, pero parece que vamos en serio. Me ha dicho que se está enamorando de mí.

—Cielo santo —dice—. Qué maravilla. Me alegro mucho por ti.

—A mí me alegra saber que sientes eso.

Se coloca mejor el bolso, que sigue colgándole del hombro aunque lleva aquí varios minutos. No sé por qué no lo suelta.

—¿A qué se dedica tu príncipe azul?

—Es contable.

—¡Ah! —Parece sorprendida—. Como Cooper.

—Exacto —digo con toda la intención—. Como Cooper.

Dejo que mis palabras floten en el aire un momento. «Un hombre mayor que se dedica a lo mismo que tu marido. Cuántas pistas».

—Pues estoy deseando conocerlo —dice ella.

Busco por el refrigerador y saco un frasco de aliño de aceite y vinagre para ensaladas. He intentado encontrar el aliño ranchero con miso en el supermercado, pero no ha habido suerte.

—¿Te parece bien esto?

—Claro, lo que sea estará bien.

Abro el frasco y vierto unas cuantas cucharadas en la ensalada. La van empapando.

—Hay una cosa de mi novio que no es del todo ideal.

—¿Sí?

Tomo aire mientras observo su expresión.

—Está… está casado.

—Ah. —Se lleva una mano al pecho—. ¿Separado?

—No. Sigue con su mujer.

—¡Ah! —repite, esta vez con cierto tono de crítica en su voz—. Bueno, pues no me parece bien.

—Pero eso ya casi no es un matrimonio. —Sigo con la mirada clavada en su cara, buscando indicios de entendimiento—. Ni siquiera duermen juntos. Apenas hablan. —«¿Te suena de algo, Debbie?»—. Dice que la habría dejado hace años, pero, ya sabes, ella es un poco frágil emocionalmente.

Si cae en la cuenta de que estoy hablando de su matrimonio, no se le nota.

—Podría estar mintiéndote —responde con diplomacia.

—No lo creo.

—Los hombres mienten. —Golpetea con las uñas de los dedos en la encimera de la cocina—. Los hombres hacen cosas terribles.

Hay en sus ojos una expresión siniestra y, por un momento, creo que sí lo sabe. A lo mejor lo sabe todo y a lo mejor lo sabe desde hace mucho tiempo.

Despacio, aparto el cuchillo que estaba usando para cortar la lechuga. Trago el nudo que se me ha formado en la garganta e intento sonreír, pero noto los labios secos. Puede que todo esto haya sido un error. Puede que juntar a Debra Mullen con su marido adúltero no haya sido tan buena idea.

Pero, en ese momento, suena el timbre de la puerta y ya es demasiado tarde para dar marcha atrás.

—Debe de ser él —digo con lo que parece una voz anormalmente aguda.

Paso junto a Debbie en dirección a la puerta de la casa. Ella me sigue y, mientras el corazón se me dispara, todas mis dudas desaparecen. Ya está. Esto es lo que he estado esperando. De una forma u otra vamos a poner las cartas sobre la mesa.

Cuando abro la puerta, Cooper está ahí, en el umbral. Lleva una camisa de vestir del trabajo, aunque tiene algunas gotas de sudor por el cuello, lo que me hace pensar que ha venido directamente del gimnasio. Pero no pasa nada. Le quiero así de acalorado y sudoroso.

—Hola, Cooper —digo con una voz penetrante que deja claro el tipo de relación que tenemos.

Se dispone a contestar, pero, en ese momento, mira detrás de mí, por encima de mi hombro, y ve a Debbie. Se queda completamente pálido y da un paso atrás.

—¿Qué haces tú aquí? —pregunta sin aliento.

Una sonrisa aparece en los labios de mi amiga, aunque sigue con esa mirada siniestra que me provoca un escalofrío en la espalda.

—Hola, Jesse —dice ella.

65
COOPER

Tengo que encontrar a Debbie.

No se me ocurren más sitios donde buscarla y he estado bombardeando su teléfono con mensajes de texto y de voz desde hace varias horas. Así que estoy yendo hacia el último sitio donde se me ocurre buscar.

Solo que no sé exactamente adónde estoy yendo. Había una dirección en la lista de lugares donde Debbie había estado durante la última semana que no me resultaba familiar. Es una dirección en Rockland. No conozco a nadie que viva en Rockland. No tengo ni idea de qué sitio es, pero es la única pista que me queda.

Así que allá voy.

El sol ha bajado de forma abrupta en el cielo y las calles se van oscureciendo. Voy siguiendo el GPS por curvas y giros de las calles. Y mientras sigo las instrucciones de mi teléfono, pienso qué le voy a decir a Debbie cuando la encuentre, si lo consigo.

En primer lugar, voy a decirle lo mucho que la quiero. Porque es la verdad. A pesar de todo esto, la sigo queriendo. Es la única mujer a la que he querido y querré jamás.

Y eso es todo. Con suerte, valdrá de algo.

Empieza a sonar mi teléfono y es el peor momento posible. Es ella de nuevo. No estoy en condiciones de enfrentarme a esto ahora mismo, pero tengo que responder a la llamada, al menos para decirle que esta noche no voy a ir.

La voz al otro lado del teléfono sale por los altavoces del carro.

—Cooper.

—Cherese —digo—. Hola.

—¿Va todo bien? —Su voz suena áspera por los cuarenta años que lleva fumando—. Pareces... raro.

No me digas.

—Estoy bien.

—¿Has estado bebiendo?

Pongo una mueca de desagrado ante la pregunta. Pero es su deber. Es mi madrina.

—No.

—Cooper...

—Lo juro. No he bebido.

¿Me cree? Espero que sí. Llevo mintiendo a Debbie desde el principio de nuestro matrimonio, pero intento no mentir a Cherese. Es la única forma con la que espero recuperarme.

—¿Vas a ir a la reunión de esta noche? —me pregunta.

—No puedo. Estoy ocupado. —Eso es quedarse corto—. Yo... Iré mañana.

—¿Lo prometes?

—Lo prometo. —Siempre y cuando no esté en la cárcel—. Tengo que dejarte.

No parece que Cherese esté segura de creerme, pero no pienso contarle el día que he pasado hoy. Ni ahora ni nunca. Acepta que no vaya a emborracharme ahora mismo y me deja colgar, aunque seguramente volverá a llamarme después. No es la primera madrina que he tenido, pero quizá sea la más atenta. Me ha estado llamando constantemente desde que recaí en el alcohol para asegurarse de que no tengo la tentación de empezar a beber otra vez. Y me alegra que no me haya insistido mucho con que le cuente a Debbie la verdad.

Así que sí. Soy una basura. ¿Cómo no le he contado a la mujer que amo que soy alcohólico desde antes incluso de que nos conociéramos? ¿Cómo he podido ocultarle un aspecto tan importante de lo que soy?

Me daba vergüenza. Y juro que creía tenerlo controlado y que Debbie jamás tendría por qué saberlo. Pero eso no es excusa.

Supe que tenía un problema cuando estaba en la universidad. Todos mis amigos bebían con regularidad, pero me di cuenta de que en mi caso era distinto. Nunca sabía cuándo parar. Empecé a beber todas las noches, antes incluso de cumplir los veintiún años y poder comprar alcohol de forma legal. Tenía un documento de identidad falso y, cuando me lo confiscaron, conseguí otro. Me echaron de mi trabajo en una hamburguesería cuando aparecí borracho un día, pero, aun así, seguí sin tomármelo en serio. Hasta que terminé con una condena por conducir borracho y fui consciente de que tenía un problema.

Pero conseguí controlarlo. Empecé a asistir a reuniones de Alcohólicos Anónimos y abandoné el alcohol del todo. Me sentía orgulloso de mí mismo y, cuando conocí a Debbie, estaba convencido de que lo había dejado atrás. Pensé que no era necesario hacerla cargar con esa mochila cuando había quedado completamente en el pasado.

Solo que, en realidad, no había quedado en el pasado. Durante nuestro matrimonio, he recaído tres veces. Y cada una de ellas he estado casi a punto de contárselo, pero no lo he hecho. Llamaba a mi madrina para confesar mis pecados, apagaba el localizador, me iba a escondidas a las reuniones de Alcohólicos Anónimos y volvía a tenerlo todo bajo control.

Lo sé. Es absurdo. Es evidente que debería habérselo contado. Pero, antes de casarnos, me daba miedo que, si se lo contaba, ella me perdiera el respeto y me dejara. Y, después de casarnos, me di cuenta de que ya era demasiado tarde y que se pondría furiosa conmigo por haberle mentido.

Hace unas semanas, volví a recaer. Fue el estrés de saber que iba a pedir formar parte de la sociedad teniendo claro en el fondo que me diría que no. No caí en que él me permitiría dimitir, pero, cuando pasó, el estrés económico no hizo más que empeorar las cosas. Quise hablar con Debbie y contárselo todo, pero ella se había vuelto muy rara y distante durante los últimos seis meses. Cuando me ventilé la botella de vino blanco de encima de nuestro frigorífico y lo sustituí por agua de la llave hasta poder comprar otra botella, supe que tenía que empezar a asistir a las reuniones de nuevo. Ni siquiera pude resistirme al paquete de seis cervezas que encontré en la cocina de repente.

Debería habérselo contado desde el principio. Debería haber sido sincero, y puede que, si lo hubiese sido, ella lo habría sido conmigo.

Ahora, mientras conduzco hacia Rockland, con el pie apretado en el acelerador hasta donde me atrevo, me prometo que en el momento en que la vea voy a contárselo todo. Se acabaron los secretos. Lo que sea que ella haya hecho, buscaremos la solución.

Dios, espero que no sea demasiado tarde.

66

DEBBIE

Harley parece atónita. Resulta divertido de ver.

Creía que iba a sorprenderme trayendo a mi marido aquí para confesarme que era su amante. Pero no ha salido como se esperaba.

A Jesse le tengo que reconocer que decirle a Harley que se llamaba Cooper Mullen fue una jugada inteligente. Cooper ya aparecía en el sistema del gimnasio porque también solía ir. Además, con su fobia a la tecnología, no tenía ninguna presencia en redes sociales. Cualquier búsqueda que ella hiciera no daría como resultado ninguna foto ni información. Así evitaba que la mujer de Jesse, que de hecho es una mujer simpática que no se merece nada de esto, descubriera lo que estaba haciendo su marido. No me cabe duda de que no era la primera vez que él hacía algo así.

Cooper no ha sido del todo sincero conmigo, pero una cosa que jamás haría es engañarme con otra. Tiene muchos defectos, pero me quiere y es tremendamente fiel.

Espero que no se entere de lo que voy a hacer aquí esta noche.

—¿Jesse? —repite Harley, confundida. Sus ojos, llenos de rímel, me miran enormes—. ¿Quién es Jesse?

Jesse se avergüenza. Probablemente, Harley habrá visto a mi Cooper haciendo ejercicio en el gimnasio y estoy segura de que Jesse le parece más atractivo que mi marido, pero a mí Jesse me parece un baboso. Aunque puede que no esté siendo objetiva.

—Oye, Harley —balbucea—. Hay algunas cosas con las que... quizá no he sido del todo sincero contigo.

Estallo en una carcajada. No puedo evitarlo. Resulta divertido ver cómo intenta salir de esta.

Jesse me lanza una mirada asesina y, después, vuelve a mirar a Harley. Está deseando explicarse, pero no porque quiera seguir con ella. Estoy bastante segura de que ha venido aquí para cortar esta noche. Pero, ahora que ella sabe su nombre, no quiere que se acerque a su mujer.

—¿No te llamas Cooper Mullen? —pregunta con incredulidad.

Él niega despacio con la cabeza mientras da un paso hacia ella.

—No. Lo siento. Cooper es... ese otro hombre con el que voy siempre al gimnasio. Él y yo... trabajamos juntos.

—Dios mío. —Harley le da un empujón con fuerza suficiente como para que él dé un traspié hacia atrás—. Yo creía que me querías y que quizá te gustaría pasar tu vida conmigo y, en todo este tiempo, ni siquiera me habías dicho tu verdadero nombre, pedazo de mierda.

Jesse abre la boca para protestar, pero, entonces, se balancea sobre sus pies. Se aprieta los dedos contra las sienes y cierra los ojos con fuerza durante un momento.

—Creo que tengo que sentarme.

—Tienes que irte —le replica Harley.

Pero Jesse no la escucha. Pasa por su lado en dirección al sofá y se deja caer sobre él. No parece que pueda volver a levantarse.

Debe de haber estado dando tragos a su botella de agua durante todo el trayecto a casa desde el gimnasio. El opio que mezclé con el agua está funcionando a la perfección.

Los párpados de Jesse empiezan a cerrarse. La adrenalina del encuentro puede haber ayudado un poco, pero ya está desapareciendo.

—¡No cierres los ojos! —le chilla Harley mientras le agita los hombros—. ¡Has estado mintiéndome todo este tiempo! ¿Cómo has podido hacerme esto?

No logro creer que hubo un momento en que Harley me pareció increíble. Me dejé engañar por ese mechón rosa de su pelo. O quizá fuera su forma de parecer interesada de verdad en lo que yo pudiera decir, aunque ahora me doy cuenta de que solo estaba haciéndome preguntas para sacarme información de mi marido. No empecé a atar cabos hasta que encontré aquella camiseta en su casa. Cuando la olí supe de inmediato de quién era.

Después, fui al gimnasio y hablé con Cindy, que estaba deseando con todas sus ganas compartir información sobre los amoríos de su compañera. Fue de grandísima ayuda. Después de eso, supe todo lo que tenía que saber.

—¡Cooper! —grita Harley—. O... Jesse. O comoquiera que te llames. ¿Me estás escuchando?

Él la mira, pero no la ve. Las drogas de su cuerpo han hecho efecto y yo diría que en pocos minutos estará inconsciente. Esta conversación le parecerá después un sueño, si es que recuerda algo.

Ahora ha llegado el momento de que yo dé el paso.

Meto la mano en el bolso que cuelga de mi hombro y saco primero un par de guantes de piel. Después, me los pongo y saco la Glock que he traído. La disparé una vez cuando le metí una bala entre ceja y ceja a Ken Bryant. Ahora voy a usarla por segunda vez.

—Harley —digo.

Ella interrumpe su invectiva contra Jesse y se gira para mirarme. Cuando ve la pistola en mi mano, ahoga un grito.

—Debbie, ¿qué haces?

En cierto sentido, Harley es inocente. Nunca ha hecho nada directamente contra mí. Sí que creía que se estaba acostando con mi marido, pero no. No tengo ninguna queja real contra ella.

Pero es una persona terrible. Me ha utilizado. Y ha destrozado infinidad de matrimonios sin ningún remordimiento. No me gusta usarla como peón, pero ella haría lo mismo conmigo. No supone una gran pérdida.

—Lo siento, Harley —digo.

A continuación, apunto con la pistola a su frente y aprieto el gatillo.

El disparo la mata al instante. Su cuerpo cae al suelo y se forma un charco de sangre alrededor de su nuca. Tiene los ojos abiertos, fijos en el techo. Me alegra que me haya contado que sus vecinos de arriba están fuera de la ciudad, porque me habría preocupado por el ruido. Pero, de esta forma, estamos aquí solos, en este callejón sin salida.

Miro a Jesse, que tiene la cabeza colgándole sobre el sofá. Ahora está inconsciente y ni el sonido del disparo ha sido suficiente para despertarlo. Había creído que quizá sería necesario darle otra dosis de opio, que llevo a mano en el bolso, pero ha bebido suficiente como para que no haga falta.

Es preferible que esté dormido. Casi con toda seguridad no recordará nada de lo que ha pasado en este apartamento, y para mí es mejor así.

Pero ojalá sí lo supiera. Ojalá supiera que ha sido su pistola la que he usado para disparar a Harley. La que cogí de su casa hace unos días (la llave estaba bajo el felpudo, ¿no resulta increíble? Apenas supuso ninguna dificultad). Fui lo bastante lista como para apagar mi localización durante ese pequeño allanamiento. No quería que hubiese ninguna pista de que había sido yo la que se había llevado la pistola.

Sobre todo cuando la policía compare la bala de esta pistola con la que ha matado a Ken Bryant. Aunque no me preocupa demasiado. El rastro documental entre Jesse y esa cuenta bancaria en el extranjero con todo el dinero que ha sido robado de la empresa servirá de motivo suficiente para el asesinato. Incluso le envié ese mensaje de texto desde el teléfono de Ken pidiéndole que le regara las plantas para que apareciera en la cámara de la puerta. Esa cámara ha resultado de mucha utilidad, sobre todo porque he podido borrar las imágenes de mi llegada. Tardé menos de sesenta segundos en eliminar todo rastro de mi culpabilidad.

Nadie va a sospechar de mí. Jesse y yo apenas nos conocemos. ¿Por qué iba a incriminar en un asesinato a alguien prácticamente desconocido? ¿Por qué iba yo a matar a su novia justo delante de su cara?

—Te lo mereces —susurro al hombre que está durmiendo en el sofá—. Hutch.

Durante una milésima de segundo, sus ojos parpadean. ¿Me ha oído? Una parte de mí espera que sí. Aunque eso me incriminaría, en el fondo deseo que él sepa quién soy y por qué hago esto. Por supuesto, todavía no me ha reconocido. Fue hace mucho tiempo y los dos tenemos un aspecto muy diferente. Además, estoy casi segura del todo de que no fui su única víctima. Solo fui una más de una larga lista de estudiantes sin rostro ni nombre.

Pero a mí no me costó reconocerlo. En cuanto miré a Jesse cuando Cooper organizó aquella doble cita con él y su mujer, reconocí su cara de inmediato. Y esa colonia, la misma que llevaba en la universidad, la misma que se había impregnado en aquella camiseta. Todavía me sigue obsesionando. Esas asociaciones olfativas son muy potentes.

Extendió la mano hacia mí con una sonrisa en los labios. «Me alegra mucho conocerte, Debbie. Cooper habla de ti a todas horas».

Agarré su mano porque me habría delatado de no haberlo

hecho. Sentí como si su piel me quemara. Cuando por fin la aparté, mi palma estaba húmeda. Tuve que disculparme para ir corriendo al baño del restaurante, donde tomé aire mientras sufría el peor ataque de pánico que había tenido desde la universidad.

«Mantén la compostura, Debbie —me dije—. No puedes dejar que sepa que eres tú».

Me recompuse. Salí del baño, sonreí al hombre que había acabado con mi futuro y fingí pasármelo de maravilla, a pesar de que, tras la segunda vez que mis manos temblorosas volcaron mi copa y tuvieron que limpiarla, pensé que la camarera y yo íbamos a tener un altercado. Aquella noche, volví a casa y grité con la almohada en la boca hasta que sentí la garganta áspera.

Al día siguiente, me sumergí en el montón de correos electrónicos enviados a «Querida Debbie». Por una vez, decidí contarle a la gente el modo real de resolver sus problemas. Todo el mundo sabe que no se consigue sentar a tu familia a desayunar pidiendo las cosas «porfi». Por supuesto, Garrett jamás habría publicado esas respuestas, así que las guardé todas en un archivo de mi computadora.

Eso fue hace unos ocho meses, y en aquella época redacté docenas de correos electrónicos dirigidos a mujeres que habían sufrido malos tratos durante demasiado tiempo, igual que yo. Pero no soy ninguna hipócrita. No podía enviar ninguno de esos mensajes hasta que me hubiese vengado del hombre que había destrozado mi vida.

«¡Para, por favor!».

«No te preocupes. Habremos acabado en un minuto».

No pude reducir a cenizas la hermandad de Zeta Pi. Cogí el bolso de donde lo había dejado en el dormitorio y, después, bajé y salí de allí con el cigarro y los fósforos aún dentro. En mi cabeza, me había parecido una buena idea, pero, una vez que estuve allí y tras hablar con ese chico tan simpático, no pude seguir adelante. Además, no fue cosa de ellos lo que ocurrió tantos años atrás. No era justo responsabilizarlos.

Solo había una persona culpable de lo de aquella noche.

Los ojos de Jesse Hutchinson parpadean hasta cerrarse. Hay pruebas más que suficientes para vincularle con el asesinato de Ken Bryant y ahora con el asesinato y suicidio que pronto descubrirán en este apartamento cuando llame a la policía y les pida que vayan a ver cómo está mi amiga, cuyo novio celoso la estaba amenazando. Cuando Jesse no esté, por fin podré pasar página. Por fin estaré en paz.

«No te preocupes. Habremos acabado en un minuto».

67
COOPER

La dirección no es exacta, lo que quiere decir que prácticamente estoy recorriendo con el carro una pequeña zona de Rockland, fijándome por si veo el de Debbie. Está resultando cada vez más difícil a medida que el sol va descendiendo.

Y, por supuesto, no tengo motivos para creer que de verdad esté aquí. Ha apagado la aplicación de rastreo, lo cual quiere decir que podría estar en cualquier sitio. Pero esta es la última dirección en la que ha estado recientemente y que me es desconocida. Así que tengo que ir a ver.

Es mi única esperanza para encontrarla.

Llevo recorriendo la zona unos veinte minutos cuando me encuentro con un callejón sin salida. Hay dos casas, una de las cuales parece completamente abandonada. En la otra parece que vive alguien, pero no se ve luz por las ventanas. No da la impresión de que haya nadie.

Estoy a punto de darme la vuelta cuando noto algo. Hay dos carros estacionados aquí. En el lateral de la segunda casa.

Y uno de ellos me resulta familiar.

No puedo acercarme tanto con mi carro, así que estaciono y

empiezo a caminar hacia el final de la calle. No cabe duda de que la casa está a oscuras, pero quiero ver mejor ese vehículo. ¿Es posible que sea el de Debbie?

A medida que me acerco, puedo ver que es un Subaru Outback azul, igual que el de mi mujer. Pero eso no significa necesariamente que sea el de ella. Está estacionado junto a otro carro que también me resulta extrañamente familiar pero que no sé identificar ahora mismo.

Me quedo mirando la matrícula del Subaru. ¿Es la de Debbie? Dios, no lo sé. Me cuesta recordar los cumpleaños de mis hijas; las matrículas no entran dentro de mi especialidad. Pero sí que me es familiar.

Me asomo por la ventanilla con la esperanza de ver su bolso o algo que pueda pertenecerle. Debbie no suele dejar muchas cosas dentro de su carro, es muy ordenada, pero sí que veo unas gafas de sol en el portavasos y recuerdo que siempre se las deja ahí. Lo recuerdo porque siempre quiero poner ahí mi vaso grande después de los partidos de fútbol de Izzy y siempre está ocupado por las gafas de sol de Debbie.

Es el carro de Debbie. Pero ¿dónde está ella?

Vuelvo a la fachada de la casa. Todas las ventanas de las dos plantas están a oscuras. Parece que de verdad no hay nadie. Pero, si es así, ¿por qué iba a estar Debbie aquí? ¿Por qué debería haber estado en algún momento aquí?

Voy a la puerta principal y pulso con el dedo el timbre mientras mantengo la respiración. No sé por qué va a estar aquí, pero puede que, si me sincero, ella haga lo mismo conmigo.

Solo que no pasa nada cuando toco el timbre. Debe de estar roto.

Llamo a la puerta con suficiente fuerza como para que, al menos, alguien que esté en la planta de abajo me oiga. No se distingue ningún movimiento al otro lado, así que vuelvo a llamar.

Todavía nada.

De repente, empiezo a golpear la puerta con los dos puños. Sé que Debbie está aquí. Ese de ahí es su puñetero carro y no puede estar en ningún otro sitio. Necesito hablar con ella ahora mismo. Tengo que encontrar un modo de solucionar esto porque no puedo perderla. No puedo.

He sido muy tonto. Debería haberle contado todo. No quería que me perdiera el respeto, pero no hay nada peor que la mentira.

—¡Debbie! —grito ahora—. ¡Debbie! ¡Sal, por favor! ¡Tengo que hablar contigo!

Sigo sin oír nada detrás de la puerta. Pero está aquí. Tiene que estar.

—¡Debbie! —Estoy gritando con fuerza suficiente como para que la voz se me vaya volviendo más áspera—. ¡Debbie! ¡Te quiero!

Creo que he llegado demasiado tarde.

68

DEBBIE

Jesse está fuera de combate.

La pistola sigue en mi mano enguantada, pero no puedo dispararle sin más, por mucho que me apetezca. Matar a Jesse será más terapéutico para mí de lo que podrían ser años de terapia. Pero tengo que actuar con inteligencia. Me he tomado muchas molestias para incriminarlo en varios asesinatos y no puedo hacer nada que lleve a sospechar a la policía que ha habido un tercer implicado en lo que ha pasado hoy aquí.

Eso quiere decir que Jesse tiene que dispararse con su propia mano.

El forense sabrá la diferencia entre alguien a quien se ha disparado desde un metro o así y un suicidio. Además, le tiene que quedar residuo del disparo en la mano derecha. La única forma de que eso ocurra es si él está sujetando la pistola.

Tengo que acercarme mucho a él, que es lo último que deseo hacer. Me siento a su lado en el sofá y puedo oler esa colonia terrible. La última vez que estuve así de cerca, se encontraba encima de mí.

Pero ya no puede hacerme nada. Está inconsciente y muy pronto va a estar muerto.

«No puede hacerte daño».

Me repito esas palabras una y otra vez mientras envuelvo con sus dedos la culata de la pistola. Apunto el cañón a su garganta, dirigido hacia su cerebro. Con una bala debería bastar. Una bala y todo esto habrá terminado.

Coloco el dedo índice de Jesse en el gatillo. Me preparo para disparar.

—¡Debbie!

Me quedo petrificada, con la mano sobre la de Jesse, al oír el sonido de la voz que grita mi nombre. Tardo un segundo en darme cuenta de que esa voz pertenece a mi marido.

Por alguna razón, Cooper está ahí fuera, gritando mi nombre.

Dios mío, ¿qué hace aquí?

Debe de haber visto esta ubicación en mi historial de cuando vine a ver a Harley a principios de semana, aunque he tenido cuidado de apagar mi teléfono para este viaje en particular. Ni siquiera había caído en que él sabía cómo buscarlo. Probablemente haya estado dando vueltas con el carro por todos los sitios donde he estado durante la última semana, buscándome.

—¡Debbie! ¡Debbie!

¿Por qué ha venido aquí? ¿Por qué no ha esperado en casa a que yo terminara todo lo que tenía que hacer?

—¡Debbie! ¡Debbie, te quiero! ¡Por favor!

Sus palabras me impiden seguir. Bajo la mirada al hombre que yace inconsciente en el sofá. He pasado los últimos ocho meses pensando en cómo destrozó mi vida. Creía que lo había superado, pero, cuando lo vi, mi odio, mi angustia y mi vergüenza por lo que me ocurrió fueron creciendo cada día que pasaba hasta que no pude soportarlo más.

Pero eso es injusto. Mi vida no está destrozada. Mi vida es buena en muchos aspectos. Sí, no terminé con la carrera profesional que esperaba desarrollar. Pero tengo dos hijas maravillosas. Y tengo un marido que me quiere lo bastante como para recorrer la costa sur en mitad de la noche buscándome.

Tengo muchas cosas.

Pero no puedo abandonar sin más todo mi plan. Dos personas han muerto. Y, si me voy ahora mismo, cargaré con la culpa de todo. Ya no tengo otra opción.

Coloco el dedo índice sobre el de Jesse y aprieto el gatillo.

69

Cuando salgo por la puerta de la casa de Harley, me quito los guantes de piel y los meto en el bolso. He dejado la pistola, como tenía planeado.

Rodeo por el lateral de la casa, donde Cooper ha dejado de gritar mi nombre y está tratando de mirar por una de las ventanas. La verdad es que parece a punto de entrar. Tiene una piedra sospechosamente grande en la mano derecha y la está levantando en el aire. Será mejor que acabe rápidamente con esto.

—Cooper.

Se da la vuelta, con el brazo levantado. Abre los ojos de par en par al verme y la piedra se le cae de la mano. No dice nada, pero corre hacia mí y me envuelve entre sus brazos.

—Debbie —murmura sobre mi cuello—. Dios santo, estaba muy preocupado.

Al principio, me abraza mientras yo me quedo rígida. Pero, después de unos segundos, me doy cuenta de que yo también le estoy abrazando. Y, a continuación, nos quedamos aferrados el uno al otro. Pasa un buen rato hasta que nos separamos.

—Estaba muy preocupado —dice—. Me ha parecido oír un disparo.

Claro que sí. Pero la bala en cuestión está alojada en el techo del apartamento de Harley.

Jesse sigue vivo.

—¿Qué ha sido ese sonido? —insiste en saber.

—Yo no he oído nada —contesto—. A lo mejor ha sido la detonación de un carro.

Parece que no me cree del todo, pero no insiste.

—¿Qué haces aquí?

—Una amiga mía vive aquí. —Por una vez, es la verdad—. Tiene el apartamento del sótano con la entrada por detrás. He venido a verla, pero supongo que se ha olvidado, porque no abre la puerta.

—Ah.

Parece que me cree. No hay motivos para que no lo haga. No conoce a Harley, salvo de paso en el gimnasio, y no tiene razones para creer que yo podría hacerle algo a esa desconocida.

—Entonces… —Miro nuestro carro mientras trato de no pensar en la escena del crimen que tenemos detrás. ¿Reconoce Cooper el carro de Jesse? No lo ha mencionado—. ¿Nos vamos?

—Todavía no. —Me agarra las dos manos y las aprieta con fuerza—. Necesito que sepas una cosa, Debbie.

—Okey…

Respira hondo y endereza la espalda.

—Tengo un problema con la bebida.

Le miro parpadeando. No es lo que me esperaba que dijera.

—¿Qué?

Titubea, como si no estuviese seguro de si debería continuar, pero, a continuación, lo hace.

—Es algo más que un problema con la bebida. Yo… soy alcohólico. He estado yendo a escondidas a reuniones de Alcohólicos Anónimos sin decírtelo.

—¿Desde hace cuánto tiempo?

—Desde la universidad.

—¿Desde la universidad? ¿Y no me lo contaste?

—Lo sé. —Deja caer la cabeza—. Lo siento, Debbie. Lo siento mucho. Estaba... estaba avergonzado y por eso te lo he estado ocultando. Debería habértelo dicho desde el principio, pero tú siempre eras tan perfecta e increíble y... y no quería que tuvieras una mala opinión de mí.

Consigue levantar los ojos para mirarme a los míos. Debería habérmelo contado antes, pero también entiendo por qué no lo ha hecho. No puedo echárselo en cara. ¿Y ahora?

Es mi turno.

—A mí me violaron en la universidad —digo—. Por eso dejé los estudios.

Se queda boquiabierto. Me mira fijamente durante varios segundos, demasiados, hasta que casi me dan ganas de no habérselo contado. Pero, justo cuando estoy tratando de buscar un modo de retirarlo («Ja, ja, ¿te ha gustado la broma?»), extiende los brazos hacia mí y me abraza otra vez con fuerza. No dice nada, solo es su cálido y reconfortante cuerpo apretado contra el mío.

Cuando por fin se aparta, tiene los ojos un poco húmedos.

—Creo que necesitamos ir a terapia de pareja —dice.

Una carcajada se va formando dentro de mí. «No me digas».

—Pero hay una cosa que tengo que preguntarte. —Se frota la nuca—. Y necesito que me digas la verdad.

—Okey...

Frunce el ceño.

—¿Prometes decirme la verdad?

—Lo prometo —contesto esperando que sea una promesa que pueda cumplir.

—¿Has disparado a Ken Bryant con mi pistola?

Me estremezco. Ha debido de ir a casa de Ken. Debe de haberle visto muerto en su cama con la herida de bala en la cabeza. Cree que he podido matarlo yo, pero, en lugar de llamar a la policía, ha venido corriendo a buscarme.

—Juro por la vida de nuestras hijas que no he disparado a Ken Bryant con tu pistola —digo colocándome una mano sobre el pecho.

Y es verdad.

Usé la pistola de Jesse.

—Gracias a Dios. —Me cree. Su cuerpo se relaja aliviado—. Me preocupaba que..., en fin... —Suelta un suspiro—. En ese caso, será mejor que llamemos a la policía cuando volvamos a casa.

Asiento despacio.

—Además —añade—, mi pistola no está en la caja de seguridad. ¿Sabes qué habrá pasado con ella?

Esa es otra pregunta fácil que puedo contestar con sinceridad.

—Me he deshecho de ella.

—¿Te has deshecho de ella?

Me pongo las manos en la cadera.

—Ya te dije que hay más probabilidad de disparar a un miembro de tu familia que a un intruso.

Cooper se limita a negar con la cabeza. Es algo de lo que habremos de hablar en la terapia. Y me da la sensación de que después de esta noche no le van a quedar muchas ganas de tener una pistola en casa.

—Okey —dice—. Vamos a casa.

No necesita pedírmelo una segunda vez.

Epílogo

Un año después

COOPER

Esta mañana preparo yo el desayuno.

No es nada especial. Solo un par de tostadas untadas con mermelada acompañadas de un bol de cereales. Estoy comiendo los cereales con fibra de Debbie porque me han terminado gustando, por increíble que parezca.

Yo diría que mi reciente amor por los cereales con fibra es probablemente lo que menos ha cambiado en nuestra vida durante el último año.

Para empezar, tras el asesinato de Ken, abrí mi propia empresa de contabilidad y ha prosperado. Ahora tengo media docena de empleados e incluso hemos recibido una valoración favorable en el *Boston Globe*. Nunca me imaginé siendo empresario, pero, al parecer, se me da mejor de lo que creía. Supongo que Debbie tenía razón.

Aún me cuesta creer que asesinaran a mi jefe. Y lo que es peor aún, que mi amigo Jesse fuera el que lo mató. Al principio me negaba a creerlo, pero fueron apareciendo pruebas hasta el momento en que no hubo ninguna duda. Jesse robó dinero de la empresa y, cuando Ken lo descubrió, le pegó un tiro.

Y eso ni siquiera es lo peor de todo.

Jesse estaba teniendo una aventura con una preparadora física del gimnasio que se llamaba Harley. La había visto por allí varias veces antes y recordaba el mechón rosa de su pelo. Debbie también se había hecho amiga de ella, aunque yo no lo sabía. Había visto a mi compañero hablando con Harley algunas veces y debo confesar que sí noté que hablaban en voz baja. Pero la verdad es que nunca pensé que estuviesen teniendo una aventura y, con todo lo que estaba pasando en mi vida, no le di más importancia. Es decir, sí, soy consciente de que muchos hombres tienen aventuras, pero, para mí, es impensable.

Al parecer, Harley estaba presionando a Jesse para que dejara a su mujer. Le estuvo amenazando con delatarle si no hacía lo que ella quería. Así que fue a su casa con la misma pistola que había utilizado para disparar a Ken y la mató.

Más tarde, supe que aquella dirección donde encontré a Debbie era el apartamento de Harley. Me explicó que, cuando fue allí a ver a su amiga, no abrió la puerta. Resultó que el motivo era porque estaba muerta.

Fue Debbie la que finalmente llamó a la policía para decir que estaba preocupada por el novio de Harley, aunque nunca lo había conocido en persona. La policía llegó al apartamento de Harley y encontró a Jesse tratando de limpiar sus huellas de la casa mientras ella yacía muerta en el suelo de la sala de estar.

Lo arrestaron de inmediato.

Las pruebas eran abrumadoras y prácticamente lo sorprendieron con las manos en la masa. Su juicio se celebró el mes pasado y, cuando me pidió que acudiera como testigo de parte, tuve que negarme. Jesse era mi amigo, pero en mi mente no tenía ninguna duda de que había matado a nuestro jefe y a su amante. El jurado estuvo de acuerdo. Lo declararon culpable de dos cargos de asesinato en primer grado y lo condenaron a dos cadenas perpetuas consecutivas. Pasará el resto de su vida en la cárcel.

Pero, aparte de lo desagradable del juicio, nuestra vida ha sido estupenda. Lexi y Debbie están ahora mucho más unidas después de todo lo que pasó con Zane y me parece casi un milagro que ya no discutan como antes. Debbie estuvo llorando una semana después de que nuestra hija se fuera a estudiar fuera, aunque continúa viviendo en el mismo estado y ya ha venido a casa a lavar la ropa. Ha entrado en una universidad muy buena, por cierto. No quiero presumir ni nada de eso, pero rima con Schmarvard.

Mi mujer está encantada con que Lexi no tenga ninguna relación con su antiguo novio. Después de su accidente, me enteré de que habían presentado cargos contra él, algo relacionado con unas fotos ilegales que estuvo distribuyendo, y ahora que ha salido del hospital, es posible que se vea envuelto en un serio problema legal. Le vi solo una vez, en el supermercado con su madre, usando una silla de ruedas que movía con la boca. No le saludé.

Y a Izzy le va de maravilla en el equipo de fútbol. Como siempre. Debbie y yo asistimos el año pasado a todos los partidos.

Mi mujer está teniendo también sus propios éxitos profesionales y me siento orgullosísimo de ella. Ha estado programando todas esas aplicaciones para el teléfono que llevamos años usando y una de ellas la rompió. Se llama Castiga a tu marido y, con ella, una esposa puede imponer una sanción (la más popular es la de limpiar el baño) a su marido por fechorías como olvidarse de un cumpleaños o un aniversario. Al parecer, a las mujeres les resulta divertidísimo inventarse penalizaciones cada vez más creativas.

Hace un par de meses, Debbie vendió la aplicación. No voy a decir por cuánto lo hizo, pero es suficiente para pagar todos los estudios de Lexi en Schmarvard. Últimamente ha estado trabajando en proyectos nuevos y parece mucho más feliz en general.

Me explicó que la carpeta de consejos amenazantes de su computadora era para ella una forma de enfrentarse al trauma de lo que le había ocurrido. Ahora que está yendo a terapia para superarlo, ha vuelto a repasar todos esos correos y ha reescrito sus consejos. Aunque ya no es «Querida Debbie», ha respondido a cada uno de esos mensajes y está asesorando a muchas mujeres con sus problemas. ¿Qué puedo decir? Mi mujer da sugerencias estupendas.

En cuanto a nosotros como matrimonio, eso es más complicado.

Hemos estado yendo a terapia de pareja. Evidentemente. Los dos nos hemos ocultado grandes secretos y yo me siento a la vez culpable por no haberle contado los míos y culpable por que ella no se sintiera cómoda contándome los suyos. Debbie sufrió una agresión sexual. Solo pensarlo me pone tan furioso que ni siquiera puedo razonar con claridad. ¿Cómo pudo alguien hacerle eso a ella? ¿A cualquiera?

Me alegra que no sepa el nombre del tipo que lo hizo porque, si lo supiera, yo estaría tentado de ir a buscarle y matarlo de una paliza con mis propias manos.

Pero vamos a tener el nido vacío en apenas dos años y quiero asegurarme de que Debbie y yo estamos bien. Así que, cada dos semanas, vamos a terapia de pareja. Nunca faltamos, pase lo que pase. No hay nada más importante que ocuparnos de nuestro matrimonio.

Justo cuando estoy sacando mi pan de trigo integral de la tostadora, Debbie entra en la cocina vestida con la ropa del gimnasio. Nuestro terapeuta ha dicho que tenemos que esforzarnos por decir lo que pensamos, así que decido ponerlo en práctica ahora mismo.

—Hola —digo—. Estás de lo más sexy con esas mallas.

Ella pone los ojos en blanco, pero sonríe.

—Tú tampoco tienes mal aspecto, Mullen. —Recorre mi pecho con los ojos—. Incluso te has hecho un nudo de corbata perfecto.

—He visto un video en internet —digo con orgullo.

—¿Tú? ¿Has visto un video en internet?

Me río porque tiene razón. No parece propio de mí. Pero lo cierto es que he estado pasando más tiempo en la red creando mi empresa. He diseñado la página web de la compañía, y hasta he añadido una foto mía. Descubrí que Jesse le había dicho a Harley que era yo para ocultar su identidad, y pudo hacerlo porque no había ninguna imagen mía en todo internet.

—¿Sabes qué? —digo con tono provocativo—. No tengo que estar en el trabajo hasta dentro de una hora. Por si...

—No me tientes —contesta—. Si no voy ahora al gimnasio, no voy a ir nunca.

Como mi antiguo compañero de gimnasio, Jesse, está condenado a dos cadenas perpetuas por asesinato, he ido con Debbie unas cuantas veces a Titan, pero ahora mismo no tengo tiempo para eso.

—¿Y si te llevo a cenar fuera esta noche? Izzy no duerme en casa, ¿no?

Me sonríe.

—Trato hecho. Tienes una cita.

Se acerca para darme un beso antes de marcharse. Hace un año creía que la había perdido, pero ahora parece que estamos más unidos que nunca. Odio el dolor que hemos sufrido, pero existe una razón para todo.

Al final, las cosas han salido bien para todos nosotros.

JESSE

Las noches en la cárcel son lo peor.

En casa, tenía un colchón de espuma viscoelástica con una almohada que se amoldaba a la forma de mi cabeza y de mi cuello. Tenía un edredón especial hipoalergénico. No podía dormir sin él.

Ahora estoy tumbado en un colchón fino, probablemente de tres o cinco centímetros como mucho. Sí que tengo almohada, pero desde luego no se amolda a la forma de nada. Como el colchón, parece más una tabla que una almohada. Y luego está la delgada manta que creo que me da alergia, en vista del salpullido que me ha salido por toda la piel que ha estado en contacto con esa tela.

Si duermo, cosa que a veces consigo por puro agotamiento, la mitad de las veces despierto de repente de mi duermevela por el sonido del hombre que está en la litera de arriba roncando como una motosierra. Jamás he oído a nadie que ronque tan fuerte. Tampoco he visto nunca a nadie con tantos tatuajes en el cuerpo.

Somos cuatro en esta pequeña celda. Mi compañero de litera se llama Geho, que creo que es su apellido. Aquí nadie usa los nombres de pila. Es como estar de vuelta en la universidad, donde todos me llamaban Hutch, solo que no se parece en nada a la universidad.

Me cambiaron la semana pasada a esta prisión de máxima seguridad, que es donde voy a pasar el resto de mi vida. No debería estar aquí. De verdad, no debería estar aquí. Las prisiones de máxima seguridad no son para personas como yo. Los demás hombres que están aquí son criminales reincidentes como Geho. Son aterradores. Alguien como yo debería estar en una de esas cárceles de mínima seguridad que se parecen más a un hotel.

Pero, en serio, no debería estar aquí. Porque yo no he matado a nadie.

Me desperté en el apartamento de Harley sin saber bien cómo había llegado allí y ella estaba muerta en el suelo con una herida de bala. La pistola, mi pistola, estaba en mi mano derecha, pero yo no la disparé. Sí, sé lo que parece. Y sé que tenía residuos de disparo en la mano. Pero yo no la maté. Sí, tenía la intención de poner fin a nuestra relación, pero no quería verla muerta. Ni siquiera recuerdo haber llevado la maldita pistola a su casa. ¿Por qué iba a hacerlo?

Pero cometí un grave error. Cuando desperté y encontré muerta a Harley, intenté de inmediato limpiar el apartamento antes de marcharme para deshacerme de cualquier indicio de mi presencia. La policía me descubrió mientras lo hacía y no pareció... nada bueno. Desde ese momento, fui su único sospechoso.

No ayudó el hecho de que yo no tuviera ninguna idea de lo que había pasado. Les parecía increíble. Al decirlo ahora, entiendo el porqué.

Y luego, para mi absoluto asombro, me acusaron de matar también a Ken Bryant. Al principio, pensé que era una broma. Ni siquiera sabía que estaba muerto y, desde luego, yo no lo maté. Pero la bala de su cabeza coincidía con mi pistola. Encontraron imágenes mías entrando y saliendo de su casa, aunque intenté decirles que solo le estaba regando las plantas, tal y como él me había pedido, aunque esos mensajes habían desaparecido misteriosamente de mi teléfono. Luego, dijeron que le había robado dinero y esa fue la estocada final.

Trataron de ofrecerme un trato para declararme culpable y mi abogado me animó a aceptarlo. Acusación de asesinato en segundo grado tanto de Harley como de Ken. Eso implicaba que podía obtener una libertad condicional a los treinta años. Pero ¿qué rayos tenía eso de bueno? Tengo cuarenta y siete años. Decidí jugármela en el juicio, consciente de que era inocente.

Perdí mi apuesta. Estoy cumpliendo dos cadenas perpetuas consecutivas y moriré en prisión. Pero tengo suerte de que en Massachusetts no haya pena de muerte.

Geho se remueve en la cama de encima de la mía y los muelles sueltan un fuerte crujido. Como si los ronquidos no fueran ya bastante malos, cada movimiento en la litera resuena en toda la celda. Creo que se me está yendo la cabeza y solo llevo una semana. La idea de pasar aquí el resto de mi vida...

No me merezco nada de esto. Mi mujer pidió el divorcio unos meses después de mi detención, lo que significa que no va a venir a visitarme próximamente. Esta no era mi primera aventura y no mostró la más mínima intención de ser comprensiva. No era una esposa increíble, razón, para empezar, por la que yo estaba con Harley, pero después de un año sin estar con una mujer, daría lo que fuera por un vis-a-vis. Mis hijos me odian también por lo que le he hecho a la familia. Estoy solo.

Sería distinto si fuera culpable, como los demás hombres de aquí. De hecho, Geho alardea del tipo al que apuñaló en el cuello. Pero yo no soy un hombre malo. Sí, engañé a mi mujer. Muchos hombres lo han hecho. No es un pecado capital.

Cierto es que hubo algunas cosas en la universidad que son menos dignas de admiración. Alguna vez, en las fiestas, hablaba con alguna chica y me ofrecía a prepararle una copa. Tenía unos sedantes en polvo que usaba para mezclarlos con la bebida (licor casero, ron con Coca-Cola, daba igual). Entre eso y el alcohol, se quedaban medio inconscientes. Luego, las llevaba a mi cuarto y no protestaban demasiado.

Pero no era para tanto. La mayoría de ellas ni siquiera se acordaban. O, si lo hacían, apuesto a que les gustaba.

Por fin empiezo a quedarme dormido, pero, de repente, me despierto sobresaltado. Y, en ese momento, no puedo creer lo que veo. Geho y mis otros dos compañeros de celda están encima de mí. Cada uno con un calcetín que sostienen con la mano y algo que pesa por el otro extremo. ¿Una pastilla de jabón? El estómago se me revuelve. La calavera tatuada en el cráneo calvo de Geho apenas es visible bajo la tenue luz de la celda.

—¿Qué está pasando? —digo.

—Mantén la boca cerrada —me susurra Geho— y puede que salgas de esto con vida.

Aunque me lo ha advertido, balbuceo:

—Pero ¿qué he hecho?

Geho responde con un rápido puñetazo en los labios. Al instante, noto el sabor de la sangre. Y, un momento después, siento uno de mis dientes suelto por la boca.

—Esto es por Misty Cardon —me dice—. Su hermano está en el bloque D y le debo un favor.

Misty Cardon…

Llevo más de veinte años sin oír ese nombre y esperaba no oírlo nunca más. Misty era una chica de Wellesley con la que pasé un rato estupendo hasta que ella sacó las cosas de quicio. No me lo podía creer cuando me llamó al día siguiente despotricando sobre violación. No fue una violación, pero, cuando traté de explicárselo, no quiso escucharme. Aceptó por fin reunirse conmigo y digamos que me encargué del problema.

Así que, en teoría, aunque me declaré inocente en mi juicio, no pude decir que jamás había matado a otra persona. Pero nadie supo lo de Misty. La policía me hizo algunas preguntas, pero nunca fueron más allá. Tuve muchísimo cuidado. Por eso no tiene ningún sentido que pudiera ser tan chapucero al matar a Ken y Harley, pero no podía decir precisamente eso en mi defensa.

Levanto las manos para protegerme la cara.

—Por favor…, no…

Mis súplicas son respondidas con un golpe de calcetín en mi lado derecho. Y luego, un segundo golpe, este aún más fuerte. Siento que las costillas se me rompen, pero la paliza no parece que vaya a parar. ¿Dónde están los guardias? ¿Por qué no ponen fin a esto?

Uno de los calcetines me da en la mandíbula y el dolor es cegador. No es una pastilla de jabón. Es algo mucho peor. ¿Una piedra? ¿Un candado de combinación? No se me ocurre qué. Cada vez que uno de ellos me golpea es como un estallido de agonía inexplicable.

—Por favor… —les suplico una última vez aferrándome al último resquicio de conciencia—. Por favor, paren.

Entre la sangre que cae sobre mis ojos hinchados, apenas puedo distinguir la cara de Geho sonriéndome.

—No te preocupes —dice—. Habremos acabado en un minuto.

DEBBIE

Me siento bien después de que Cooper y yo hayamos hecho planes para cenar esta noche. Se está esforzando mucho por ser un buen marido. Todo lo que hemos pasado ha sido duro, pero ha hecho que nuestro matrimonio sea mucho más fuerte.

Nuestro terapeuta siempre nos dice que tenemos que ser sinceros. Y yo estoy tratando de serlo. Pero hay algunas cosas que jamás podré contarle.

Jamás podré contarle que maté a su jefe, por ejemplo. No puedo decirle que su antiguo mejor amigo, que va a pasar el resto de su vida en una prisión de máxima seguridad, es inocente. Al menos, de haber matado a Ken y a Harley.

Cooper no sabe que Jesse es el que me violó. En vista de lo furioso que se puso cuando le conté lo que pasó, creo que estaría de acuerdo en que ha recibido lo que se merecía, pero no quería hacerle partícipe de lo que yo había hecho. Hubo un periodo tenso en el que yo no estaba segura de cómo iría el juicio y me preocupaba que Jesse pudiera recordar que había una mujer en el apartamento de Harley justo antes de que se quedara inconsciente. Quería asegurarme de que Cooper pudiera alegar desconocimiento de una forma creíble. Si alguien iba a ir a la cárcel debía ser yo y solo yo.

Voy con el carro a Titan Fitness para hacer ejercicio antes de empezar la jornada. Tengo una reunión con una empresa que quiere contar conmigo para que desarrolle para ellos una nueva aplicación de citas. Va a suponer un desafío. Me encantan los desafíos, sobre todo con los recursos económicos que van a poner a mi disposición. Siento que mi cerebro está recibiendo por fin el estímulo que se merece.

Cuando llego al gimnasio, Cindy está en la recepción. Me mira con una amplia sonrisa.

—Hola, Debbie.

—Hola, Cindy.

Me guiña un ojo.

—He puesto una toalla en la elíptica de al lado de la ventana para que nadie más la usara.

Le sonrío.

—Eres la mejor, Cindy.

Mientras me mira, su sonrisa flaquea un poco.

—Es lo menos que puedo hacer.

Cindy Bryant cree con todo su corazón que me lo debe todo. Hace casi dos años me escribió una carta a «Querida Debbie» contándome los abusos económicos que sufría por parte de su marido. Cuando le supliqué que le dejara y le dije que se pusiera en contacto conmigo, hizo eso exactamente. Pero resultó que teníamos más conexiones de las que creíamos.

Hice todo lo que pude por ayudarla. Le busqué una casa donde vivir. La ayudé a encontrar su trabajo en Titan Fitness. Le iba muy bien, pero su marido, Ken, estaba dificultándole el divorcio. Estaba utilizando toda clase de artimañas para privarla de todo tipo de recursos económicos y estaba tratando de poner a sus hijos en su contra. Incluso terminó consiguiendo que me despidieran, sin saber que «Querida Debbie» era la mujer de su empleado.

No podía permitir que se saliera con la suya. Tenía que ayudar a Cindy. Y por ese motivo decidí meterle una bala en la cabeza y culpar de todo a Jesse Hutchinson.

Me aseguré de hacerlo en un momento en que ella tuviera una coartada. Y ella también me ayudó a mí. La noche anterior a la muerte de Harley, había oído a escondidas el plan de esta y Jesse de verse y me lo contó. Luego, la noche en cuestión, mientras él estaba en la ducha del gimnasio, metió en su botella de agua el opio que yo le proporcioné. ¿Qué puedo decir? Me había inspirado lo que Jesse me hizo tantos años antes.

—¿Qué tal está Cooper? —me pregunta.

—Estupendamente —le contesto—. La empresa va bien. Y él ha estado muy cariñoso últimamente. Vamos a tener una cita esta noche.

—Qué divertido. —Cindy me sonríe—. Cooper y tú deberían quedar alguna vez con Ajay y conmigo.

Cindy ha estado saliendo últimamente con un hombre muy simpático. Están yendo despacio, pero yo le conocí una vez y estoy segura de que la va a tratar bien. Aun así, una cita doble podría ser peligrosa. Hay demasiadas cosas que no queremos que nuestros hombres sepan.

—Puede que algún día —respondo con evasivas.

—Me alegra que tu marido te esté tratando bien —me dice Cindy—. Porque si no…

Intercambiamos una mirada cómplice.

—Lo mismo digo —contesto.

Cooper ha sido muy bueno conmigo. Pero no estoy muy preocupada. Cindy y yo vamos a cuidar la una de la otra.

Nadie va a volver a aprovecharse de mí.

Agradecimientos

Mi hija es la mayor fan de Melanie Martinez.

A mí también me gusta mucho su música. Pero a mi edad ya no soy capaz de sentir ese mismo tipo de adoración que las preadolescentes otorgan a un cantante popular. Mi hija está obsesionada. Y es así como me vi en un asiento en primera fila en un concierto de Melanie Martinez en el TD Garden.

Es una artista increíble. Mi hija y su amiga se levantaron de su asiento y estuvieron colgadas de la barandilla para poder ver mejor mientras grababan cada momento con su iPhone en lugar de limitarse a contemplarlo con sus propios ojos. Yo conocía todas las canciones y me encantó el concierto, pero me sentía en un universo distinto al de los jóvenes del público. Y, cuando miré a mi alrededor, vi el mismo patrón: los adolescentes y preadolescentes emocionados e impetuosos de pie con su teléfono levantado y las madres de aspecto cansado sentadas pacientemente. Al fijarme en ellas, vi reflejado mi propio deseo de poder estar oyendo el concierto desde la comodidad de mi casa en lugar de estar en un asiento pegajoso con colas para los baños de mujeres que se extendían a lo largo del abarrotado estadio.

Ese fue el primer momento en que se me ocurrió el personaje de Debbie: el ama de casa de mediana edad que se esfuerza por salir adelante. Que haría lo que fuera por su familia.

Respecto a esto último, me gustaría dar las gracias a Melanie Martinez por inspirarnos tanto a mi hija como a mí misma de formas completamente distintas. Solo espero que sus siguientes conciertos sean igual de fructíferos, pues diviso muchos más en mi futuro.

(Además, encontré un baño secreto y se lo dije a tantas madres de mediana edad como pude).

Ya he dedicado este libro a mi propia madre, pero quiero darle las gracias por inculcarme un profundo amor por una buena historia de venganza. Esta le ha encantado.

Tengo que dedicar otro gran agradecimiento a mi agente, Christina Hogrebe, que tanto creyó en este libro desde el momento en que lo leyó. No hay nada más estimulante que alguien que cree en ti. Todo el equipo de JRA ha sido increíble. Es impresionante tener a tantas personas trabajando tanto por mí.

Gracias a Sourcebooks y especialmente a mi editora, Jenna Jankowski, por los comentarios más detallados y perspicaces que me pudiera imaginar. Mandy Chahal es una publicista extraordinaria. De verdad que no sé cómo hace lo que hace, pero le estoy muy agradecida. Y gracias a todos los correctores y diseñadores de cubiertas y a todas las personas que están detrás y que han hecho que este libro salga.

Gracias a mis muchas lectoras beta: Jenna, Maura, Beth, Rebecca y Pam, que me hicieron críticas increíbles. Gracias a Val por la ayuda con la revisión.

Gracias a Tara por su sensible y perspicaz lectura. Esos comentarios fueron tremendamente útiles.

Por supuesto, tengo que dar las gracias a todos los moderadores de mi grupo de Facebook —Emily, Daniel, Nancy, Carrie y Nikki—, que me ayudan con las redes sociales para así poder disponer de más tiempo para escribir.

Siempre tengo que dedicar un enorme agradecimiento a mis lectores, tanto de internet como a los que ni siquiera tienen computadora. ¡Les estoy muy agradecida por su apoyo!

Y, por último, pero no por ello menos importante, tengo que dar las gracias a mis hijos, que por suerte me permiten de nuevo que hable con ellos por las mañanas. Bueno, a veces.